lo que se siente al flotar

helena fox

lo que se siente al flotar

Traducción de
Ángela Esteller García

MOLINO

Papel certificado por el Forest Stewardship Council®

MIXTO
Papel | Apoyando la silvicultura responsable
FSC® C117695

Penguin Random House Grupo Editorial

Título original: *How It Feels to Float*

Primera edición: febrero de 2024

Publicado por acuerdo con Dial Books,
un sello de Penguin Random House LLC, Nueva York.

La traducción del poema de E. E. Cummings que se cita en esta obra
pertenece a José Casas y ha sido extraída de *Buffalo Bill ha muerto.
Antología poética, 1010-1962* (Hiperión, Madrid, 1996).

Printed in Spain — Impreso en España

ISBN: 978-84-272-4098-8
Depósito legal: B-21.435-2023

Compuesto por Carol Borràs
Impreso en Rodesa
Villatuerta (Navarra)

MO 40988

A Anna

I

A LAS TRES DE LA MADRUGADA, CUANDO NO PUEDO DORMIR, la oscuridad recorre lentamente la habitación y lo único que me hace compañía es una avalancha de palabras que desfilan a toda prisa, como esos caballos de carreras que salen por televisión, pobrecillos, esos a los que, cuando sus corazones fatigados ya no dan para más, obligan a tumbarse en el suelo y les pegan un tiro detrás de una sábana azul.

A las tres, pienso en corazones. Pienso en caramelos en forma de corazón, en corazones grabados en el tronco de un árbol y en corazones de colibrí. Pienso en corazones dentro de cuerpos y en nuestro ritmo interno, el cual no elegimos.

Me llevo la mano al mío. Ahí está.

Latelate, latelatelate, latedejadelatirlate, latelatelate.

El corazón es un misterio que no es un misterio. Bombea sangre desde su escondite tras las costillas. Lo puedes sacar, sostenerlo en tu mano. Apretaaarlo. Quiere lo que quiere. Puede ser de oro, de cristal, de piedra. Puede detenerse en cualquier momento.

La gente graba corazones en bancos, los dibuja en ventanas empañadas, se los tatúa en la piel. Se creen su propio cuento: que, de alguna manera, los corazones son algo más que un músculo, que somos algo más que un conjunto accidental de moléculas, que una fuerza más allá de la gravedad nos empuja, que el amor no es solo un desbarajuste de nervios e impulsos…

—Biz.

Un susurro.

—Biz.

En la oscuridad.

—Biz.

En mi dormitorio.

Abro los ojos y papá está sentado al borde de la cama.

—Tienes que parar —dice.

«¿El qué?». Entorno los ojos para mirarlo. Está borroso.

—Lo de pensar. Puedo notarlo por cómo respiras.

Papá lleva una sudadera gris. Junta las manos sobre el regazo. Parece cansado.

—Deberías dormir como cuando eras pequeña —dice. Aparta la mirada y esboza una sonrisa—. Con esos deditos metidos debajo de la barbilla. Hay una foto…

Papá deja la frase sin terminar.

«Sí, papá. Ya la he visto».

—Estamos en el hospital, justo después de que nacieras…

«Sí, papá. La que se tomó justo después de que a mamá le hicieran la transfusión de sangre y de que tú te desmayaras y te dieran zumo de naranja. En la que mamá está sonriendo a la cámara mientras yo duermo entre sus brazos. Sí, papá. Ya la he visto».

Papá sonríe de nuevo. Alarga el brazo para tocarme pero, por supuesto, no puede.

Esa foto ha estado en las neveras de todas las casas en las que he vivido. Cuelga bajo un imán de una empresa de fontanería, junto a un sujetapapeles con unas viejas recetas de las que mamá parece incapaz de desprenderse.

La foto se tomó una hora después de que saliera disparada de mamá a tal velocidad que tuvieron que hacerle una transfusión. En la instantánea, parezco una babosa, y papá tiene aspecto descompuesto, como si acabara de ver un accidente de coche. Pero mamá está resplandeciente, con expresión relajada y feliz.

Todas las otras fotos están guardadas en unos álbumes que hay en nuestra estantería del salón, junto a la chimenea que no funciona. En los álbumes hay todas y cada una de las instantáneas que papá tomó de mí hasta que murió, y todas las que mamá me hizo antes de que los móviles aparecieran y ella dejara de imprimirme en papel. Ahora estoy parcialmente en el interior de un ordenador bloqueado que mamá siempre dice que tiene que reparar y en un iPhone sobrecargado que siempre dice que tiene que descargar.

Y estoy en las fotos que algunos amigos me han hecho cuando les he dejado y en las que los mellizos me han hecho con los ojos desde que son bebés. Estoy en el océano junto al que paseo cuando me salto el instituto y en las nubes donde a veces me imagino que estoy. Y estoy en los ojos de mi amiga Grace, un segundo después de besarla, cinco segundos después de que me dijera que me veía más como amiga.

Parpadeo. Papá se ha ido. La habitación está vacía, excepto por mi presencia y por mi cama, mis paredes, mis pensamientos, mis cosas.

¿Qué son, las cuatro de la madrugada?

Mañana a las ocho tengo examen de Física.

Me duelen las costillas. Detrás de ellas, mi corazón latelate latelatelate latedejadelatirlate

latelatelate.

ME LLAMO ELIZABETH MARTIN GREY, PERO NINGUNO DE MIS seres queridos me llama así.

Lo de Martin es por el padre de papá, que murió en un accidente en la granja a los treinta años, cuando papá tenía diez.

Yo tenía siete cuando papá murió. Lo que significa que tuve menos tiempo con mi padre vivo que papá con el suyo.

Nunca hay bastante tiempo. De hecho, hay mucho y muy poco, a partes desiguales. Tiempo que transcurre más que suficiente pero insuficiente transcurrido.

¿Verdad?

Proporción del tiempo que deseas versus el tiempo que obtienes (cálculo aproximado): 1: 20.000.

Proporción del tiempo de papá como hijo de Martin : como el padre en vida de Biz : como mi padre muerto, sentado en el borde de la cama y contándome cuentos: 1 : 0,7 : ∞.

Son las 7.30 del lunes, y hace tanto calor que parece que la casa vaya a derretirse. Los chirridos de las cigarras entran por las ventanas. El perro resuella en el suelo de la cocina. He tomado una ducha hace cinco minutos y ya tengo la camiseta sudada.

—¡Uf! —exclamo, dejándome caer sobre la encimera de la cocina con el uniforme arrugado y los cordones de los zapatos desatados.

Mamá me observa y suspira. Está preparando el desayuno para los mellizos.

—Da gracias de poder ir a la escuela, Biz —dice, agitando una espátula—. No todo el mundo tiene tanta suerte.

La miro, entornando los ojos.

—Creo que me has malinterpretado, mamá. Quizá lo que he querido decir es: «Uf, ojalá la escuela durara todo el fin de semana, la he echado tanto de menos…».

Hace un mes que empecé cuarto de secundaria, lo que es ridículo, porque soy enana e inmadura, pero igual se me considera capaz de escribir ensayos sobre Lenin, Ricardo III y la expansión urbana. Cuarto es importante. Según dicen los profesores, estamos a unos segundos de los exámenes finales. Los profesores no pueden evitar aguijonearnos con el futuro inminente.

«¡Esto es muy importante!», dicen los profesores de Inglés, Ciencias, Arte, Matemáticas, Música, Geografía y otras-asignaturas-trascendentales-que-nos-importan-un-pepino-pero-a-las-que-nos-hemos-apuntado-solo-para-sacar-una-buena-nota.

«¡Tenéis que tomároslo en serio!».

«¡Tenéis que prepararos!».

«¡No tenéis que asustaros y, en consecuencia, ir a ver al orientador porque os hemos asustado!».

Abro la nevera.

—Voy a sentarme aquí un ratito, ¿vale? Estaré en cuclillas al lado del brócoli.

Mamá suelta una carcajada. Está haciendo tortitas de plátano. Billie y Dart babean ante los platos vacíos. Hoy los mellizos no tienen escuela. ¡Van al dentista! Les encanta el dentista: mamá trabaja allí, así que consiguen cepillos de dientes gratis y tantos paquetitos de hilo dental y pasta dentífrica como les caben en las manos.

—¿Ya están? —pregunta mi hermano, Dart, de seis años.

—¡Venga, mamá! Me muero de hambre —dice mi hermana, Billie, diecinueve minutos más joven que Dart.

—Un segundo —reclama mamá—. No por mucho madrugar se desayuna más temprano.

Da la vuelta a una de las tortitas. Parece chamuscada. A mamá no le gusta cocinar. No consigo entender cómo puede estar cerca de unos fogones con el calor que hace. Cojo un yogur de coco y un puñado de uvas de la nevera.

—¿Has estudiado para el examen? —dice mamá.

—Claro —aseguro.

Y es verdad, siempre y cuando cuente como estudiar mirar vídeos de YouTube y escuchar música mientras se lee el libro de texto. No sé si estoy preparada: la falta de sueño y ese asunto de no-haber-hablado-en-condiciones-con-Grace-desde-que-la-besé hace que el día de hoy sea complicado e imposible incluso antes de que haya empezado.

Me despido de mamá con un abrazo y besuqueo las mejillas de los mellizos mientras ellos tratan de zafarse.

Saco la bici del cobertizo y monto sobre ella unos treinta segundos, tras los que me doy cuenta de que la rueda delantera está pinchada.

Ah, es verdad.

¿Cuándo se pinchó? ¿El viernes? No, el jueves.

«¡Mierda, Biz! Era lo único que tenías que hacer».

Una urraca se ríe en un árbol cercano. Su amiga urraca mira hacia abajo y se une a ella.

Podría pedirle a mamá que me llevara en coche, pero sé lo que diría: «¿Tengo pinta de taxi, Biz?».

Podría saltarme la clase, pero entonces no haría el examen y arruinaría mi futuro inminente.

Meto de nuevo la bicicleta en el cobertizo. Y empiezo a caminar.

Vivo con mamá y los mellizos en Wollongong, en una casita revestida de azul, en una calle empapelada de árboles.

Nos mudamos hace un par de años, después de mudarnos a otros muchos lugares. Estamos a hora y media de Sídney. La ciudad no es muy grande ni muy pequeña; por ahora, según dice mamá, está bien. Está situada junto al mar, debajo de un acantilado. El mar empuja la orilla, arrastrando rocas, dunas y amantes. Unos rocosos acantilados se ciernen sobre nosotros, tratando de leer lo que hemos escrito. La ciudad es larga como un dedo. En el pasado, vivía de la siderurgia.

Y fin del recorrido turístico.

Cuando tenía siete años, mamá, papá y yo vivíamos más al norte, cerca de Queensland, en la jungla australiana, como le gusta señalar a mamá. Dice que los mosquitos eran muy amistosos, aunque yo no los recuerdo.

Recuerdo cómo las ranas charleaban por la noche en el

estanque al pie de la colina. La casa era de madera y se sostenía sobre pilares. El jardín trasero era una abrupta maraña de eucaliptos, helechos, hojas de higuera y arbustos.

Se veían colinas con forma de tetas. Al despertar, oía a las cucaburras. La luz entraba por las ventanas sin cortinas de mi habitación y me sacaba de la cama. Corría al dormitorio de mamá y papá y saltaba sobre ellos para despertarlos.

También me trajeron un perrito. Lo llamé Chichón.

Ahora nuestra calle es aburrida. Continúa más allá de un parque donde paseo al perro mientras él huele la caca que han dejado otros perros. Llego andando a la escuela en quince minutos, aunque también puedo pasar de largo e ir al mar. O, si estoy en plan rebelde total, puedo ir en dirección contraria y en quince minutos plantarme en un bosque tropical, bajo una montaña, donde recojo sanguijuelas para mi ejército de sanguijuelas.

De camino a la escuela, las cigarras me hacen compañía. Se gritan de un eucalipto a otro. Dejo atrás el centro cívico. Dejo atrás el parque. Llego al final del callejón sin salida y me detengo bajo el sol de plomo para cruzar la autopista.

Los vehículos lanzan chillidos al pasar. Noto cómo se me fríe la piel. Noto cómo el cáncer se agrupa en mis pecas. Noto el asfalto de la calzada derritiéndose bajo mis pies mientras la cruzo corriendo.

Al otro lado, hay un centro veterinario, un *pub* y una estación de ferrocarril. Para llegar a la escuela, tengo que cruzar las vías cada día, y cada día pienso: «¿Y si las señales se equivocan, llega un tren de la nada y me atropella?».

Una mujer cruzó pese a la señal. No aquí, pero tan cerca que podría ser perfectamente aquí. Según dijeron, tenía prisa. Ignoró el sonido de la campana, la barrera bajada. Llegó a medio camino y cambió de opinión. Regresó. El tren llegó.

Cada vez que cruzo las vías, pienso en ella y trato de no pensar en ella.

Una y otra vez, he repasado mentalmente los últimos instantes de su vida. La he buscado en internet y conozco los nombres de sus familiares, el trabajo que tenía, la música que escuchaba y el último concierto al que asistió antes de morir. Soy capaz de sentir la rigidez de su piel al ver el tren y cómo empezó a sudar de repente antes de que el tren la golpeara...

paso

y cómo se agrandaron nuestras pupilas

paso

tanto que mis ojos se volvieron negros

paso

y en ese momento infinito y molecular, soy incapaz de recordar si mi intención era cruzar o si me he detenido en medio de las vías y estoy esperando...

—Hola, Biz.

Miro hacia un lado. Papá camina junto a mí, descalzo, con sus pantalones cortos de hacer deporte y su camiseta de KISS.

—¿Recuerdas la primera vez que subiste a un tren?

«No. No lo recuerdo, papá».

—Era un tren a vapor. Tenías cuatro años. ¡Atravesamos

un bosque tropical! Subimos a una montaña muy alta y visitamos un mariposario. Y tú te dedicaste a aletear como una monarca. Estabas preciosa.

«¿Ah, sí?».

—Deberías aletear. Pruébalo, Biz; alejaría tus preocupaciones.

Bajo la mirada. He cruzado los raíles y he dejado atrás la estación. Estoy en el sendero, que se abre ante mí flanqueado por la hierba verde que recibe los destellos del sol.

Pienso en las mariposas. Pienso en volar.

Papá ríe.

Para cuando llego a la entrada del instituto, ya se ha ido.

Entro en el aula de Física justo cuando la señorita Hastings está repartiendo los exámenes. La señorita Hastings me mira con cara de «Jovencita, llega tarde». Yo la miro con cara de «Dígamelo a mí» y «No sé si ha notado que estoy sudando a mares». La señorita Hastings levanta una ceja. Me dirijo hacia mi pupitre y me siento.

La señorita Hastings reparte los exámenes boca abajo. A continuación, suelta las amenazas habituales: «¡No copiéis de vuestros compañeros», «¡Móviles fuera!» y «Ya podéis empezar».

Damos la vuelta a las páginas.

Por lo que se ve, estoy preparada para el examen. Se me enciende el cerebro, las neuronas hacen que mi mano se mueva y las fórmulas aparecen como si fueran pequeños ponis obedientes en un espectáculo.

La mayoría de los exámenes son bastante fáciles, lo que no quiere decir que esté presumiendo: es solo la constatación de un hecho. Mamá dice que igual tengo memoria fotográfica, algo que le va muy bien porque a menudo se olvida del número PIN y las contraseñas.

Puede que mamá tenga razón. Todo lo que tengo que hacer es mirar algo y se me queda. A veces, la imagen serepiteserepiteserepite, como si fuera un GIF imposible de detener.

El aula se llena con un zumbido de números. El número pi va a toda prisa por nuestras hojas, los teoremas se hablan entre ellos. La señorita Hastings mira el móvil, probablemente las imágenes de algún amigo que está haciendo paracaidismo o *snorkel* en las Bahamas, mientras que ella está aquí atrapada con nosotros.

Suena el timbre.

—¡Se acabó el tiempo! —grita la señorita Hastings.

Le entregamos nuestros exámenes. La próxima clase es Inglés.

En los pasillos, no charlo ni pierdo el tiempo; me deslizo entre los corrillos zigzagueando como un pez. En cincuenta y cinco minutos, tendré que hablar con Grace. «Solo sigue nadando, Biz».

El señor Birch está plantado como un flamenco en la parte delantera de la clase, rascándose la parte posterior de la pierna con el pie de la otra.

—De acuerdo, a ver, hoy vamos a escribir sobre el ego —anuncia—. Es decir, sobre vuestro *alter ego.* Pensad en las lecturas del fin de semana y en el trabajo de Plath en este contexto.

Un gemido colectivo por nuestra parte. Llevamos con Plath casi un mes y a nadie le gusta especialmente. Es decir, todos lo «sentimos» por ella, pero en este punto, la he leído, la he analizado y he discutido sobre ella y su obra, y es como pelar una cebolla hasta que no queda más cebolla.

—Quiero que escribáis una redacción sobre vuestro *alter ego*. La entregaréis al final del día —dice el señor Birch, ignorando nuestras protestas.

En caso de que no recordemos lo que acaba de decir, lo escribe en la pizarra blanca, haciendo chirriar el rotulador. A continuación, se sienta en el escritorio astillado detrás de su PC y se pone a mirar papeles.

Agachamos las cabezas y empezamos a hacer la tarea. Es decir, algunos empezamos; otros, soñamos despiertos. El chico nuevo saca un libro y, disimulándolo tras el portátil, se pone a leer.

Sobre nuestras cabezas, se oye el flic flic de los ventiladores. Un hilillo de sudor me baja por el canalillo. Clavo la vista en el ordenador.

No me gusta mucho escribir sobre mí misma. No me va eso de hablar de mí, sea cual sea el tema. A lo largo de los años, mamá ha sugerido que vayamos a ver a alguien porque papá está muerto, pero siempre acabamos posponiéndolo. Aunque en una ocasión, cuando tenía siete años y medio, sí que vi a un hombre en una habitación con paredes pintadas de amarillo y unos cuadros con fotos de gatos. El hombre llevaba unas gafas redondas como las de Harry Potter. Sacó un papel y unos lápices de colores despuntados y me pidió que dibujara, y así lo hice. A continuación, soltó un par de «hum» y de «ajá» y dijo: «Voy a hablar con tu madre, ¿de acuerdo?», y cuando mamá salió, tenía los ojos muy rojos, así que ya no volví a dibujar para nadie más desde aquello.

El cursor parpadea.

Respiro y me lanzo.

Mi alter ego: Un poema/meditación,
por Elizabeth Grey

Pensemos en el Ego. / El ego se define como el sentido de identidad de una persona, / lo que incluye, sin limitarse, la autoestima, la valía personal y la importancia propia. / ¿No pensamos todos que somos esenciales? / Todos somos esencia, sí, esa parte es cierta, / pero ¿somos esenciales? / Y / ¿es posible tener otro yo, / como por ejemplo, un contrario, un yo sin esencia?

No. / Algo así no existe. / El universo está hecho de esencia, de materia. / Y si yo soy un *alter* u otro, entonces me faltaría la esencia o un sentido de materia, y algo así no puede existir en el universo. / Y si estoy fuera del universo, eso me convierte en una singularidad, un concepto imposible de imaginar. / Por lo tanto, mi *alter ego* está más allá de mis capacidades imaginativas / y, por lo tanto, no puede describirse.

Fin

P. D.: Algunos dicen que Dios es una singularidad, pero la gente se imagina a Dios todo el tiempo. / Le otorgan el aspecto de un abuelo de raza caucásica o de Papá Noel. / Los abuelos de raza caucásica cuentan con el potencial de existir en cualquier lugar del universo, / así que cabe la posibilidad de que mi hipótesis anterior sea errónea. / (Lo siento).

Cierro el portátil, alzo la mirada hacia el señor Birch, que esta misma noche leerá esta obra maestra. ¡Un tipo con suerte!

Suena el timbre.

—Por favor, enviadme vuestras redacciones por correo electrónico antes de medianoche —grita el señor Birch por encima del ruido de sillas, de los empujones para meter los portátiles en las mochilas, del estrépito de nuestros cuerpos abordando la puerta.

Es la pausa.

En la pausa y a la hora del almuerzo siempre me siento con Grace —y con Evie, Stu, Miff, Rob y Sal—. «La Pandilla», se hacen llamar. Debería haber dicho «nos hacemos llamar», nosotros, como colectivo. Yo estoy en la Pandilla. Soy miembro fundamental de la Pandilla, o eso creo.

Grace y yo nos hemos sentado con la Pandilla desde el primer día de segundo de secundaria. Ambas éramos nuevas. Evie nos vio rondando por el patio de la escuela con aire indeciso y decidió que le pertenecíamos. Nos condujo al banco bajo el árbol al lado de la valla. Allí, nos entrevistó todo el mundo. Que qué bandas nos gustaban, que si preferíamos un día en la playa o quedarnos en casa, que si habíamos leído *El manifiesto comunista,* que si habíamos visto *Alguien voló sobre el nido del cuco,* que si nos había gustado, que si teníamos un tatuaje, y si no lo teníamos, que cuál nos haríamos y dónde.

El grupo hizo que las preguntas sonaran como si fuera una conversación, pero yo sentí que nos marcaban de manera invisible. Tic, tic, cruz, tic, tic.

Dejé que Grace contestara primero y observé sus reacciones. Construí mis respuestas de acuerdo con sus sonrisas.

Al final, todo correcto. Podíamos quedarnos. Por supuesto que podíamos. ¡La Pandilla es inclusiva! ¡La Pandilla es el amor encarnado!

No tendríamos problema alguno en que entrara más gente en la Pandilla, pero, según Miff, la mayoría de la gente es estúpida. El resto de la Pandilla estamos de acuerdo.

Antes de llegar a esta escuela no había pertenecido a ningún grupo, así que el hecho de estar en uno, especialmente uno que tiene nombre, resultó toda una novedad. Aún lo es, porque pertenezco a otras seis personas y dicen que me echan de menos cuando no estoy. Desde hace más de dos años, me siento en el banco bajo el árbol al lado de la valla, riéndome y diciendo las cosas que se supone que debo decir.

Y casi cada segundo de cada minuto que paso allí, con ellos, siento que veo la escena desde otro lugar. Quizá en una pantalla, como si estuviera viendo la vida de otra persona.

Me encamino hacia las taquillas. Grace está delante de la mía.

—Hola —digo.

—Hola —responde ella.

Huele a lavanda: es por la crema hidratante que me regaló para mi cumpleaños, que me pidió prestada hace dos meses y que ha olvidado devolverme.

Abro la taquilla. Meto los libros.

—Hola —digo de nuevo.

Me tiemblan las manos, en serio, lo que es una estupidez, porque es Grace, mi mejor amiga, que vive al final de la calle y a un giro a la izquierda y dos a la derecha. Grace Yu-Harrison, que conoce todas las canciones del *White Album* de los Beatles (como yo), que adora *El gran Gatsby* (como yo) y el trabajo artístico de Alexander Calder, en especial sus móviles, que se mueven cuando los soplas. (Esto lo hicimos un domingo en Sídney cuando el guarda no miraba; al principio los alambres temblaron, pero después se pusieron a bailar).

Grace vive con su madre y su padrastro, ambos adictos al trabajo. No estoy exagerando; literalmente, al parecer son incapaces de sentarse en otro lugar que no sean sus despachos, de dejar de ir a reuniones, a conferencias y a otras reuniones con otros adictos al trabajo y de no llegar tarde a casa. Grace pasa mucho tiempo sola. Su padre vive en Wagga Wagga, que está tan lejos del mar que hasta puede que sea un lugar fantástico. Su casa tiene piscina y hay una hamaca en la que caben dos personas, y a menudo nos balanceamos en ella después de un chapuzón.

Grace es también una chica despampanante, el tipo de bellezón que mucha gente aspira a ser durante toda su vida. Ha besado a cinco chicos y medio. El medio es porque el chico se giró y se puso a vomitar dos segundos después de que sus labios se rozaran.

—Fue asqueroso. ¡Casi me vomita en la boca! —dijo.

Yo solo la he besado a ella.

Por lo general, Grace habla durante los cuatro minutos que dura el paseo desde las taquillas hasta nuestro banco al lado de la valla. Me dice que deberíamos teñirnos el pelo, pero no de azul, porque todo el mundo lo lleva de ese color, así que ¿qué tal plateado? Y me cuenta que ha hecho un dibujo sobre lo que ha soñado la noche anterior, y que Suryan, de bachillerato, le ha enviado una foto de su pene, al que se refiere como «polla», y yo le digo que igual el término no es el más apropiado, y Grace se ríe.

Al menos, eso fue lo que dijo el viernes, la última vez que la vi, antes de que me pasara por su casa, me bañara en la piscina y, después, cuando ella se tumbó sobre el césped, con los ojos cerrados, el pelo liso y reluciente, algo en mi interior me impulsó a inclinarme y a posar mis labios sobre los suyos.

—Hola —dice Grace de nuevo, y regreso junto a las taquillas.

Aunque por mí podríamos pasarnos así todo el día, ella se coloca frente a mí y me impide el paso. Clava sus ojos en los míos.

—Lo siento —balbuceo.

Es precisamente lo que dije después de besarla, y lo que no dejé de repetir cuando ella me aseguró que yo le gustaba mucho pero no de ese modo, aunque estaba tan muerta de vergüenza que salí pitando. Mido mil metros y cuando corro, parezco una jirafa, así que, menuda pinta debía de tener, caminando por la calle ataviada solo con el bañador, la mochila en una mano y el uniforme y los zapatos en la otra, y los vecinos mirándome boquiabiertos por las ventanas. Todo un espectáculo, seguro.

—Biz —dice Grace, poniéndome la mano sobre el brazo—. No pasa nada, de verdad. Fue agradable, ¿sabes? No me han besado en siglos y tú no lo haces mal. Es solo que… —Hace una pausa. Y toma aliento.

Clavo la mirada en las taquillas, el suelo, en cualquier sitio, excepto en la mano de Grace en mi brazo. Ella se acerca, así que ahora somos dos pares de ojos que flotan.

—Bueno, Biz, la cuestión es… Lo que quería decirte es…

hum... Lo que me pregunto es... —Vuelve a tomar aliento—. Biz, ¿eresbiototalmentegay?

Parpadeo.

—¿Cómo?

—¿Bi o gay?

Formula la pregunta como si estuviera en un centro comercial, sosteniendo una carpeta entre sus manos y pidiendo dinero para alguna causa benéfica.

La miro boquiabierta.

—Porque... —continúa—. Estaba pensando en ese fin de semana (el cual, por cierto, fue una mierda), en que papá llamó y tuve que volar a Wagga para asistir al funeral de una tía abuela. ¿Te llegó mi mensaje? Joder, fuimos a una especie de «granja» de una amiga. Vaya mierda, no tenía wifi ni señal, ¿cómo puede existir un sitio así? Y comimos cordero, una asquerosidad, en serio. Y él no dejaba de decir que tengo que ponerme las pilas este año o no conseguiré entrar en la universidad. Qué pesadilla de tío, madre mía. En cualquier caso, en cuanto a ti, Biz, estaba pensando en quién podría ser bueno para ti y en si los chicos son un no rotundo o si aún hay alguna posibilidad, porque Evie mencionó que a Lucas Werry quizá le apetecía, pero si tu rollo son las chicas, podemos tomar una dirección completamente distinta, sin problema. A menos que... Bueno, a menos que estés colada por mí. En ese caso... —Hace una pausa—, eso sería una tragedia de proporciones shakespearianas.

Grace finalmente se calla. Fuerza una sonrisa y espera mi respuesta.

Yo soy incapaz de pronunciar palabra. Siento cómo se mueven los pistones de mi corazón, siento cómo se me llenan los pulmones, cómo se vacían, cómo se me obstruyen los poros. Siento el movimiento de las estrellas y oigo el eco de todos los agujeros negros que lo consumen todo. Pero entonces, así, sin más, mi mente se despeja.

Es Grace. Solo Grace. («Abre los ojos, Biz»).

Ahí está, con la mano aún sobre mi brazo. Mi mejor amiga. («Vuelve a la realidad, Biz. Todo irá bien»).

Lentamente, parpadeo y noto que me despierto.

—No. No creo que esté colada por ti —aseguro—. Aunque eres preciosa y fascinante, Grace, no eres mi tipo.

Y mientras lo digo, algo se desata en mi pecho. Madre mía. Es verdad. ¿En serio? No lo estoy. No lo es.

¿Verdad?

¿Menos mal?

Grace parece enormemente aliviada. Lo que me hace soltar una carcajada. Sigo riendo, y, de repente, todo va bien.

¿Verdad?

¿Menos mal?

—No sé exactamente lo que soy —digo, y creo que es verdad. ¿Soy bi? ¿Soy gay? ¿Soy algo más? Me siento confusa con solo pensarlo—. Es decir, no planeaba besarte —añado.

Grace esboza una sonrisa.

—Soy bastante irresistible.

—Eres la única persona a la que he besado, Grace. En serio, no tengo experiencia. Igual tendría que besar a más gente para saberlo, ¿no? Igual podemos poner a los candidatos en fila o tumbarlos sobre una bandeja, como si fuera una cata.

—Para comprobar si te gusta la salchicha o las anchovas —bromea Grace.

—Ambos son productos animales, así que… —Me detengo al ver la mueca en su rostro—. ¡Oh, qué asco, Grace!

Grace suelta una carcajada. Empieza a andar y salimos del edificio. Camino a su lado. Nos dirigimos al árbol, al banco bajo el árbol, con la Pandilla sentada al lado de la valla. Y Grace ya está sacando su teléfono y enviándole un mensaje a Lucas-Werry-al-que-quizá-le-apetecía para invitarlo a darse un chapuzón en su casa.

Lo que estará bien.

¿Verdad?

Papá vio a mamá por primera vez en un malecón de Palm Beach. Él estaba sentado con las piernas colgando y comiendo una bolsa de patatas. Ella estaba pescando.

Bueno, técnicamente no estaba pescando. Estaba en el malecón viendo cómo pescaba su novio. El novio era todo «Yo fuerte. Yo pescar bien. Yo tener músculos», y mamá trataba de encontrar las palabras para romper con él.

Así que rompió con ese tipo, allí mismo, y como golpe de gracia dijo: «Ah, y de pasada, no me gusta pescar. Es algo inhumano».

Y el tipo dijo: «¡No les hago nada! ¡Los devuelvo!».

Y mamá dijo: «No sin antes destriparlos con ese anzuelo».

Y el cabeza de chorlito dijo: «Bah, vete a la mierda».

A lo que ella respondió: «Eso no ha estado bien, Barry».

Y cogió la caña de pescar y se la tiró al agua.

Entonces el tipo se puso chulito, así que también lo tiró a él.

Papá, que estaba presenciando toda la escena, pensó para sus adentros: «Búscate una chica que sepa devolverlas».

Al menos, así es como lo cuenta papá. La última vez que lo hizo: el pasado jueves por la noche, mientras yo trataba de estudiar.

—Y se marchó como si fuera la Mujer Maravilla —dijo papá desde la ventana—. Luego me topé con ella en la parada de autobús, subimos y le dije: «Una técnica excelente». Ella respondió: «Gracias, tengo práctica». Y entonces yo dije… Bueno, no dije mucho más porque no podía pronunciar palabra, porque, ¡pum!, allí estaba, justo en el centro de mi corazón. Y desde ese momento, todo fue sobre ruedas.

Papá sonreía de oreja a oreja.

Fue una buena historia. Pero yo estaba distraída, tratando de resolver un polinomio.

—Genial, papá, pero supongo que no podrías ayudarme con las mates, ¿verdad?

Cuando miré a mi alrededor, ya no estaba.

A menudo, cuando pienso en papá, me imagino una burbuja. Es algo así como transparente, pero cuando habla de mamá, o de mí cuando era bebé, se llena de colores.

En cierto modo, es muy bonito. Si no digo nada, podría quedarse flotando durante horas.

LUCAS WERRY NO ESTÁ NI MÍNIMAMENTE INTERESADO EN MÍ. No estoy segura de dónde sacó Evie la información, pero el viernes por la tarde se dedica a chapotear en la piscina y a perseguir a Grace como un perrito.

Después no podemos evitar reírnos. Tras el baño, Lucas se marcha a casa, claramente decepcionado al oír que Grace le dice que tiene que irse. Le pone como excusa que tenemos una cena con sus padres esta noche (mentira) y que nos van a llevar a un restaurante caro de Sídney (otra mentira), y que mejor que se vaya pronto para que nos dé tiempo a arreglarnos (¡mentira, mentira y mentira! Nuestro plan es comer humus con zanahorias para cenar y ver *El gran Gatsby* por vigesimoctava vez, y hasta puede que estudiemos. Esto es lo que llamamos una noche de fiesta).

—Te quería a ti, Grace —le digo—. ¿No lo has visto?

—Más bien lo he notado, Biz —responde Grace, haciendo una mueca—. ¡No dejaba de apretujarla contra mí!

Estoy en el baño de Grace, tomando una ducha, cuando reparo en que me parece cero excitante que Lucas apretuje cualquier parte de su cuerpo contra el mío. Y eso, ¿qué significa?

—Grace… —digo, ya en su habitación, secándome el pelo con una toalla.

—¿Sí?

Grace rebasa la cama dando un brinco y alza la mirada hacia mí.

—Estaba en la ducha y me he imaginado a Lucas presionando su pene contra mí. Casi vomito.

—¿En serio? Lucas no está nada mal. ¿En serio no te atrae? ¿Y esos abdominales? ¿Y los brazos? ¿Y esa enorme y palpitante…?

—No —la corto—. Pero la cuestión es… —Dejo la toalla en el respaldo de su silla y la miro—. No estoy segura de que quiera algo presionado contra mí. Tetas, penes, abdominales, vaginas. No estoy segura de que quiera nada de eso.

—Hum… ¡Interesante! —dice con una sonrisa.

Y así, el objetivo de Grace se convierte en «Resolver el enigma de la sexualidad de Biz».

Resulta agotador: no deja de señalarme chicos y chicas en la escuela. Antes incluso de que atraviese la puerta de entrada, ya me ha enviado un mensaje con una lista de personas en las que fijarme durante el día. Pongo punto final con una tal Maddie de primero.

«Grace, que no soy Nabokov», le escribo en la clase de Inglés.

«Perdón. Me he pasado», contesta ella.

Su mensaje llega con un fuerte ¡PING! justo cuando el señor Birch está explicándonos una tarea que tenemos que entregar el próximo viernes. Todo el mundo levanta la cabeza de sus apuntes y la gira hacia mí, veintitrés mochuelos que advierten los leves crujidos de un ratón al que se le ha olvidado silenciar el móvil.

—Elizabeth, Elizabeth, Elizabeth —dice el señor Birch, negando con la cabeza tristemente.

Después de la redacción sobre el *alter ego*, sus expectativas conmigo deben de haber bajado significativamente. El señor Birch se acerca y tiende la mano.

Política de la escuela: está expresamente prohibido el uso de los teléfonos móviles en clase, incluso aunque estés en cuarto y deberían permitirte gestionarlo por ti misma.

Mierda. Ahora me quedaré sin móvil hasta el viernes. Y hoy es miércoles por la mañana. Se lo doy y veo que el chico nuevo sonríe. El que leía un libro oculto tras la pantalla del ordenador la semana pasada, cuando se suponía que teníamos que estar trabajando —debo añadir que fue una jugada digna de un criminal—. Ni siquiera estoy segura de que haya entregado su redacción. Le hago una mueca y el señor Birch la malinterpreta, pensando que va dirigida hacia él.

Por lo que se ve, el señor Birch tiene carácter. Una clase para aprender a controlar la ira no le iría mal a este hombre.

A mamá no le hace ni pizca de gracia. Se dedica a pasearse por la cocina, abriendo y cerrando las puertas de los armarios, sacando sartenes y soltándolas con estrépito.

—¿Pero cómo puede ser que te castiguen en cuarto? ¿En serio? ¿El móvil confiscado? Mierda, Biz, que no estás en primaria.

—¡Mamá!

A mamá siempre se le olvida que los mellizos tienen seis años y son fácilmente influenciables.

—¡Mierda! —grita Dart, que está haciendo los deberes en la mesa de la cocina.

—¡Mamá ha dicho «mierda»! —canturrea Billie, sentada frente a él.

Y los dos se ponen a cantar al unísono «¡Mamá ha dicho "mierda"! ¡Mamá ha dicho "mierda"!», repitiéndolo una y otra vez hasta que mamá se quema la mano con la tetera porque está distraída y vuelve a maldecir («¡Mamá ha dicho "joder"! ¡Mamá ha dicho "joder"!»), y mamá cierra la nevera de un portazo porque no hay verduras, excepto un calabacín blando y una coliflor con manchas de moho, y porque su hija mayor está cayendo en el lado oscuro y los mellizos hablan como pescaderas y que ¿qué ha hecho ella para merecer esto?

Pobre mamá. Le doy un abrazo.

—Vamos a por comida tailandesa —digo.

Ella sorbe por la nariz, un poco llorosa, y accede.

Vamos al restaurante tailandés y comemos hasta que las barrigas de los mellizos se hinchan con todo el *satay* que hemos pedido, lo que es maravilloso, ya que nos encantan las sobras.

Y la proporción se iguala.

Una mierda versus maravilloso. 1 : 1.

Mamá se enamoró de una película cuando tenía veinte años. Iba sobre una mujer que tomaba un tren y no lo tomaba. Si tomaba el tren, pillaba a su novio acostándose con otra mujer. Si lo perdía, las puertas cerrándose un segundo antes de que llegara, no lo pillaba, y el universo se dividía en dos.

—Me encanta —dice mamá—. Sigues las dos vidas de Gwyneth, y estás todo el rato preguntándote qué pasa si toma el tren; ¿y si no lo toma? ¿Acabará con la misma vida de mierda? ¿Conseguirá ser feliz?

—Ajá… —digo.

Estoy duchándome, tras volver de la playa con los mellizos. Mamá está en el baño, haciendo pis. No es la primera vez que me habla de esta película. De hecho, hasta llegamos a verla juntas. Pero no se acuerda.

Mamá está de muy buen humor. Ha tenido el día libre y se ha ido a tomar algo con unas amigas. Ahora mismo está muy habladora. Yo he llegado a casa de la playa, me he metido en la ducha, he corrido la cortina y, un instante después, mamá ha abierto la puerta del baño, se ha sentado en el inodoro y ha empezado a hablar. Primero, sobre el peinado de su amiga Jamie y, después, sobre el tipo que trató de charlar con ellas. A continuación, ha sido Gwyneth sin parar. Mamá lleva un buen rato en el baño. Supongo que habrá visto la película otra vez esta mañana, después de que nosotros nos fuéramos, antes de salir con sus amigas. Mamá guarda el DVD en el estante, encajado entre los álbumes de fotos, los proyectos artísticos de los mellizos y los libros, apilados para que quepan aún más libros.

—Me encantan los universos paralelos —suspira mamá.

Eso es verdad. Y también le encanta el amor. Y el destino. «Si tiene que pasar, pasará —dice siempre—. Todo pasa por algo». Hasta la he visto persignarse alguna vez. No puede huir de su fe; la persigue vaya adonde vaya.

Mamá y yo vimos la película juntas cuando yo tenía trece años. Ella se sentó en un extremo del sofá y yo apoyé los pies sobre su regazo. Escuché el poco acertado acento británico de Gwyneth, la vi mantener unas fogosas relaciones sexuales con un tipo («¡No me acordaba de esta parte! ¡Biz, tápate los ojos!») y vi cómo moría. Al menos, en uno de los universos. Y cuando Gwyneth murió, mamá y yo lloramos tanto que se nos hincharon los ojos hasta casi cerrarse.

Lloré casi lo mismo la segunda vez que la vi, cuando me salté la escuela unos meses después.

Papá estaba sentado en el extremo del sofá, mirándola conmigo. Apareció para ver la parte en la que la Gwyneth del otro universo no muere, sino que se despierta en un hospital y prueba a ver qué tal le va con los vivos.

—Llevé a tu madre a ver esa película —señaló—. Estaba resfriada y me pidió que no la besara, aunque lo hice, evidentemente, y, evidentemente, yo también acabé resfriado.

Miré de reojo a papá con ojos llorosos.

—Lloré mucho cuando Gwyneth murió —confesó—. Aunque tenía que pasar. No se podía evitar. Tu madre también lloró. Por suerte, estábamos solos en la sala, así que nos desahogamos en paz. Fue en ese momento cuando lo supe de verdad —dijo, esbozando su típica sonrisa ausente.

«Que la querías, ¿verdad? —quise decir—. Que estarías con ella para siempre. Que te quedarías hasta que la muerte os separara de cuajo, ¿verdad? ¿No es eso lo que prometiste?».

—«Voy a hacerte muy feliz» —citó papá—. Es la mejor frase que se le ha dicho nunca a una mujer muerta. Te parte el corazón. —Sentado al borde de la mesita de café, con sus calcetines estampados y su bata, añadió—: ¿La vemos otra vez?

Y así lo hicimos.

El chico nuevo se llama Jasper Alessio. Es alto y delgado. Tiene una manera de andar extraña, una especie de cojera, como si su pierna derecha fuera demasiado lenta y no pudiera seguir el ritmo, como un perro testarudo que no le sigue el paso. Lleva el pelo largo, como todos, y le cubre los ojos. Jasper juguetea con él cuando está concentrado, por lo general en clase de Matemáticas. Se inclina sobre el folio. Frunce el ceño ante las pequeñas equis, las diminutas enes. ¿Es que no sabe que pueden arreglárselas solas? Están por todas partes, pertenecemos a lo desconocido. Sin embargo, Jasper da golpecitos con el lápiz. Juguetea y garabatea. En Inglés parece que le da igual, pero en la clase de Mates, Jasper se calienta la cabeza.

Por lo visto, no tiene amigos. Aún no lo ha reclamado nadie. El grupo en la cumbre no lo hará. Todos ellos son guapos y no tienen defectos físicos. Ni siquiera espinillas. Así que, por muy gracioso que sea, por mucho que sepa tocar la guitarra y la batería, por muchas relaciones sexuales que haya mantenido con exactamente el número apropiado de gente, es por la pierna.

El siguiente grupo puede que lo reclame, pero todo depende de la personalidad de Jasper. ¿Es listo sin creérselo? ¿Es gracioso según sus normas propias? ¿Les quita el sueño a los profesores?

No cuenta con mucho tiempo para demostrar su valía. Tiene que mover ficha, y pronto. A mí me da igual, excepto porque lo mencioné a la Pandilla y Evie hizo una mueca.

—Es un poco raro —dijo Evie.

Miff asintió.

—¿Qué tiene de raro? —pregunté.

—En clase de Química, mientras mide el hidróxido, respira de una manera extraña —comentó Stu.

Miré a Grace, que se encogió de hombros.

—¿Y qué creéis que le pasa en la pierna? —preguntó Sal.

—¿La has visto? —me preguntó Evie.

—No —respondí.

¿Cómo iba a verla? Jasper lleva pantalones a diario, incluso con un calor espantoso. No hace deporte; ninguno de nosotros hace. No parece que sea un surfista. Tampoco parece que le vayan los videojuegos, o que sea un porrero, un pirado del teatro, un *nerd* ni nada de nada, excepto un chico, alto y delgado. De hecho, se parece un poco a un borrón, y de no ser por su pierna, quizá pasarías ante él y lo ignorarías, como si fuera ese trozo de pared que has previsto pintar desde hace años pero que nunca encuentras el momento de hacerlo.

—Bueno, parece un poco capullo —dijo Grace.

Es verdad. La primera impresión que ha dado no ha sido la mejor. Podría ser un capullo y nada más. Pero también parece algo solitario.

La Pandilla empezó a especular sobre la cuestión del «Cojo». En vista de que Jasper no iba a hacer una entrevista, tuvieron que descifrar su historia ellos mismos.

Me sorprendo pensando en Jasper, y no le digo a Grace que estoy pensando en Jasper.

¿En qué piensa cuando se queda en Babia en clase de Inglés? ¿Adónde va? ¿Por qué se come tanto la cabeza con las matemáticas? ¿Qué le sucedió en la pierna? ¿Fue una tragedia con un tractor? ¿Estaba conduciendo un John Deere por la granja familiar y paró porque vio un montón de ratones acurrucados entre las espigas de trigo? ¿Bajó para salvarlos y el tractor, con voluntad propia, lo atropelló? Trece operaciones quirúrgicas, tres tornillos de acero y quinientas grapas después, Jasper finalmente vuelve a caminar.

¿O puede que sea un gilipollas que atropellara a una anciana con una moto robada? Jasper: drogado perdido, tatuado y sin compasión, acaba de salir del reformatorio. ¿Está a un paso de cometer un nuevo delito?

No puedo dejar de preguntármelo.

Mamá siempre dice: «Las respuestas son amigas tuyas». Quizá lo que Jasper necesita es una cara amable. Estoy convencida de que soy capaz de ponerla.

El martes, le espero al salir del instituto. Jasper baja las escaleras balanceándose un poco, como un marinero en mitad de una tormenta.

Subo tres escalones para encontrarme con él.

—¿Te gustaría dar un paseo? —le digo.

Sorprendido, Jasper se detiene y clava la vista en mí.

—¿Cómo?

Igual es un poco obtuso, puede que esa sea la razón por la que respira fuerte en la clase de Química, por la que se come el coco, así que, lentamente, repito:

—He dicho: «¿Te gustaría dar un paseo?».

—¿Te estás cachondeando de mí?

Jasper frunce el ceño.

—¿Cómo?

Me inclino hacia adelante.

—¿Me lo has preguntado porque crees que no puedo caminar? Si es eso, menudo gesto de mierda.

Estoy tan desconcertada que retrocedo un paso y me tropiezo con el escalón, golpeándome la pierna con la barandilla. Mis ojos se llenan de lágrimas. Me inclino para sujetarme el tobillo. Probablemente me lo haya fracturado.

—El karma —dice Jasper y, a continuación, se larga.

Finalmente resulta que sí, que Jasper sí que conduce una motocicleta.

Al pasar por delante de mí, por delante de los escalones de entrada a la escuela en los que estoy sentada cuidando de mi tobillo roto, acelera de forma muy peligrosa. Y si alguien lo viera ahora mismo tendría que admitir, empíricamente, que encima de la moto Jasper no parece para nada un borrón.

—¿Te lo has roto, Biz? —dice papá.

Está en lo más alto de las escaleras, justo por encima. Entre sus pies y el cemento se aprecia un centímetro de aire.

«No lo sé, papá».

—¿Lo has comprobado? ¿Puedes andar? ¿Deberías llamar a una ambulancia? Tal vez deberías llamar a una ambulancia.

Papá no deja de pasearse de un lado a otro. Su aspecto es gris, como si hubiera estado colgado en una pared a pleno sol y se hubiera desteñido.

«No necesito una ambulancia, papá».

—Es solo para estar seguros. Podría ir a peor. Podría estar astillado. Podrías acabar con gangrena, Biz.

Me giro hacia él. Va en pijama. El que llevaba cuando murió.

—Papá, me voy a casa, ¿vale? Mamá lo arreglará. Relájate.

Me mira durante un latido. Dos. Y entonces se desvanece.

Después de llegar a casa cojeando, después de que me haya puesto hielo sobre el moratón oscuro que me ha salido en el tobillo, mamá regresa del trabajo. Estoy sentada en el porche, en una silla, flotando en el crepúsculo. Un grupo de mosquitos da vueltas alrededor de mi cabeza, pero me he embadurnado de repelente, así que los mosquitos, malhumorados, no dejan de quejarse. Los mellizos están en el salón, viendo la tele y pegándose puñetazos.

Mamá deja caer las llaves sobre la encimera de la cocina y suspira. Yo la oigo; ella no me ve.

—Hola, mamá —saludo.

Sobresaltada, mamá mira a través de la ventana.

—¿Biz?

—Afuera.

—¿Por qué?

—Porque sí —digo.

Mamá nunca sale al jardín, y rara vez pisa el porche trasero. Dice que el jardín la agobia, con todos esos matorrales y su crecimiento excesivo, el césped y las cacas del perro.

Pero a mí me gusta su misterio. En algún lugar de esta maraña boscosa hay un columpio que los mellizos aún utilizan, llegando a él por un estrecho sendero que atraviesa el alto césped. También hay un jacarandá de ramas retorcidas que deja caer sus flores en cada estación, tiñendo el jardín de color púrpura. Los mellizos han depositado varios juguetes al pie del árbol para atraer a las hadas. Y también está el perro, al que le encanta sorber ruidosamente lagartos y bayas silvestres. En este preciso momento, Chichón está tirado a mis pies, dormitando.

Mamá abre de golpe la puerta mosquitera. Ya se ha servido su primera copa de vino. Otro día finiquitado para mamá. Trabaja demasiado. En el pasado, quería ser artista. Ahora es auxiliar dental. En una de sus jornadas laborales, llega a examinar un centenar de bocas cariadas. Su jefe le pide que haga horas extra todo el tiempo porque mamá siempre accede.

—¿Estás bien? —pregunta.

—Me he roto el tobillo —digo, señalando con un gesto hacia el pie.

—¿En serio?

Mamá sale. Ya percibo ese deje en su voz, ese tono de «No creo, Biz». Se podría hacer una canción con ese sonido, de todos los cuentos chinos que le he soltado…

—Parece una pelota de baloncesto —digo.

Mamá se inclina y me mira el pie.

—Es un moratón muy feo —confirma.

—¿Lo ves?

—¿Puedes moverlo? ¿Puedes mover los dedos? ¿Puedes soportar el peso?

Está inclinada, palpándome el tobillo, y solo con que lo toque y lo mire, ya noto cierta mejoría.

Dicen que la observación afecta la realidad, que puede hacer que un electrón se manifieste. Hasta ese momento, el electrón solo es una posibilidad, una idea. Hasta que no se observa, puede que ni exista.

Durante toda mi vida, mamá ha hecho que me manifieste. A veces, he tratado de darle esquinazo, pero ella siempre me sitúa. Y yo la sitúo a ella. Dos electrones que se miran, que van allá donde el otro vaya.

Creo que papá era más difícil de atrapar. Mamá decía que siempre iba muy rápido. Apenas dormía. Se levantaba antes de las cinco de la madrugada, confeccionaba listas de cosas por hacer, bebía café, se calzaba las zapatillas deportivas y atravesaba la puerta, camino de su carrera matutina.

Tenía tantos planes… En ellos, siempre viajaban: de trabajo a trabajo, de ciudad a ciudad, de casa a casa.

«¿Y si nos quedamos aquí?», solía decirle mamá.

A lo que papá solía responder: «¿Y qué te parece allí?».

Papá trabajaba de carpintero, jardinero, marinero, de monitor juvenil, de auxiliar administrativo, de auxiliar docente…, y mamá examinaba bocas.

¿Eran felices?

Se lo he preguntado a mamá más de una vez.

«Sí, Biz. La mayoría del tiempo éramos muy muy muy felices», dice.

Mamá me hace mover el pie, arriba y abajo, una vuelta entera. Por lo visto, no parece roto. Entro cojeando en casa y ella lo venda, con las manos moviéndose alrededor de mi tobillo hasta que acaba envuelto para regalo.

De cena, comemos tofu aromatizado con arroz blanco revenido, con unos pocos tronchos de brócoli plantados con esperanza en los laterales del plato. Los mellizos se levantan, van hacia la nevera y sacan la salsa de tomate, con lo que convierten su cena en lava.

Unos meses atrás, convencí a mamá de que pasáramos de vegetarianos a veganos, pero creo que no lo ha hecho de corazón. El departamento de nutrición no ha sufrido muchos cambios. Las cenas solían consistir en algún tipo de queso con algún tipo de carbohidratos con algún tipo de verdura. Nuestras nuevas comidas no son tanto un paso hacia adelante como un paso hacia un lado.

A veces pienso en cocinar algo mejor, algo más alegre, y sorprender a mamá. Lo pienso y al salir del instituto, me encamino hacia mi habitación, abro el portátil y me sumerjo en internet. Busco y busco, y ya han pasado tres horas, y mamá ha vuelto de trabajar y está preparando la cena. Nos sentamos y comemos: algo hervido, algo gris, algo verde.

Juego con la comida en mi plato. Los mellizos la engullen.

Hablan sin cesar, y mamá asiente y se ríe. En ocasiones me pregunto si escucha de verdad. Parece que lo haga, aunque igual en cada cena tiene la mitad de su mente aquí y la otra mitad, en Tahití.

Mi mente está casi siempre en otro lugar.

¿Cómo puede ser que los padres de Jasper le dejen conducir una motocicleta? ¿No están preocupados por si muere? ¿O puede ser que, como acaba de salir del reformatorio, no tenga padres y viva con cuidadores? ¿Tiene hambre? ¿Vive en la calle? ¿Está ahora mismo acurrucado en una caja de cartón, temblando y royendo huesos que ha sacado de un contenedor?

Acabo de cenar, me cepillo los dientes y me dirijo a mi habitación para buscar a Jasper en internet. Apenas existe. No hay casi nada con lo que hacer que se manifieste, con lo que situarlo, solo un ente borroso en Facebook. Eso es todo.

Estoy a punto de enviarle una petición de amistad; la flecha apunta hacia el botón y el dedo está a punto de hacer clic, pero me detengo... ¿Qué estás haciendo, Biz? Pero si es un capullo. ¿Y qué te hace pensar que aceptará? Piensa que eres una cabrona.

Alejo la flecha. Aparto la mano del teclado.

La foto de perfil de Jasper es su silueta con algún tipo de atardecer de fondo. Su imagen de portada es un molino de viento en un campo. La foto es preciosa; habría podido robársela fácilmente a alguien (que, con toda probabilidad, se la haya robado a otro).

Quizá Jasper lo roba todo. Quizá se llevó la moto de algún patio delantero y ahora hay un motorista buscándola, furioso y apenado. Quizá la mochila de Jasper y los libros, su móvil y su ropa sean todos robados. Quizá su cojera sea falsa. Quizá Jasper sea una mentira.

ESTOY EN LA PLAYA, DE JUERGA CON UN GRUPO. TODO EL MUNdo está borracho. ¿Y yo, lo estoy también? Me he tomado tres sidras y después algo de una botella, algo ardiente: *whisky*; creo que era *whisky*. Y después hemos bebido unos chupitos de tequila en unos vasitos dosificadores de papel, lo que ha sido divertido.

Grace está aquí, y también Stu, Miff, Evie, Rob y Sal. Somos la Pandilla Intoxicada, ja, ja, ja. Hay más gente. Estamos todos juntos. La juventud se congrega. Somos la Iglesia de la Juventud. Oremos.

El océano parece enorme y muy oscuro. Se ve el blanco de las olas allá donde rompen. Se ven nuestros pies cuando la luz de la hoguera los roza. Se ven nuestros rostros brillantes y felices.

Alguien toca una guitarra y todo el mundo canta. Todo el mundo grita las palabrotas de la canción: «¡Joder, joder!».

¿Por qué gritar «joder» es tan gratificante?

Lo es, y punto.

Tengo la cabeza apoyada en el regazo de Grace. Grace está morreándose con el Fotopolla. Puedo oír el sonido de sus lenguas al chocar en sus bocas. Grace no deja de retorcerse, tratando de aplastar su cara contra la suya. Mi cabeza rebota sobre su rodilla.

Noto las sidras, el *whisky* y el tequila que dan vueltas en mi estómago, junto con las dos croquetas de patata del McDonald's. Digamos que la comida y los líquidos no se han hecho muy amigos.

—Voy a vomi… —digo.

Me incorporo. Grace ni escucha. Comosellame le está magreando las tetas por debajo de la camiseta.

Voy hacia las dunas, donde están los conejos y los arbustos. En este preciso momento, los conejos deben de estar tapándose las orejas porque nosotros, la juventud, armamos demasiado alboroto. Me inclino sobre un arbusto y lo decoro. Doy dos pasos hacia la izquierda y decoro otro. Son arbustos afortunados. Por la mañana, tendrán el aspecto de árboles de Navidad. Como si fueran unas bolas navideñas, las croquetas de patata adornan sus ramas, y por espumillón, unos fideos de la cena de mamá. Es gracioso, aunque me duele la cabeza. Desciendo por la duna, alejándome de los arbustos y de los conejos, con la intención de regresar a la fogata, pero el fuego hace que me duelan los ojos, y las canciones (¿por qué no dejan de cantar la misma canción todo el rato?), y el hecho de ver a Grace con su lengua hasta el fondo de la garganta de Comosellame, y Evie, que se ha desplomado sobre un tipo llamado Tim, y Stu, que le pone ojitos a Jamal, que está en primero de bachillerato y es jugador de rugbi y, según Stu, superdotado… Todo el mundo está en plan lenguas-hasta-la-garganta-excitados-bebiendo-y-cantando. Todos están con la boca abierta, riéndose de chistes que no recordarán y nadie parece haberse dado cuenta de que me he ido.

Me dirijo hacia la playa, alejándome del fuego, del ruido y de ellos.

Llego a la orilla. Contemplo el blanco de las olas y la oscuridad del océano. Me imagino a todos esos peces dormidos. Me imagino lo calentitos que deben de estar.

El agua me roza los tobillos y está caliente; esos peces no andan tan equivocados.

Entonces, las olas me llegan a las rodillas y se ponen a charlar.

—Aaah —suspiran las olas—. Llevamos siendo olas tanto tiempo… Es tan aburrido eso de encresparse una y otra vez… ¿Cómo es ser una chica?

—No está mal —digo, aunque en el fondo no es verdad, y como no quiero mentirle al océano, acabo confesando—: De hecho, algunas veces sí está mal. Algunas veces, incluso está muy mal.

Las olas asienten.

—Lo que creíamos. Vemos todo tipo de cosas.

—Me lo imagino —respondo.

Ahora las olas me llegan a las caderas, y nos lo estamos pasando muy bien.

—Hemos visto tiburones, ahogamientos, naufragios y plástico. Proporción de tiburones versus ahogamientos versus naufragios versus plástico: 5 : 2 : 1 : 1.000.000 —dicen las olas en mi cintura.

Niego tristemente con la cabeza.

—Qué triste —digo.

—Muy triste —corroboran las olas desde debajo de mis tetas—. ¿Por qué no haces algo, Biz?

—¿Yo?

Una ola me golpea el pecho.

—Sí, tú, Biz. ¿Qué mierda haces todo el día navegando por internet mientras el mar se asfixia?

Guau. Las olas se están poniendo bordes. Me llegan a la altura de los hombros, golpeándome. Me tiran de los brazos, me estiran del pecho y de las caderas, me agarran las rodillas, los tobillos y los pies.

—No hay por qué ponerse así —digo, o trato de decir, pero una ola se me mete en la boca y se dedica a buscar la razón por la que no me da la real gana de levantarme de la puta silla y salvar el océano.

Me ahogo. Trato de revolverme y zafarme de ellas, pero las olas me tienen bien agarrada. Se introducen con fuerza en mis ojos, en la boca abierta. La lengua me sabe a sal y humedad.

Ojalá pudiese salvar el océano; quiero decírselo a las olas, pero estas se llevan mis palabras. Ojalá pudiese salvar el océano, y los glaciares, los rinocerontes y también quiero salvar el bosque tropical, y las islas del Pacífico, y a papá. Quiero decirle al océano lo inútil que he sido hasta ahora, pero las olas ya lo saben. El agua lo ve todo.

Por mucho que desees que algo se quede,
se te escapará,
se hundirá en lo más profundo
de tu ser
mientras tú estás ahí
llorando y mirando,
acuosa, anegada,
balando y balbuciendo abotargada,
no haciendo nada y agarrándote a nada.
Mírate, Biz.
¿Es que no lo ves?
«Empujaempujaypatea».
¿Lo inútil/estúpida/incorregible que eres?
Claro que se te tendrían que llevar las olas.
Sí.
Claro.
Deberían hacerlo.

Pero aquí llega Jasper.

Aquí está Jasper, en las olas, conmigo.

Con el brazo por debajo de mi axila y barbilla, y me está sacando del mar. Tira de mí hacia la orilla con expresión seria, y las olas gritan: «¡Oye, que es nuestra!».

Pero Jasper no escucha.

Me arrastra hasta la arena, y quiero decir algo, pero estoy llena de agua.

Me tumba de lado y yo toso y vuelvo a toser, y el agua está muy cabreada porque estaba muy feliz dentro de mí.

Jadeo y me cuesta respirar, y las olas ahora se han convertido en un revoltijo de reproches y gritos, pero allí, tirada sobre la arena, solo escucho una frase que no deja de repetirse:

—Que te jodan, Biz. Que te jodan. Que te jodan. Que te jodan —dicen las olas.

Cabreada, tomo aliento.

Toso. Respiro. Toso. Me incorporo.

Tengo el pelo enmarañado. La camiseta hecha jirones. He perdido un zapato.

Jasper se sienta sobre sus talones. Parece exhausto.

¿De dónde ha salido?

Tomo otra bocanada de aire.

—Gracias —le digo.

Jasper asiente.

Nada de esto parece real.

La gente solo surge de la nada justo a tiempo para salvar la vida de alguien en la ficción. Por consiguiente, soy una ficción.

Y Jasper es una ficción. Y la ardiente juventud de lenguas entrelazadas, canciones y fogatas que se acerca con calma y pregunta «¿Qué ha ocurrido?» es también una ficción.

Intentaremos explicarlo.

Jasper intenta explicarlo y yo intento explicarlo, pero ellos nos ven —ven que estamos empapados, que mi camisa está hecha jirones, que me falta un zapato— y al vernos, sitúan lo que nos ha pasado, hacen que se manifieste. Y lo convierten en ficción.

Creen que hemos estado pegándonos el lote. Creen que salimos a nadar y que nos enrollamos, y que quizá nos acostamos, o lo intentamos, y que yo tragué agua en lugar de tragarme a Jasper.

No me escuchan cuando trato de decirles que las olas hablaban.

No escuchan a Jasper cuando dice: «Estaba paseando y la vi».

Nos ven juntos, despeinados sobre la arena, ambos sonrojados. «Bien hecho, tío», le dicen a Jasper. A mí me lanzan miradas lujuriosas, porque no creían que pudiera hacerlo. Y aun así, sí lo sabían, porque Evie les dice que es «muy propio de mí» abrir la boca y tragarme el mar en lugar de a un chico.

Es muy propio de mí.

Me quedo mirando a Jasper, al que alguien trata de levantar del suelo para llevarlo a tomar una cerveza.

Me quedo mirando a Evie, que me ha levantado del suelo y me conduce de regreso a la fogata, con su brazo alrededor de mi cintura, hablando de algo algo algo.

Me quedo mirando a las olas. Ahora guardan silencio.

Me quedo mirando a papá, sentado sobre las olas, una nube de vapor en el agua.

También guarda silencio.

Papá acaba de ver lo inútil que soy. ¿O quizá ya lo sabía?

HE MUERTO CASI MIL VECES.

Vale. Quizá diez.

Vale. Quizá seis.

Hubo esa vez, a los cinco años, cuando me caí del tobogán. Desde el límite del parque, papá me vio subir y quedarme allí, en pie. ¿Por qué me quedé allí en pie? Quizá pensaba en volar. ¿O quizá pensaba que era una montaña? No lo recuerdo.

Perdí el equilibrio, y papá empezó a correr, pero nadie puede correr tan rápido, ni siquiera papá.

Cuando me golpeé, se oyó el crac del hueso. Mi mano se giró completamente y chocó contra mi brazo. Entonces grité.

Papá me llevó en coche al hospital. No dejaba de decir: «¡Joder, joder, joder!».

Cuando el coche doblaba las esquinas, yo daba bandazos hacia los lados. Vomité en la silla infantil. Recuerdo a papá preguntándome: «¿Cómo se te ocurrió ponerte de pie, Biz?», y yo, llorando y diciéndole: «¡No lo sé! ¡No lo sé!». Y papá diciendo: «Podrías haberte matado, Biz; si hubieses caído de cabeza, te habrías matado».

Hubo esa vez cuando salí disparada de mamá con un aullido, envuelta en una ola de líquido viscoso y sangre. Según dijo papá, resbalaba tanto que estuve a punto de resbalarme de las manos de la comadrona. Es un milagro que no pasara.

Hubo esa vez, antes de que papá muriera, cuando no podía quedarse quieto. No dejaba de pasearse por las habitaciones, salía al porche trasero, al camino de acceso, subía y bajaba las escaleras. Mamá dijo entonces que estaba inquieto, que sus piernas estaban inquietas.

«Sal a correr, Stephen», le dijo, y él respondió: «No puedo».

Cogí a Chichón, y lo animé a hacerlo. El perro y yo recorrimos el largo camino de acceso muy rápido, y papá quedó rezagado, y al llegar a la carretera nos detuvimos justo a tiempo, justo antes de que un coche amarillo pasara por delante de nosotros a tal velocidad que hizo que me temblara todo el cuerpo. Chichón se puso a ladrar. Cuando regresamos a casa, mamá dijo que papá se había cansado tanto de vernos correr que se había acostado a dormir la siesta.

Hubo esa vez cuando me adentré en el mar, y el mar casi me lleva, pero un chico me sacó y después no volvió a hablarme, ni una sola vez.

Hubo esa vez, con siete años, cuando vi a mi padre en esa habitación, en esa casa de madera que se sostenía sobre pilares, y bajé las escaleras, salí al porche trasero y corrí hacia abajo por la empinada pendiente, y estuve a punto de caerme, a punto de abrirme la cabeza.

Crucé el riachuelo de un salto y trepé por la otra orilla hasta el pequeño prado con el caballo marrón y la gran higuera, y las ramas del árbol me subieron más y más, hasta que llegué a la copa y rodeé la gran rama con las piernas y los brazos, y cerré los ojos hasta el anochecer. Entonces, el abuelo, al pie del árbol, gritó mi nombre.

Podría haberme caído de aquel árbol. Estaba muy alto. Podría haber volado y haber caído. Podría haberme roto el cuello. Y lo último que habría visto hubiese sido el cielo y el brillo de las estrellas. O las anchas hojas de la higuera. O la cara arrugada del abuelo. O a papá, con sus ojos muymuymuy abiertos y expresión triste al verme partir.

Así que, por lo que se ve, he estado al borde de la muerte entre seis e ∞ veces.

En universos alternativos infinitos, estoy muerta. Estoy práctica y muy probablemente muerta. Estoy muerta, ahora, aquí. Todas las puertas abriéndose, todas las puertas cerrándose.

Jasper se ha juntado con un grupo. Se sienta con unos tíos: surfistas, porreros, Suryan, el que le envió la fotopolla a Grace, y Tim, el que le gusta a Evie y que es el campeón de *cross* del instituto. Aunque están todos bastante buenos, son imbéciles.

Jasper no me ha dirigido la palabra desde que morí en las olas. Casi morí. Morí en un universo alternativo.

No me ha mirado ni una vez en toda la semana, y eso que yo sí que lo he mirado, con intención, en clase. También me he rezagado al terminar la clase de Inglés y la de Matemáticas, pero él ha pasado por delante de mí como si no existiera. He contado las veces que no me ha hablado ni me ha mirado. Ya voy por un número de tres cifras.

Bueno, pues que te den, Héroe Jasper, que ni se molesta en saludar a la chica que salvó. Como si se lo hubiese pedido. Podría haber llegado yo misma nadando hasta la orilla. No soy ninguna damisela en apuros.

Cuando paso por delante suyo, los chicos imbéciles me

miran con otros ojos y bajan su mirada desde mi cara a los brazos, las tetas, las piernas, el espacio entre las piernas, el espacio que se imaginan debajo de mi vestido.

En las taquillas, se lo cuento a Grace.

—Grace, me desnudan al pasar. Capullos. Se creen que me lo estaba montando con Jasper en el océano. Se creen que me los voy a tirar a todos, lo que me parece de lo más asqueroso…

—Estoy segura de que no piensan eso, Biz.

Grace está metida dentro de la taquilla, buscando algo.

Alzo las cejas.

—¿Ah, no?

La voz de Grace llega amortiguada; tiene toda la cabeza metida en la taquilla.

—Biz, no creen que te lo estuvieras montando con Jasper en el océano.

—¿Y cómo sabes tú eso?

Grace saca la cabeza, con la calculadora en la mano.

—¡Ajá! ¡La encontré!

—Grace, ¿cómo lo sabes?

Grace pasa de mi pregunta. Se acuclilla ante la mochila y trata de embutir en ella la calculadora.

—¿Grace?

—Porque se lo conté a Suryan, y Suryan se lo contó a ellos —admite finalmente.

Tras cerrar la cremallera de la mochila, se incorpora y me mira.

—¿Suryan, el de la fotopolla?

—Sí.

—¿Ahora hablas con él? ¿Así que lo de la playa fue «algo»?

—Sí —responde Grace, y se encoge de hombros.

Grace se echa la mochila a la espalda. Nuestras bolsas pesan una tonelada. Yo también cargo con la mía y noto cómo se me doblan los huesos. Ambas tenemos que entregar cuatro trabajos la semana que viene. Llevamos meses con deberes a todas horas, y no entiendo por qué los profesores no se hablan entre ellos para que esta mierda no se nos junte, ni por qué Grace ahora habla con Suryan, que le envió una foto de su pene arrugado. Ahora habla con él, y el beso en la playa no fue solo un beso y, ahora que lo pienso, no estaba con Evie y el resto cuando me sacaron del agua casi muerta.

Juntas, salimos del insti. Es viernes. Los viernes, vamos a casa de Grace. Nadamos, estudiamos, comemos.

—Grace… —digo.

—¿Hum? —responde Grace, escudriñando el aparcamiento.

—¿Quieres decirme algo?

Grace sonríe, y pienso que me sonríe porque me está tomando el pelo —debe de estar a punto de decirme que me está tomando el pelo—, pero su sonrisa no es para mí, sino para la persona que está abandonando el aparcamiento y que saca la mano por la ventanilla del vehículo. Es Suryan, el Fotopolla. Y Jasper va en el asiento trasero, mirando hacia el otro lado, y el chico que conduce toma la carretera derrapando y dando un chirrido, algo que enoja al profesor encargado de vigilar el aparcamiento.

Por lo que parece, lo de Grace y Suryan va en serio: son novios.

Amantes.

Por lo visto, Grace no apareció para ver cómo moría en la playa el fin de semana pasado porque estaba acostándose con Suryan en las dunas.

—¿Se puso condón? —le pregunto, después de nuestro baño, mientras comemos orejones, guacamole y doritos.

—Por supuesto —dice Grace, mordisqueando uno.

—Oh, madre mía, Grace —digo.

Me como un orejón, pero sabe rancio y me hace pensar en penes, y acabo escupiéndolo en el arbusto que hay junto al suelo de la piscina de Grace.

—Qué asco, Biz —exclama Grace—. Y también qué manera de malgastar un sabroso orejón.

Me la quedo mirando.

—Pareces bastante tranquila para alguien que acaba de mantener relaciones sexuales en una duna.

—Estaba lista. Quería experimentarlo, ver cómo era —admite Grace.

—¿Y cómo fue?

—Un poco molesto. Él estaba algo incómodo, y fue rápido. Como que terminamos en cosa de un minuto, así que podría mejorarse.

Grace sonríe, claramente recordando la escena.

—¿Dolió?

—Un poco, pero la primera vez es así, Biz.

Grace ya suena un trillón de años más mayor que yo. Madre mía, debo de sonar como una criatura. «¿Dolió?». Pues claro que dolió. Por todos los diablos. Estás desgarrando algo que nunca más volverá a recuperar su estado anterior.

—Y ahora sales con él —digo, con voz apagada.

—Sí y, al parecer, le gusta el anime, Biz, y la misma música, y hasta se ha leído *El gran Gatsby*.

—¿Le gustó?

—Bueno... Prefiere la peli.

—¿La de DiCaprio o la de Redford?

—La de DiCaprio.

Ambas hacemos una mueca y, acto seguido, nos ponemos a reír, porque, ¿en serio, tío?

Grace se apoya en mi hombro y yo me apoyo en ella, y durante un segundo parecemos una fotografía de hace un mes de las dos, cuando ambas estábamos enteras y éramos intocables, y nada había cambiado entre nosotras.

Estudio en casa de Grace durante una hora después de nuestro baño, momento en que recibe un mensaje de Fotopolla. Alza la mirada con cara de culpa.

—Biz… —dice.

Ya sé adónde quiere ir a parar con esto; se ha pasado toda la tarde escribiéndole mensajitos a escondidas y no deja de reírse con lo que le escribe él, pero no me lo lee y eso me hace sentir como si estuviera flotando, como si fuera uno de esos globos que la gente suelta, aunque ese globo acabe en el océano y mate a una tortuga.

—¿Sí?

—Es Suryan. Esta noche no trabaja.

—¿Y?

—Quiere verme.

—¿Te va a llevar al cine? ¿A cenar? Vaya, qué detalle —digo, con todo mi sarcasmo porque Suryan es tan estúpido que ni se lo plantea.

—Me ha propuesto ir a la playa otra vez. Va un grupo de gente. Dice que me echa de menos.

Solo han pasado tres horas desde que han terminado las clases.

—Puaj —exclamo.

—Puedes venir. Estás invitada.

Trato de alzar tan solo una ceja, pero acabo levantando las dos.

—De verdad —asegura Grace—. Dijeron que vinieras. Y Jasper estará allí también —añade, como si eso cambiara algo.

—Será mejor que no, Grace —digo, y me levanto.

Grace hace más ruidos para convencerme de que vaya, pero mi interés es cero.

Cuando me marcho, ya advierto que está pensando en Suryan. Su despedida suena como alguien que te telefonea desde un tren cuando se pone en marcha.

Mamá y papá se conocieron cuando ella tenía diecinueve años y él, veintiuno, y la primera vez que hicieron el amor, ella lloró. Dijo que era de felicidad, pero papá no dejaba de pedirle disculpas. «¿Te he hecho daño? Oh, Dios mío, ¿te he hecho daño?».

Cuando me lo contó, mamá había bebido un poco más vino de la cuenta. Yo tenía once años. No creo que recuerde haberlo hecho.

A papá le encantaba la poesía, los Beatles y los dibujos de Escher. Siempre llevaba calcetines estampados. Sabía hacer malabares.

Papá también era surfista. O algo parecido. Se convirtió en algo parecido a un surfista cuando se trasladó del interior a la costa. Daba brazadas y remaba una vez que habían roto las olas, pero después se le olvidaba cogerlas. Mamá decía que seguro que flotaba con los pies colgando, pensando en el universo, con el océano subiendo y bajando como si respirara.

Una vez un tiburón le rozó la pierna izquierda. Aunque le dijo a mamá que solo había sido un tiburón ballena que había chocado contra él, temblaba. Y después de que yo naciera, papá dijo que ya no volvería a surfear.

Cuando yo era bebé, mamá y papá solían pasear conmigo por la playa, cerca del piso en Sídney. Papá contemplaba las olas y mamá decía que miraba el mar como si fuera una mujer a la que no podía alcanzar. Entonces ella se puso a llorar y le dijo que volviera a surfear, pero cada vez que salía con la plancha, regresaba más nervioso, como si fuera una grieta en un parabrisas, una fisura que al principio es diminuta, pero que no deja de crecer.

En cualquier caso, eso es lo que me contó mamá.

Esto fue con el cuarto vaso y la botella ya casi vacía. Mamá nunca jamás me había hablado así. Su novio nos acababa de dejar hacía tres horas; había abandonado a mamá, a los mellizos, que acababan de cumplir un año, y a mí. Oí que le decía a mamá que estaba harto de ser su pañuelo de lágrimas y que se fuera a la mierda, ella, los niños (olvidándose, supongo, de que dos de ellos eran suyos) y que él también se fuera a la mierda (refiriéndose, por supuesto, a papá, que no estaba allí para defenderse, aunque estoy segura de que estaba escuchando).

El novio ya había cargado todas sus cosas en la furgoneta, así que lo único que le quedaba por hacer era dar su parecer y largarse. Lo hizo dando un portazo. Mamá se estremeció y los mellizos rompieron a llorar.

Mamá estuvo toda la tarde sentada en el sofá con la botella

de vino. Yo les di de cenar a los mellizos, los bañé y los metí en la cama. Después, me acerqué y me senté junto a ella.

«¿Qué más, mamá?».

—Después de que nacieras, la debilidad que tenía tu padre se volvió viscosa —dijo.

Parecía la misma persona, pero de algún modo, partes de él se desajustaron. Dijo que un hombre como él era imposible de reconstruir. Se puede intentar hacerlo. Él lo intentó.

—Lo intentó, una y otra vez —dijo mamá.

Fue a llenarse la copa, pero la botella estaba vacía.

Papá se levantaba cada mañana, iba al trabajo, regresaba a casa y trataba de moverse por el mundo igual que antes. Pero en sus sueños, según dijo mamá, se miraba las manos y veía sangre. Salía del punto en que rompían las olas, conmigo entre sus brazos y pensaba: «¿Por qué tuvimos al bebé después de la ola, cuando yo era tan pequeño?». Veía tiburones nadando en círculos. Entre sus pies. Yo aullaba en sus brazos.

En sus sueños, según le contó a mamá, estaba en pie junto a mi cuna, mirándome mientras lloraba. Me cogía, me llevaba al cambiador y me desvestía para cambiarme el pañal. Pero yo me desintegraba en sus manos. Todo lo que veía era agua.

Estoy segura de que mamá no recuerda esta conversación. Si se lo preguntara, diría: «No, yo no dije eso. No es verdad».

Mamá solo me cuenta lo bueno de papá. Debo de ser la

antítesis de una de esas muñequitas quitapenas, porque solo me cuenta cosas felices.

Esa noche con el vino es la única que recuerdo en la que mamá me habló de un padre distinto, uno con fisuras. Y yo estaba cansada y era muy pequeña, así que ¿quizá no sea verdad?

¿Quizá lo haya soñado?

Es difícil saberlo, porque no dispongo de una grabación. Todo lo que tengo es la expresión de su rostro al decir que yo fui la razón de que papá entristeciera. Se me quedó grabado mientras ella hablaba en la oscuridad.

Tres fines de semana después, me he rendido. Estoy en la playa con casi todos esos chicos imbéciles, y con Grace, Evie y los otros. Por lo visto, nos hemos fusionado, así que ahora somos la Pandilla *et al.*, y voy tan borracha que apenas veo nada.

Las vacaciones escolares están a punto de acabar y estamos ahogando nuestras penas en cerveza y botellas de vodka de litro. Apenas he visto a Grace durante estos días porque se los ha pasado acostándose con Suryan por toda la casa mientras sus padres asistían a una conferencia. Normalmente, cuando sus padres no están, voy a dormir a su casa; normalmente, Grace y yo nos quedamos despiertas toda la noche viendo comedias románticas de los ochenta. Normalmente, normalmente, normalmente.

Los chicos gritan y, como si fueran osos que se tiran pedos, hacen ruidos y luchan entre sí en la arena. Me ofrecen otra bebida, y otra más. Bebo todo lo que me dan. Soy inmune: intoxicación etílica, ahogamiento, dolor. Nada puede conmigo.

—Quizá sea hora de volver a casa, Biz —sugiere una forma ante mí que probablemente sea Grace.

No le hago el más mínimo caso. Me río a carcajadas. Oigo cómo mi voz echa a los conejos de sus madrigueras. Las estrellas me dan la espalda. Las olas están enojadas. Soy ruidosa, y mi risa es ruidosa, y mi risa es fea, y yo soy fea. Un poco de sexo lo arreglará. Seré como Grace, que ya lo ha hecho, y como Evie, a quien le encantaría hacerlo, y también como Miff, y como todas las mujeres enamoradas que lo hacen y como las mujeres no enamoradas que lo hacen.

Seré una mujer: partida interiormente pero taaan entera...

Cojo a uno de los imbéciles.

—Vamos a acostarnos —le susurro a oído.

Él me mira y sonríe.

—Vale.

Se da una palmada en las rodillas.

—Sí, acabemos con esta mierda —digo.

¿Lo he dicho en voz alta o solo lo he pensado?

El chico asiente y tira de mí para levantarme. No miramos a nadie. Sencillamente, nos vamos.

Llegamos hasta las dunas entre trompicones, nos tumbamos y retozamos un rato.

Y, de repente, no estoy segura, porque al mirarlo más de cerca, advierto que es Tim, Tim el del *cross*, y... Un momento, ¿no es el chico que le gusta a Evie? De repente, todo parece caótico, y quizá también penoso, aunque aún no lo hayamos hecho.

—No estoy segura —digo en ese momento.

—Ah, venga ya —refunfuña Tim.

—No lo sé. Hum… No —respondo.

—Venga, Biz —dice él.

Y me baja la ropa interior, y me mete la mano entre las piernas

y yo pienso: «No»

y la sensación de su mano y la arena en mi trasero es fría, fría, fría

y digo: «¡No!».

Lo aparto de un empujón y él se cae como un peluche que está encima de la cama, lo que resultaría gracioso,

pero no lo es.

Entonces, al levantarme, le vomito encima, lo cual es realmente hilarante y cero hilarante a la vez, pero no puedo parar de reír y llorar ante la cara que pone. Me subo la ropa interior, me arreglo la falda y me alejo corriendo hacia la playa, hacia el carril bici, por las calles sin sol. Y sé que Tim ha regresado a la playa, se ha sentado ante esa estúpida fogata y ha empezado a contar una historia estúpida sobre la estúpida de Biz y sobre cómo le entregué mi virginidad en las dunas antes de vomitarle encima como una auténtica gilipollas e irme a casa.

Lo sé porque, pasmadas, las estrellas se lo cuentan unas a otras en voz baja.

«¿Lo has oído?».

«¡Sí!».

«¡Vaya!».

«¿En serio?».

Vaya, están tan decepcionadas…

Hace una noche bochornosa. Papá corre junto a mí, pero no habla. Lleva sus zapatillas deportivas y sus pantalones cortos azul marino. Se mueve junto a mí. Mira al frente, como si yo ni siquiera existiera.

Y resulta evidente lo bajo que he caído. Lo lejos que estoy de las estrellas.

Son las seis de la mañana del lunes. Primer día de insti después de las vacaciones.

Cuento hasta mil ochocientos noventa y tres y vuelvo a dormirme.

Me despierto. Son las siete.

El viento ulula y hace traquetear las ventanas. El sol se arquea en el cielo. En el exterior, el perro ladra. En algún lugar de la casa, alguien estira la cadena del inodoro.

Me quedo tumbada en la cama y no me levanto.

Billie y Dart corretean por el vestíbulo. Están peleándose por un dinosaurio, un juego de cartas, un zapato perdido. El sol trata de entrar en la habitación.

Huelo a café. A tostada.

En cualquier momento, mamá aparecerá para ver qué estoy haciendo. Cuando se asome, aplastaré al máximo mi cuerpo para que no pueda verme. Creerá que he salido. Quizá a correr, a comprar pan o a dar mi ropa a la beneficencia.

Voy a quedarme aquí tumbada todo el día. Dormiré y me

levantaré solo para hacer pis, y después me arrastraré de nuevo al interior de mi cueva. Ralentizaré la respiración hasta que sea casi imperceptible. Pasaré el otoño y el invierno aquí y saldré en primavera, con las flores.

Eso si salgo.

Faltan diez minutos para las ocho.

Dart y mamá entran en la habitación y me miran. Mamá frunce el ceño.

—¿Qué ocurre, Biz?

—Sí, ¿qué ocurre? —dice Dart.

—Estoy enferma —les respondo.

—¿Qué te duele? —dice mamá.

—Sí, ¿qué te duele? —repite Dart como un loro.

Me duele que todo el mundo crea que me he acostado con el imbécil del tío bueno de Tim el sábado por la noche y que mi mejor amiga no me haya escrito ni un mensaje ni nadie lo haya hecho, y que Jasper no me haya dirigido la palabra desde que me morí en las olas hace cuatro semanas y que estemos envenenando al planeta y que llegue un momento en que el sol se lo trague.

—Retortijones —digo—. Como si fueran cuchillas, mamá. Tengo la sensación de que voy a vomitar.

Dart parece confuso. Mamá parece comprensiva. De mujer a mujer. Sabe lo terrible que puede ser la sangre.

—A lo mejor se te ha acumulado la caca —sugiere Dart—. A veces, a mí me dan retortijones cuando tengo que hacer caca.

Miro a Dart.

—Sí, puede ser. Hay un montón de mierda en mi interior.

—¡Biz! —exclama mamá.

Dart se ríe. ¿Nunca he soltado una palabrota en su presencia?

Se inclina sobre la cama y acerca su rostro.

—Te quiero, Biz —me dice, llenándome el oído de su cálido aliento—. Que te mejores.

Billie grita desde algún lugar de la casa. Dart me da un beso y sale corriendo. Mamá me acaricia el pelo.

—¿Quieres una bolsa de agua caliente?

—No. Estoy bien.

—¿Panadol?

—Acabo de tomar.

—De acuerdo.

Y así, sin más, me quedo sola, excepto por el olor a desodorante de mamá, que todavía flota en el aire, y el rastro húmedo del beso de Dart en mi mejilla.

Los mellizos salen dando un portazo hacia la escuela. Mamá saca el coche dando marcha atrás en el camino de acceso. Y el día se convierte en un jarabe de películas de Netflix y de mirar el móvil y la nada, y de silencio y pájaros que me miran con esos estrábicos ojillos suyos.

Papá no me visita. No se sienta al borde de la cama o cerca de la ventana. Hoy me quedo sin historias.

Al día siguiente, le digo a mamá que sigo enferma.

Mamá frunce el ceño.

Un beso apático por parte de Dart. Un abrazo rápido por parte de Billie.

Silencio en la casa.

Nada de Grace. Nada de la Pandilla.

Compruebo el chat del grupo. No me mencionan. Es como si me hubiera transformado en una partícula.

¿Por qué demonios no me escriben?

Y el día se escurre: de la luz al crepúsculo y a la oscuridad.

Al día siguiente, mamá descorre las cortinas.

—Biz, estoy empezando a preocuparme. ¿Quieres ir al médico? —dice.

Hago una mueca.

—No.

Cuando se marcha, corro de nuevo las cortinas.

Al día siguiente, Mamá descorre las cortinas.

—Biz, por favor, deja abierto, ¿vale? Y si mañana no estás mejor, iremos al médico.

«Genial».

—Vale.

El día pasa.

Los árboles del exterior miran hacia el interior.

Hoy hace frío. Parecen helados. Los troncos tiemblan. Las hojas se curvan hacia dentro. Los pájaros están acurrucados entre las ramas y las nubes chocan unas contra otras y murmuran: «¡Caramba, que frío hace!», «¿Verdad que hace frío?», «Sí, mucho».

Las veo pasar. Se juntan, se amontonan hasta que llenan el cielo. Los árboles se balancean. El aire ruge. Los relámpagos lanzan largos destellos eléctricos. Y la lluvia empieza a caer.

Golpeando la casa.

El trueno lo parte todo en dos. Me parte a mí.

El trueno mira en mi interior y ve que me tumbé en la arena, que abrí las piernas para aquel chico, que vomité sobre él, que me marché corriendo a casa, que nadie me habla, que soy invisible.

—¡Ja, ja, ja, ja, ja! —ríe sin cesar el trueno.

«Que te jodan, trueno».

En el silencio en el compás de los truenos, oigo un estruendo en el exterior y tres ladridos agudos.

Dios mío. El perro.

Debe de estar aterrorizado.

Aparto la manta, me levanto y salgo al porche trasero. Aquí fuera, la tormenta es un aullido profundo. Chichón está muerto de miedo: se lanza en vano contra la madera para tratar de salir por la puerta lateral.

—¡Eh, chico! ¡Aquí! —lo llamo.

Viene disparado hacia mí, retorciéndose de alivio. Me pongo en cuclillas y él se me pega, agitando la cola.

Lo llevo al interior. Está completamente empapado. Voy a por una toalla para secarlo. Le froto el pelaje. Le hablo.

—Tranquilo, chico, tranquilo.

Canturreo por encima del estruendo de la lluvia, por encima de los truenos, a través de la grieta del cielo. Froto y froto, Chichón tiembla y gimotea, sin dejar de lamerme la mano.

A la mañana siguiente, salgo de la cama y voy a la cocina a desayunar.

Billie y Dart alzan la mirada de su plato de cereales y sonríen.

—¡Ya está mejor! —exclama Dart.

—¡Sí!

Mi madre aplaude.

Todo el mundo está muy contento. Una banda de música entra y desfila por el salón. Un grupo de animadoras anima. Todos los fuegos artificiales estallan al mismo tiempo.

Después del desayuno, me doy una ducha. Creo que tengo llagas de estar en la cama. Trato de mirarme el trasero en el espejo, aunque prefiero no verlo. ¿Qué debió de ver Tim?, ¿qué notaron sus manos? Me envuelvo de nuevo con la toalla.

Me pongo el uniforme. Voy a la cocina y me despido de mamá con un abrazo.

—¿Seguro que estás bien? —me dice.

—Claro —digo, en un tono demasiado alegre.

Mamá me mide con la mirada, tratando de ver en mi interior.

—¿Seguro?

—Mamá, todo va bien, en serio —digo.

«¿De verdad, Biz? ¿Todo va bien?».

Le doy un beso a mamá y salgo hacia el instituto.

Y es un día como cualquier otro.

¿Ves?

Mira cómo camino por la calle.

El sol brilla. Hoy vuelve a hacer calor. Así funciona el tiempo; cambia en un instante, no hay nada por lo que alarmarse. La vida es completamente normal. Aquí estoy, una mera chica camino del insti con deberes atrasados y nada que destacar en su teléfono: ni textos, ni chats ni mensajes.

Recorro la calle, caminando por la calzada, bajo los árboles.

Cruzo la autopista.

Cruzo las vías del tren. «Lamujersedetuvoyquisoregresar peroyaerademasiadotarde».

Voy por el carril bici, junto a la valla del colegio. Entro por la verja. Todo el mundo es una forma con ojos, ojos que me observan. El timbre está a punto de sonar.

Salgo por la verja lateral y continúo por el carril bici hasta la playa. Me siento en lo alto de las dunas. Meto los pies por debajo de las rodillas. Me hago un ovillo en la chaqueta.

Las olas vienen, van. No dicen nada.

Y allí, en la orilla, rompo a llorar.

Papá está sentado junto a mí en las dunas. Observa el agua, me mira y después baja la vista hacia sus pies. No habla durante un minuto.

—¿Recuerdas cómo odiabas la arena, Biz? —pregunta finalmente.

Yo me sorbo los mocos.

—Una vez te llevamos a la playa. No debías de tener más de un año, justo cuando empezabas a caminar. Y, de repente, decidiste que no te gustaba la arena en los pies. No podía dejarte en el suelo porque los levantabas.

Me doy la vuelta hacia él.

Papá lleva unos pantaloncitos cortos y una camiseta de Rage Against The Machine. Se la he visto antes (mamá la guarda en un cajón, junto a un puñado de su ropa). Una vez me preguntó si quería quedarme con algo y le dije que no. Pero la guardó de todos modos. Dice que tal vez Dart o Billie la quieran más adelante, así que no tira nada.

Una vez, cuando tenía casi nueve años, justo antes de que

el novio de mamá apareciera, la pesqué oliendo una camisa azul. Me dijo que solo comprobaba si estaba sucia. Dijo que los ojos le lloraban por culpa de la alergia. Aunque yo sabía que no era cierto porque mamá miente fatal.

Dos semanas después, mamá tuvo una cita, su primera cita desde la muerte de papá. A mí me dejó con una vecina llamada Doreen, que olía a laca y a beicon. Doreen quería que me sentara en su regazo mientras mirábamos la tele.

—Tengo casi nueve años. Ya no me siento en el regazo —aclaré educadamente.

—¡Oh, vaya, qué mayor eres! —exclamó.

Vimos la tele hasta que Doreen se quedó dormida en el sofá. Yo seguí viendo el programa de asesinatos de Doreen hasta que oí que el coche llegaba. Entonces me escabullí a mi habitación. Una vez que Doreen se marchó y mamá se dirigió tarareando hacia su dormitorio, salí de la cama y fui a verla.

—¿Te ha besado, mamá? —pregunté desde el umbral de la puerta.

—¡Oh! —exclamó mamá, volviéndose—. ¿Qué haces despierta?

Se estaba desabrochando el vestido amarillo, que había estrenado esa noche.

—¿Sí o no?

—¡Eso no es asunto tuyo!

—Sí, sí lo es.

La cremallera de mamá se había quedado atascada. Tras contorsionarse un poco, se rindió, dejando caer los brazos a los lados.

—¿Me ayudas?

Me subí a la cama y mamá se puso de espaldas. Bajé la cremallera del vestido, que cayó al suelo como si fuera una piel de plátano desechada.

—Gracias, cariño.

Mamá se puso el camisón. Por suerte, parecía de nuevo mamá.

—¿Y? —pregunté.

—Y ¿qué?

Mamá se dirigió al baño a cepillarse los dientes. La seguí.

—¿Te ha besado?

Mamá agitó el cepillo de dientes de forma vaga en el aire.

—Tal vez —dijo, y esbozó una sonrisa.

—¿Ha sido muy asqueroso?

—No. —Me miró a través del espejo—. Ha sido extraño. Y agradable. Y extraño. Ha sido el primer beso que recibo en mucho tiempo.

En otras palabras, era el primer beso de mamá desde el último beso que se había dado con papá. Quería meterme en el interior de su cuerpo y sentir lo que ella sentía.

—¿Lo quieres? —pregunté, y mamá soltó una carcajada.

—¿Tú que crees, Biz? —dijo.

Me miró de nuevo, con sus ojos clavados en los míos.

—Que no.

—Exacto —confirmó, y empezó a cepillarse los dientes.

Sin embargo, tres meses después, aquel hombre al que no quería se mudó a nuestra casa, y cuatro meses después, se quedó embarazada de los mellizos.

Ahora papá está aquí, en la playa, contemplando el mar. Y como muchas otras veces en el pasado, me gustaría preguntarle cosas. Por ejemplo, si vio el beso que se dieron mamá y su novio esa primera noche, o si vio el segundo beso, o el tercero. Papá apareció por primera vez después de la sexta cita entre ellos, justo después de que mamá dijera: «Brian me está empezando a gustar de verdad».

Quizá papá nos había estado observando. Quizá había estado flotando cerca de nosotros en una forma no definida, viendo cómo se alegraba mamá cuando el novio la llamaba por teléfono, cuando el novio le proponía salir, cuando el novio la besaba. Quizá le rompió el corazón de tal modo que papá volvió a tener ser. Quizá se metió en su ropa de siempre y vino a buscarme, a mí, Biz, que nunca querré tanto a nadie como lo quise a él.

—¿Papá? —digo.

Quiero saber: ¿Qué sintió cuando mamá se enamoró? ¿Sintió que moría (de nuevo, incluso más) interiormente?

—Recuerdo que, cuando la arena te rozaba, te ponías a llorar —dice papá, con la mirada clavada en el agua—. Gritabas «¡Quítala, quítala!», y tuvimos que poner una toalla para que te sentaras.

—¿Papá?

Quiero hacerle mil preguntas. Quiero explicarle que la Pandilla no me habla. Quiero preguntarle qué se siente cuando alguien te rompe el corazón. Quiero saber cómo es mirar y que no te vean, porque, aunque creo que ya lo sé, puede que en su caso sea diferente.

—Recuerdo que tu madre dijo: «Ya se acostumbrará, dale tiempo» —dice papá—. ¿Y sabes qué? Tenía razón.

Trata de esbozar una sonrisa.

—¿Papá?

—Al final, la playa acabó por encantarte, Biz. Recuerdo la primera vez que te pusiste a correr por la arena. Era como si nunca hubieses sentido tanta felicidad, como si el pasado nunca hubiese existido, como si nunca te hubiera dado miedo. ¿Has visto esa foto? —pregunta papá.

Esboza otra sonrisa vacilante y me tiende la mano.

Yo tiendo la mía hacia él.

—Sí, papá. La he visto, pero…

Y entonces, puf. Desaparece.

A LA HORA DEL ALMUERZO, ME LLEGA UN MENSAJE DE GRACE. Sigo en las dunas.

He hecho pis detrás de un arbusto. Me he comido el bocata. No tengo ganas de ir a ningún sitio —ni a la escuela, ni a casa ni a un avión hacia Estambul—; adonde sea, lo que sea, no consigo moverme.

El sol me mira desde detrás de una nube. Una familia de conejos se ha atrevido a alejarse unos centímetros de su madriguera y, con las narices temblorosas, han celebrado una reunión, nariz contra nariz. Al ver que no me he movido, excepto para hacer pis y comer, y para sorberme los mocos y secarme las lágrimas, han decidido que puedo quedarme.

Soy Elizabeth Martin Grey: chica invisible, cero amenaza.

El sol ya está alto, aunque difuminado entre las nubes. Las nubes avanzan y se ciernen sobre mí justo cuando oigo el ¡PING! del móvil por primera vez en días.

Es Grace.

«Biz, ¿dónde cojones estás?».

Ah, un acercamiento interesante.

No sé qué decir. Así que no digo nada. Me limito a mirar el texto y entonces me doy cuenta de que quizá sí sea invisible; quizá sea un fantasma y no puedo responder porque no tengo dedos ni una mente que funcione, y pese a que puedo verme físicamente, quizá sea una mentira de pies a cabeza.

El móvil vuelve a hacer ¡PING!

«Han dicho que van a apartarte del grupo. Pero que les den, Biz. Yo paso».

Sostengo el teléfono ante mis ojos; esto no tiene sentido. El teléfono se sacude, y advierto que me tiemblan los dedos, como cuando en los libros dice «Le temblaban las manos» justo cuando están a punto de disparar a la heroína o cuando esta ve a su gran amor que cabalga hacia el ocaso con otra persona.

Mis manos se han vuelto borrosas. Las miro desde lejos, desde muy lejos.

Tecleo en la cajita tonta con mis dedos tontos y las palabras aparecen:

«¿Quién? ¿Cómo? ¿Apartarme? ¿Qué?».

GRACE: Suryan. Tim. Evie.

BIZ: ¿Evie?

GRACE: Dice que eres una zorra.

BIZ: Pero si no me acosté con él.

GRACE: Tim dice que sí. Y que después te flipaste y que le dijiste que le dirías a todo el mundo que no consentiste. Dice que estás chiflada. Así que Evie ha dicho que deberíamos apartarte del grupo. Hasta que digas la verdad y te disculpes.

BIZ: ¡Pero si yo no le he contado nada a nadie!

GRACE: Suryan ha dicho que no podemos enviarte mensajes. Están todos desquiciados. Yo he aguantado tanto como he podido, pero después he pensado «¿qué cojones?». No soy un gladiador. Soy tu mejor amiga, joder.

Siento cómo me sube la bilis desde el estómago y cómo se pulveriza en mi garganta. He oído algún caso así —lo he visto desde la distancia: chicas que se ignoran las unas a las otras, riéndose a sus espaldas, chicos que no dejan de esparcir mierda por ahí, chicas que no dejan de esparcir mierda por ahí, todo el mundo haciendo copiar-pegar, todo el mundo balando, beee, beee, beee—, pero siempre he flotado ajena a ello. Y he estado en la burbuja Pandilla y en la burbuja Grace tanto tiempo que no imaginaba que esto fuera a ocurrirme a mí.

Miro el móvil.

¡PING!

GRACE: Lo siento mucho, Biz.

...

...

¡PING!

GRACE: ¿Dónde estás?

...

GRACE: Venga, Biz, ¿dónde estás?

BIZ: En la playa.

GRACE: ¿En donde siempre?

BIZ: Sí.

GRACE: Llego en diez minutos.

...

GRACE: Te quiero.

…

GRACE: Lo siento mucho, de verdad.

…

GRACE: Que les den a todos. Vamos a liarla.

En diez minutos, llegará la caballería. Grace, la futura primer ministra; Grace, la que algunas noches se siente tan sola que me pide que hable con ella por teléfono hasta la hora de dormir. Grace, la que nunca se doblega, la que nunca te falla. Grace, la que no me ha escrito ni me ha hablado en seis días porque su novio le dijo que no lo hiciera.

Me pongo en pie. Me chasquean las rodillas. Los conejos se dispersan. Recojo la mochila y me marcho a casa.

En la ficción, la mejor amiga se echa novio y no vuelve la vista atrás. En la ficción, la mejor amiga es traidora y de poca confianza. En la ficción, la mejor amiga no aparece dando golpes en la puerta y gritando tu nombre cuando la dejas tirada y no te ves con ella en la playa.

Grace está en la puerta, hecha un basilisco. Grita tan fuerte que estoy convencida de que alguien llamará a la policía. Ahí está, con el uniforme, alzando una única y furiosa ceja.

—Lo siento —digo.

—Sí, ya… —dice, y se abre paso con el hombro.

—Es solo que…

—No querías ver a tu mejor amiga.

Está en pie, de brazos cruzados en el vestíbulo, llenándolo.

—«Mejor» es un término algo vago ahora mismo, Grace.

—¡Pero si te he escrito!

—Seis días tarde.

—Hum —Grace se mira una uña. La mordisquea.

—Porque Fotopolla dijo que no lo hicieras.

—Es verdad —admite.

—¿Quién es tan gilipollas como para...?

—Sí, sí, sí... Vale, Biz, la he pifiado —me interrumpe Grace.

Da un paso adelante para darme un abrazo.

—Pues sí —respondo, con una voz como si tuviera esquirlas de cristal en la garganta.

Grace se inclina hacia mí y noto sus tetas, sus brazos que me rodean con fuerza, su aliento en el cuello, el latido de su corazón. Empieza a mecerse, así que nos balanceamos hacia delante y hacia atrás, como dos estatuas que se tambalean sobre unos diminutos pedestales.

—Vale, no más cabronadas por mi parte. Lo prometo —asegura Grace finalmente. Se aparta, me mira con sus ojos oscuros y me da un beso en la mejilla—. No volverá a ocurrir.

—De acuerdo —digo, y me seco lo que sea que tengo en el ojo.

—Creo que necesitamos algo vigorizante.

La sigo hasta la cocina.

Abre la nevera y empieza a rebuscar, negando con la cabeza.

—Deplorable —dice, sosteniendo una zanahoria flácida.

Entonces oigo un tintineo y veo que saca dos botellines de cerveza.

—Es hora de hacer planes —anuncia—. Dominación mundial en tres, dos, uno...

Sonrío, mi primera sonrisa en aproximadamente seis días, o un mes, o toda mi vida. Algo dentro de mí cambia, se abre. Deja paso a la posibilidad de algo bueno.

Ojalá fuera tan fácil.

Por lo visto, rechazar a un grupo de amigos es un poco como detonar una bomba del tamaño de un instituto.

Grace y yo informamos a la Pandilla de que nos vamos, y Evie entorna los ojos.

—Vosotras no os vais —sisea—. De hecho, os echamos.

Nadie más pronuncia palabra. Stu se concentra en su bocata. Rob tose. Miff me mira, después mira a Grace, y después hacia los lados, al aire que nos rodea. Sal permanece sentado, mordiéndose los labios.

Evie se cruza de brazos, levanta las cejas, y eso es todo. Nuestra alegre, deliciosa e inclusiva Pandilla acaba de dictar un decreto: no podemos irnos. Nos echan.

¿Cómo es posible que se hayan tragado la mentira de Tim con tanta facilidad cuando llevo sentándome con ellos durante años y jamás he causado problema alguno, cuando he sido un buen bulto en un asiento y he asentido, me he reído, he bebido, he cantado, me he cogido del brazo, he intercambiado apuntes y he estado de acuerdo con todo lo que se podía estar de acuerdo? Por lo visto, no se necesita gran cosa. Solo yo + Tim + una duna + sus manos en la ropa interior equivocada + una mentira + Grace poniéndose de mi lado + nuestra clara falta de remordimientos. Pensaba que hacía falta algo más gordo, pero supongo que así es cómo funciona. Las cosas cambian así de rápido; en un instante preciso estás sobre una montaña, sólida e inamovible, y, al siguiente, la tierra se desliza, los árboles se desploman y los paisajes se transforman en un montón de fallas.

La mentira gotea por todo el instituto, desde primero hasta bachillerato. Algunos de los alumnos más jóvenes no llegan a enterarse, lo que tampoco es un gran consuelo.

Soy una zorra. Todo el mundo está de acuerdo en eso. Cuando me ven, apartan la mirada.

(Excepto Jasper, aunque tampoco me miraba antes y últimamente no lo he visto por el instituto).

Estoy chiflada. Era algo que ya sospechaban. «¿Habéis oído lo de su padre?».

«¡No!».

«Bueno, Evie dice que…».

Soy una puta. Todo el mundo ha oído lo que le hice a Tim, que, bueno, es guapísimo y sabe surfear.

(¿Dónde se ha metido Jasper? No lo sé porque nadie, excepto Grace, me habla. ¿Ha dejado el instituto? ¿Ha oído lo que hice y ha pensado: «No voy a volver a un instituto con una puta bicho raro como ella»? Lo más probable es que así sea).

Me merezco todo lo que me pasa. Todo el mundo está convencido. Es una verdad inalienable, única.

¿Y Grace, la hermosa, lista y divertida Grace? ¿Qué hizo ella?

«¿No has oído lo que hizo?».

«¿Con Suryan?».

«Sí».

«Y Suryan dice que…».

Grace también. Grace también se lo merece.

Grace Yu-Harrison y Elizabeth Grey, esas dos malditas putas zorras asquerosas.

Estamos sentadas en el sofá de Grace. Es viernes por la tarde. Tenemos un montón de comida y Grace no deja de lamentarse.

—Es todo tan absurdo —dice, sorbiendo un Red Bull aderezado con un generoso chorrito del vodka de su madre. ¿Cuántos lleva, cuatro?—. Soy una zorra porque me acosté con Suryan, pero ¿y él? Y tú, Biz, tú eres una zorra porque te acostaste con Tim aunque ni siquiera lo hiciste, ¿y él es un héroe por haberse acostado contigo y decir que tú dirías que no consentiste? —Niega con la cabeza—. Menuda gilipollez. ¿Dónde está la lógica?

Grace bebe, come, llora y se enfada. Todo a la vez.

Pobre Grace.

Suryan ha cortado con ella, por mensaje. Todo el mundo nos rechaza. Ahora no solo somos Expandilla, sino también ex cualquier-grupo-que-exista-en-cualquier-esquina-del-insti.

A Grace nunca la habían marginado así. Es demasiado guapa para esta mierda.

Papá dice que no sabe cómo ayudar.

Está sentado al borde del sofá de Grace, mirando como llora, con el pelo cayéndole sobre los ojos. Estoy segura de que papá quiere apartárselo, y yo también, pero no podemos... Papá porque está muerto y yo porque a Grace no le apetece que nadie la toque. Está demasiado enfadada.

Papá hoy lleva un traje. Es de color azul oscuro. Va con sus calcetines grises con estampado de diamantes azules. Se bambolea en el aire, como si le estuvieran aplicando vapor.

—Ojalá supiera qué hacer —dice, retorciendo las manos con impotencia.

Asiento. Parece muy triste, como si se disolviera en las lágrimas de Grace.

—Lo único que deseas es que las criaturas no sufran, mantenerlas a salvo de todo... —se lamenta, disipándose. Niega con la cabeza—. Vaya gilipollas. Les machacaría la cabeza si pudiera.

—La violencia no es la respuesta —respondo, y la cabeza de Grace recobra el movimiento.

—¿Cómo?

Con un destello, papá desaparece.

—Nada, estaba hablando sola...

—Pero, Biz, la violencia sí es la respuesta —dice Grace, con los ojos brillantes. De un trago, se termina la bebida—. Eso es precisamente lo que es. Ha llegado la hora de cargarse algo.

Grace está borracha. Grace está que se sale.

Lo que es algo así:

Trato de convencerla de no hacerlo —le arrebato las llaves del coche—. Trato de detenerla tirando de su ropa, pero ella ya ha empezado a correr y ha salido de casa, y yo corro tras ella —en el exterior hace frío, todo emite crujidos y está oscuro como boca de lobo, pero llegamos a sortear las raíces de los árboles y los socavones porque nos conocemos estas calles; para algo son las nuestras—, y Grace corre muy rápido —ha ganado premios gracias a su velocidad, ¿ha venido alguna vez su madre a las entregas de premios? Creo que no, y aunque yo tenga piernas de jirafa, no sirven de mucho, porque yo no soy una atleta y Grace podría estar en el equipo olímpico—, y llega a casa de Suryan antes de que me dé cuenta de que vamos hacia allí, porque ¿cómo iba yo a saber cuál es su casa, excepto porque Grace se ha puesto a gritar su nombre y ahora está tirando una piedra enorme hacia la ventana delantera? —madre mía, ¿de dónde has sacado eso?—, y está gritando:

«¡Gilipollas, imbécil de mierda, hijo de puta!», y los padres de Suryan aparecen en la puerta, agarrados del brazo, y Grace está hecha una furia total, y yo tiro de ella hacia la oscuridad, para que la oscuridad nos absorba —somos fantasmas con almas de máquina— y nos vamos —«Nos vamos, Grace, venga, mierda, mierda, mierda», digo—, y juntas corremos por la calle mientras ella tropieza y se choca conmigo, sollozando y moqueando, y ya casi estamos, ya casi hemos llegado a su casa, a nuestros libros y a nuestras aburridas vidas de niñas buenas cuando la policía se detiene junto a nosotras, con las luces que no dejan de

girar y

girar.

La agente del Grupo de Policía Judicial Especializado en Menores tiene un uniforme de color azul marino, una placa amarilla y un rostro sonrojado y cansado.

Lleva el pelo en una apretada cola de caballo y teñido de naranja. Se ven las raíces castañas. Es mayor que mamá. Es bajita.

Nos sentamos a una mesa de color gris, en sillas grises en una sala con paredes grises.

Cuando la agente se sienta frente a nosotras, los botones de su uniforme están a punto de saltar.

—Supongo que sabréis lo que habéis hecho mal, ¿no, chicas? —pregunta.

No sé qué responder: «¿Sí? ¿No? ¿Todo? ¿Nada?».

Al parecer, la agente no espera respuesta. Abre un bloc de notas.

—Vale. Esto va así —dice, jadeando.

Las mejillas le sobresalen como a una ardilla. ¿Está cansada? Ya casi es medianoche. ¿Tiene hijos? ¿Se alegra de que no seamos hijas suyas? ¿Estará pensando: «Jesús, si el pequeño Mike hiciera esto, estaría en serios problemas»?

Seguramente.

Mira de reojo hacia la libreta.

—Por lo visto, os emborrachasteis y rompisteis la ventana de algún pobre gilipollas. ¿Es así?

Nos escruta. Nosotras no asentimos, ni nos movemos ni pronunciamos palabra. ¿Deberíamos asentir? ¿Deberíamos decir algo? La agente suspira.

—Vais a decirme lo que hicisteis —afirma—. Vais a decirme: «Agente, esto es exactamente lo que hicimos y lo sentimos mucho». Entonces, yo os sancionaré con una amonestación, que figurará en vuestro expediente hasta que cumpláis dieciocho años, así que será mejor que no la caguéis de nuevo. Y después, os marcharéis a casa y dejaréis de hacer el capullo.

Grace y yo intercambiamos una mirada.

Grace se inclina hacia delante. Lleva tanto rato llorando que sus ojos parecen dos malvaviscos.

—Biz no ha hecho nada —asegura.

—¿Cómo? —dice la agente—. ¿Quién es Biz?

Levanto la mano.

La agente revisa sus notas y lee despacio y en voz alta.

—Elizabeth Martin Grey. —Alza la mirada hacia mí—. ¿Y eso se traduce en Biz?

—Llámame Elizabeth —digo.

La agente alza las cejas.

—Vaya, una listilla, ¿eh?

—No, yo solo…

—Escucha, nena. Tú y esta de aquí… —Señala con el pulgar a Grace— estabais delante de esa casa, ensañándoos con la ventana de la sala de estar. En la casa de otra persona. Hay tres testigos. Podríais haber matado a alguien. Y tenéis la puta suerte de salir solo con una amonestación.

Grace apoya las palmas de las manos sobre la mesa y se inclina de nuevo.

—No, yo soy la que se ha emborrachado. Yo soy la que ha salido corriendo hacia la casa de ese hijo de puta. Y soy la que ha roto la ventana. Biz no ha hecho nada malo.

¿En serio, Grace? Joder, ¿todavía estás que te sales?

Empiezo a hablar, pero la agente cierra la libreta y se pone en pie.

—Bonitas, por lo que veo, necesitáis calmaros un poco. ¿Qué os parece si os enseño vuestra habitación?

Mierda.

La expresión de Grace se endurece y yo siento que me derrito por dentro.

Mansamente, nos ponemos en pie y seguimos a la agente por el pasillo. Dejamos atrás las ventanas de ojos vacíos del resto de las salas de interrogatorio. Pasamos junto a una fila de bancos. Un hombre está tumbado en uno de ellos, durmiendo y roncando con la boca abierta. Huele a pis. Doblamos a la derecha, a la izquierda, de nuevo a la izquierda y, entonces, la agente abre una puerta.

Es justo como en las películas y mucho mucho peor que en las películas.

En el interior, dos camas desnudas. Ninguna ventana. Un retrete.

Huele a lejía, a soledad y a vómito rancio.

Madre mía.

Las camas son tan duras que, por un momento, creo que están hechas de cemento.

En las paredes hay unos profundos arañazos.

La policía nos ha quitado los móviles, así que lo único que nos queda es la habitación y a nosotras mismas.

Grace no deja de llorar.

—Lo siento mucho, Biz.

—Sí, ya. Eso ya lo has dicho.

—Todo se ha ido a la mierda —se lamenta Grace—. ¡Todo! ¿Qué va a decir mamá? Jodido Suryan. Maldita puta de Evie. ¿Qué pasará con la uni?

—Grace, solo has roto una ventana.

Eso ha sido lo único que ha hecho, ¿verdad? Y, de algún modo, yo también.

—Pero podría haber muerto alguien.

Una lágrima le resbala por las mejillas y se estrella contra el suelo. Entonces lo entiendo.

Podría haber muerto alguien.

Podríamos haber matado a alguien. Grace con la piedra, y yo, al no detenerla.

¿Quién podría haber muerto? ¿Un bebé de dos días que dormía justo debajo de la ventana?

¿Un gato sobre un sofá? ¿Una viejecita que estaba tejiendo?

O Suryan. O sus hermanos. O su padre o su madre.

Me miro las manos. Puedo ver charcos de sangre en las palmas. Veo sangre en las cabezas aplastadas de Suryan/ el bebé de dos días/la abuela/los niños/los padres/la gente. Tienen los ojos abiertos, muy muy muy muy muy abiertos.

Cuando la agente aparece de nuevo, dejo de respirar. Recorro sin respirar el camino de vuelta a la sala de interrogatorio. Mamá está allí, y también la madre de Grace y su padrastro.

Cuando la agente me mira y me pregunta «¿Lo hiciste?», yo asiento.

—Sí, lo hice. Hice exactamente eso —digo, pese a que Grace me interrumpe gritando: «¡Pero si ella no fue! ¡Biz no hizo nada!».

La hago callar.

—Lo hice. Sí, lo hice —digo.

Firmo los papeles. Accedo a los términos y condiciones. Marco la casilla que dice: «Biz es terrible. Tiene sangre en las manos. Todos tienen las cabezas aplastadas».

Grace me mira de arriba abajo, escudriña en mi interior, ve todos mis agujeros. Niega lentamente con la cabeza. Firma los papeles. No vuelve a mirarme.

Ya no está que se sale.

Papá está sentado al borde de mi cama.

«¿En qué estabas pensando, Biz?».

Mamá se pasea de un lado a otro. Lleva una hora dando rienda suelta a su furia. Ni siquiera sé qué dice; es un remolino de rabia y miedo.

Miro a papá. Lleva su traje azul, pero ahora está sucio y arrugado. Es como si se hubiera arrastrado por entre unas enredaderas, como si acabara de salir de un agujero.

—¿Me oyes, Biz? —dice mamá—. Estás con la mierda hasta el cuello, ¿lo entiendes?

Claro que lo entiendo. Estoy con la mierda hasta el cuello. Llevo con la mierda hasta el cuello desde hace no sé cuánto tiempo.

Todo empezó cuando era pequeña. Quiero levantarme y decir: «Mamá, cuando salí como un torpedo de tu vagina, desgarrándote, y papá se desmayó, ahí es donde empezó todo».

Sé que papá estaría de acuerdo.

Papá no dice nada. No me mira. Está sentado al borde de la cama, supurando tristeza por los ojos. Casi se puede ver a través de él.

Dos días después de soltarnos y devolvernos a nuestros padres, en un giro impresionante de los acontecimientos, también nos expulsan temporalmente del instituto —durante dos semanas enteras, mientras se realizan más indagaciones—. El director está consternado. «Ha sido una terrible sorpresa —dice en el correo electrónico que le envía a mamá—. Qué decepción, con lo prometedoras que eran».

La madre de Grace se encuentra en un estado de apoplejía.

Cuando vino a recoger a Grace a la comisaría, con los labios apretados y el rostro color ceniza, parecía que había estado chupando un tubo de escape. El padrastro de Grace se limitó a quedarse en el umbral de la sala de interrogatorio, jugueteando con las llaves. Con su dichoso ruidito, dio la matraca a toda la comisaría.

La madre de Grace ya había hablado con los padres de Suryan. Sabía todo lo que había hecho Grace antes de que Grace se lo contara.

—Pero ¡mamá! —trató de explicar Grace.

—Ni te molestes, Grace —dijo su madre.

Así que Grace ni se molestó.

Tres días después del Incidente, sacan a Grace del instituto. Cinco días después del Incidente, mandan a Grace a Wagga Wagga a vivir con su padre, a cuatro horas y un mundo de distancia.

No me dejan verla. Mamá solo recibe un mensaje de la madre de Grace pidiéndole que me diga que Grace se va. No se me permite escribirle, ni mensajes ni correos, ni llamarla.

Grace no me escribe ningún mensaje.

Grace no me escribe ningún correo electrónico.

Grace no me llama.

Grace no me dice adiós.

A mí no me mandan a ningún sitio. Yo tengo que continuar con mi vida aquí, en mi casa, con mi hermano, mi hermana, mi madre, el perro y un padre muerto.

Mamá dice que podría haber acabado en prisión, lo que tiene sentido, porque estuve a punto de matar a alguien o, lo que es lo mismo, maté a alguien.

No tiré la piedra, pero dejé que Grace la tirara.

No me bebí cuatro Red Bull con vodka, pero estaba delante mientras Grace se los bebía.

No me acosté con Tim, pero le dije a Tim que me acostaría con Tim.

No me adentré en el océano con Jasper, pero me adentré en el océano y Jasper me siguió. Podría haberse hundido; una ola podría haberle golpeado y haberlo arrastrado, asfixiándolo y ahogándolo.

No pedí ser amiga de Evie, pero era amiga de Evie, aunque nunca fui amiga de Evie. Nunca le dije: «No, Evie. Soy capaz de ver tu estructura molecular. Me dice que eres una puta en potencia, así que no seré amiga tuya».

No pedí que papá muriera, pero soy la razón por la que estaba triste.

No pedí verlo en esa habitación con los ojos muymuymuy abiertos.

No pedí nacer.

Pero aquí estoy.

«Que te vaya bien, zorra», dicen los mensajes de texto.

«Menuda pringada», dice el chat del grupo.

Y, a continuación, me bloquean.

Con qué facilidad cambia todo, ¿verdad?

On/off. Amor/odio. Vivo/muerto.

¿Qué hice? ¿Qué no hice?

No hablé como se supone que debía hablar, no caminé como se supone que debía: radiante y sonriente hacia un futuro en que era más simpática, más pequeña, más ciega, en el que me abría más de piernas, dejando que entrara todo aquello que deseara entrar.

Y los pensamientos se acercan poco a poco, rondando, como si hubieran estado esperándome en los márgenes durante todo este tiempo.

«¿Sabes, Biz? Podrías irte y ya está.

»Solo tienes que parar.

»Solo tienes que tragar.

»O cortar.

»O dar un paso.

»Venga, Biz. Nadie te echará de menos si te vas».

En un instante preciso, una montaña. Al siguiente, la tierra se desliza. Un revoltijo de árboles que se desploman y un montón de fallas.

Los días se arrastran, uno detrás de otro.

Los profes envían deberes. Debería estar estudiando. Unos deberes que no dejan de chillar se escabullen hasta transformarse en montones.

Pero soy incapaz de salir de la cama.

Navego por internet sin descanso —dando vueltas y más vueltas—, hasta que mamá me quita el móvil.

Mamá dice: «Levántate, Biz», pero su voz suena como cuando una aguja raya un vinilo y soy incapaz de moverme. Alguien se ha llevado mis piernas.

No tengo noticias de Grace y no tengo noticias de Grace. Le envío mensajes que no debería. No tengo noticias de Grace.

Los mellizos entran en la habitación. Los miro. Soy un fantasma; ellos son fantasmas. Me dan un beso con sus labios acartonados. Billie me deja una tarjeta casera, un corazón rojo que rodea mi nombre y el suyo y la frase:

«Que te megores pronto, BIZ. Te quiero».

El cielo rechina sobre mi cabeza. Oigo que las nubes charlan. Oigo el movimiento de estrellas secretas, esas que nunca se ven porque es de día.

Espero en la cama. A que pase el tiempo. A que la vida decida no ser mala/peor/pésima. A que los pensamientos dejen de visitarme.

«No es difícil irse.

»No tienes por qué quedarte, Biz.

»Venga, Biz.

»Vete ya».

Papá flota al borde de la cama, desdibujado.

Y es como si lo viera a través de una ventana, y la lluvia que cae a cántaros en el exterior hace que todo sea confuso, irreal.

Está blanducho y borroso. Su rostro es como una puerta que se cierra. Le tiendo la mano, pero justo cuando estoy a punto de… desaparece. Dejando solo a sus espaldas la idea de él. La idea de sus ojos, mirándome, antes de desvanecerse.

No vuelvo a verlo en mucho tiempo.

II

EL DOLOR ES COMO SIGUE:

un día normal, un día bueno y un día regular
y después, uno malo.
Uno malo que te persigue y te vacía.
Malo como un sumidero.

Es como

una urgencia de dejar caer la cabeza sobre la mesa,
allá donde estés y con quienquiera que estés.

Es como

una noche de sueños vívidos, y cuando despiertas,
tratas de agarrarte a uno de esos sueños
porque en él
todo era como en el pasado.

Es como

si te hubieses caído por la borda.

Tratas de regresar a nado, pero el barco se aleja con firmeza. Ves las luces; oyes las risas y la música en cubierta.

Tratas de seguirlas. El barco se aleja.

Es como

echar de menos.

La echas de menos. Echas de menos pertenecer.

Echas de menos el banco al lado de la valla. Echas de menos el paseo desde las taquillas. Echas de menos las charlas junto a la piscina, en la hamaca, por la noche, por teléfono, con el resplandor azul de la pantalla. Echas de menos las historias en la cama, junto a la ventana, junto al escritorio, en las dunas. Echas de menos la voz de él. Echas de menos la sonrisa de ella. Echas de menos y echas de menos y echas de menos y echas de menos y echas de menos.

Y lo único que deseas es adentrarte en un bosque y cubrir todo tu cuerpo de hojas.

LLEVO SIN IR AL INSTITUTO UNA TEMPORADA.

En resumen: lo he dejado.

Debido a enfermedad. Una incapacidad crónica y agotadora para salir de la cama.

Llevo tanto tiempo en cama que han tenido que quitarme percebes del trasero. Se me ha acumulado musgo en el ombligo. Me han crecido champiñones en las tetas.

Mamá me dijo que no debería decir «tetas» delante de los mellizos, pero, por lo visto, no he conseguido hacerlo.

Mamá ha enviado a los mellizos a pasar unos días en casa de su hermana. Mi tía Helen vive en la Gold Coast, justo al lado de la playa, en uno de esos pisos con vistas. Les dio dónuts para desayunar. Y rollitos de beicon y huevo. A los mellizos les encantó.

A la tercera semana de no asistir al instituto (después de que terminara la expulsión y todo indicaba que podía regresar y comportarme como una buena niña, pero no volví), el doctor vino a visitarme. Yo me quedé tumbada bajo un montón de mantas. Me hizo preguntas; respondí pestañeando. Comprobó si tenía fiebre y me miró la garganta. Comprobó la instalación eléctrica, el aceite, si la presión de los neumáticos era la correcta y los niveles de agua. Escuchó mi historia y frunció el ceño.

—Necesita medicación —dictaminó.

Garabateó algo en un trozo de papel y lo arrancó. Yo miré de reojo la receta. En ella había unas palabras médicas escritas y una firma que parecía haber sufrido el ataque de una desbrozadora. Aunque todo lo que vi fue: «Elizabeth Martin Grey es un desastre y probablemente no debería existir».

El doctor también dijo que necesitaba ver a un psiquiatra y a un psicólogo. Otro trozo de papel, y uno más. «Dep». «DEP».

Mamá asintió, con lágrimas en los ojos. Después de que el doctor se marchara, se fue a la habitación contigua a concertar citas.

Esa noche lloró. La oí, pese a que procuró hacerlo en silencio. Oí unos sollozos por encima de los gritos de las zarigüeyas, de los chirridos de las ranas y del ruido de los árboles tratando de liberar sus raíces del suelo.

Vi a un psiquiatra que me recetó media pastilla y, a la semana siguiente, me preguntó: «Y bien, ¿qué tal te encuentras? ¿Mejor? ¿Más triste? ¿Más extraña? ¿Algún dolor de cabeza? ¿Picores?».

No estaba mejor, ni más triste o extraña. Sin dolores de cabeza ni picores. Igual igual igual igual igual igual igual.

Pero algo más adormilada.

A decir verdad, mucho más adormilada.

Después de dos semanas, me recetó una pastilla entera y me mandó a casa.

Tengo unos sueños muy intensos; hasta veo sus bordes cuando me despierto.

Estoy corriendo. La jungla está llena de flores. Estoy en un autobús y todo el mundo va vestido de amarillo. Estoy en una galería de arte, y los colores saltan de los cuadros. No sé adónde voy. Estoy perdida. Pido ayuda. Me ahogo.

Me han enviado a ver una psicóloga clínica y me ha hecho otras preguntas.

Nada de: «¿Te pica, estás adormilada, has ganado peso o estás triste o sedienta?».

Sino más bien: «Elizabeth, ¿cómo te sientes?».

¿Por dónde empiezo? Porque creo que no es la pregunta correcta.

Yo no siento. Aquí dentro no hay sentimiento.

Proporción de preguntas que me ha hecho la psicóloga versus las que no me ha hecho: 1 : 1.000.000.

¿Cómo te sientes, Elizabeth?:

«Vaya, así que ¿no sientes? ¿No sientes nada? Por favor, ¿podrías explicar ese no-sentir? Científicamente, ¿es posible no-sentir? Porque ¿no estamos hechos de terminaciones nerviosas e impulsos? ¿No es esa nuestra configuración biológica? Así que, Elizabeth, ¿podría ser que estuvieras equivocada?».

¿Así que tu padre falleció?:

«¿Está muerto? Vaya, ¿está solo muerto en su mayor parte? ¿No está muerto del todo? ¿Qué es eso de que se sienta contigo al borde de la cama por la noche y a veces durante el día? ¿Está aquí ahora?

»¿Cómo que ha desparecido? ¿Desde hace cuánto? ¿Te resulta difícil, Elizabeth?».

¿Has hablado con Grace?:

«¿Ha hablado Grace contigo? ¿Te ha escrito o te ha enviado una carta por paloma mensajera? ¿Te ha dejado, te ha abandonado, se ha olvidado de ti? ¿Quieres y odias a Grace a partes iguales porque se haya ido y porque no te escriba ni te llame, y por quererte tanto como para lanzar una piedra contra una ventana? ¿Te hubiese gustado besarla más? ¿Menos? Cuando Evie os reclutó a ambas el primer día, ¿te hubiese gustado darte la vuelta y cruzar el patio hasta el banco de las termitas en el que nadie se sienta y crear allí un Recinto Biz, con barreras y perros guardianes para alejar a todo el mundo y quedarte tú dentro? ¿Te hubiese gustado largarte del instituto y caminar hasta la playa, hasta el agua, para no tener que querer o perder a nadie nunca más?».

¿Cómo te sientes sobre lo que ha ocurrido?:

«¿Te has sentido tan triste como para no poder respirar? ¿Te duele la garganta, el pecho, los huesos? ¿Es por eso por lo que estás paralizada? ¿Sigues obsesionada con la muerte con lamuerteconlamuerteconlamuerte? ¿Sigues sintiéndote sola, pese a estar rodeada de casi ocho billones de personas, entre las que se incluyen los mellizos, que vienen a tu habitación para darte besos, y mamá, que te trae leche caliente de soja cuando no puedes dormir, y de cuatro paredes y un techo? ¿Por qué estás tan triste cuando tienes cuatro paredes y un techo y gente que te quiere?

»¿Elizabeth?

»¿Por qué eres tan desagradecida?

»¿Elizabeth?

»¿Por qué te cuesta tanto ser feliz?».

—¿Qué es lo que deseas, Elizabeth?

Es miércoles. Estoy en la consulta de la psicóloga. Es nuestro tercer encuentro. Llevo casi dos meses siendo una persona triste y no funcional.

Mi psicóloga se llama Bridgit. Siempre lleva fulares, caros y lujosos a más no poder. Se sienta en una estancia llena de butacas de color chocolate y cojines azul claro. La sala siempre da la impresión de silencio, como si las paredes estuvieran pintadas con pintura acolchada. En las esquinas, unas lámparas resplandecen.

Bridgit tiene una mirada amable. Empecé por contarle una cosa, luego otra. De algún modo, Bridgit me ha sacado las palabras, quizá porque parece buena persona, como la prudente amiga de alguien, y porque no me ha pedido que dibuje nada. Le he contado que papá está muerto, que el novio de mamá se fue, lo de nuestros años de casa en casa, lo de la putada de Evie, que Tim fue un gilipollas, que Jasper me salvó cuando me ahogaba (y que después desapareció) y que

Grace está viviendo una nueva vida en Wagga que no puedo ver porque estoy bloqueada, excluida, desechada. También le he contado lo de los pensamientos que me visitan.

Bridgit ha tomado muchas notas.

Bridgit es muy tranquila. Bridgit es como un vídeo de meditación. Bridgit es una oyente excelente. Pero Bridgit también quiere que mueva el culo. Bridgit quiere que piense en mi presente y en mi futuro, para que así pueda imaginarme viviéndolos. Latiendo. Luz verde orgiástica por todas partes.

—¿Qué es lo que deseas, Elizabeth? —me pregunta.

Lo dice con dulzura, como si estuviera engatusando a un minino para que saliera de una caja.

No me complico.

—Desearía que mi padre volviera —confieso.

Me parece una respuesta poco complicada: había una vez una niña que tenía un padre y ahora no, y ¿no sería genial que volviera?

Como toda acción tiene una reacción igual y opuesta, mis palabras crean una respuesta poco complicada por parte de mi psicóloga: Bridgit me mira con lástima.

Pues claro. Aquí estoy. La chica triste. Esto es triste. Mi padre está muerto. La gente se pone triste cuando la gente muere. Así que aquí estoy, triste y afligida porque, mira, mi padre murió. Totalmente normal. De lo más normal.

—Es muy normal desear eso —dice Bridgit—. No estás sola. Es importante llorar la pérdida, y necesario. Yo puedo ayudarte. Y después, en algún momento, puedo ayudarte a honrarlo, siguiendo con tu vida.

Claramente, Bridgit no lo entiende.

Claro que papá está muerto, y claro que es triste. Lo eché de menos y lloré su pérdida exactamente un año y 335 días, hasta que, justo después de mi noveno cumpleaños, se presentó en mi habitación con una camisa a cuadros y sus viejos pantalones vaqueros.

Mamá había salido con su novio. Yo estaba ignorando a Doreen, la canguro, y leía *La colina de Watership* en mi habitación cuando papá apareció y se sentó en el extremo opuesto de la cama.

—¿Qué tal, Biz? —dijo con aire despreocupado, como si acabara de salir de la cocina y hubiese pensado: «Eh, voy a charlar un rato con mi pequeña, que no he hablado con ella desde que dejé de estar vivo».

Grité.

No pude evitarlo: el sonido, simplemente, salió.

¡Las cejas de papá se elevaron! Su boca se abrió. Sus ojos se abrieron y...

Puf.

Desapareció.

Volví a gritar. Miré a mi alrededor. ¿De verdad había estado allí?

¿Papá?

¿Papá?

Doreen entró a toda prisa.

—¿Qué ha ocurrido? ¿Qué pasa, cariño? ¿Qué?

Estaba de rodillas en la cama. ¿Temblaba? Sí, temblaba.

Los brazos de Doreen me envolvieron. Olían a palomitas.

No quería que me tocara. Me zafé de ella y ella cayó como si fuera confeti, cientos de pequeños fragmentos de Doreen, de su rostro sonrosado, su camisa púrpura y su cárdigan verde.

Y ya solo me oí a mí misma en la habitación.

No recuerdo mucho más.

Aquella noche, cuando mamá regresó, dormí en su cama. Y la siguiente, y la siguiente, y la de después de la siguiente.

La segunda vez que papá vino a verme, apareció sobre mi escritorio lentamente, como si fuera el Gato de Cheshire pero al contrario. Yo estaba en pijama, sentada, dibujando una ciudad cabeza abajo.

—Biz, ¿recuerdas la primera vez que te subiste a un columpio? —dijo.

Me quede boquiabierta, como si fuera un dibujo animado.

—Estabas pletórica. Te reías con cada empujón —dijo papá—. Tu rostro era como un libro que no podía dejar de leer. Eras como un rayo de sol, de lo radiante que estabas. No podías dejar de chillar. Tomé una foto. —Papá esbozó una sonrisa—. ¿La has visto, Biz?

—Sí —respondí—. La he visto. Pero, papá, ¿cómo...?

Ahí fue cuando se fue. De nuevo, como una burbuja que explota de repente.

Y así, siempre lo mismo. Años con papá flotando sobre camas, escritorios, sofás y hablando. «¿Recordaba?». «¿Lo había visto?».

Desvaneciéndose de repente si yo pronunciaba palabra.

Aprendí a no preguntar. A alegrarme de verlo aparecer.

Probablemente, debería contarle todo esto a Bridgit. Los años con papá, todo el tiempo-no tiempo con él.

Pero estoy cansada.

Quiero que papá vuelva para explicarlo. Quiero que papá esté aquí, planeando sobre la silla mientras yo hablo con Bridgit. Quiero que vuelva al otro extremo de la cama, al brazo del sofá, al lado del mar, conmigo. Que me cuente fragmentos de historias, que reconstruya mi pasado como si fueran fragmentos de cristales de mar. Quiero que esté aquí, entero, que se manifieste, aquí. Quiero que no esté decepcionado conmigo. Quiero que no tenga los ojos muymuymuy abiertos. Quiero que hable, que exista; lo quiero vivo o muerto.

Estoy prácticamente segura de que si le cuento todo esto a Bridgit, no lo comprenderá.

Así que, cuando dice «Elizabeth, yo puedo ayudarte», asiento.

Y sugiere, con mucha dulzura, que hablemos del día en que murió.

A lo que respondo que no.

A la semana siguiente, vuelve a intentarlo.

—¿Hablamos del…?

No.

—Elizabeth, creo que te iría bien que…

No.

No.

No.

En la siguiente sesión, se da por vencida.

—Nos concentraremos en el ahora, ¿te parece?

Y seguimos adelante.

Como he dejado el instituto y ya no estudio, como he pasado a cosas más tranquilas, Bridgit sugiere que encontremos una Experiencia de Aprendizaje más sencilla y calmada.

Bridgit me tiende unos folletos: clases que puedo tomar, talleres en los que puedo trabajar, comunidades con las que puedo comulgar. Coro. Fútbol. Fotografía. Pintura. Etcétera.

Nuestras cabezas se juntan al revisar los folletos.

Esta sería nuestra imagen.

Ella: tendiéndome las semillas de colores.

Yo: picoteando dudosa.

Mírame. ¿A que soy un pajarito muy bueno?

Los folletos de Bridgit están llenos de esperanza: ancianos, niños y mujeres con blusas de satén que se inclinan sobre macramé y piezas de coches, enseñando sus dientes blancos y radiantes cuando sonríen.

Están esparcidos sobre mi escritorio.

«¡Hola, Biz!

»¡Prueba una clase!

»¡Teje con metal como si fueras vikinga!

»¡Caricaturas de narizotas!

»¡Tablillas para tejer: experimenta con las diagonales egipcias!

»¡Cómo hacerte un maquillaje a la moda!

»¡Encuentra los colores que te favorecen!

»¡Reconstrucción facial forense: hechos y ficciones!

»¡Deshazte de aquello que no quieres!

»¡Mantenimiento del césped!

»¡Francés!

»¡Cine: el arte más animado!

»¡Fotografía en blanco y negro!

»¡Reanimación cardiorrespiratoria!

»¡Correo electrónico para principiantes!

»¡Facebook para principiantes!

»¡Tu vida para principiantes, Biz, porque, oye, tienes el culo lleno de percebes!

»¡Tener vida, sea cual sea!

»¡Levantarse de una puta vez!

»¡Venga, Biz!

»¡Levántate de una puta vez!

»¡Biz!

»¡Biz!

»¡Biz!».

Me encuentro en la piscina cubierta. Vengo aquí para hacer largos y ahora estoy de espaldas y con las piernas estiradas como si fuera una estrella. Bridgit dijo que me ejercitara —«Notarás la diferencia, Elizabeth»—, así que hago lo que puedo. He hecho tres largos y ahora estoy descansando.

Tengo la piscina casi toda para mí. Como no voy a la escuela, ni al trabajo ni a ningún sitio, nado casi sola. Hoy un hombre peludo y de cuello ancho camina lentamente por una de las calles, recobrándose de algún baipás de corazón/accidente en el pie/caída de una escalera. La socorrista está sentada en el despacho, leyendo el periódico. ¿No está preocupada por si nos ahogamos? ¿No debería ubicarse junto a la piscina, juzgando nuestro estado de ánimo, asegurándose de que no alcanzamos ese punto sin retorno y nos sumergimos?

Supongo que cree que estamos bien. Dos adultos —uno caminando y la otra de espaldas como un bote hinchable—, ambos aburridos, relajados y completamente fiables.

El agua borbotea en mis oídos. Estoy en remojo, pensando en flotar, pensando en agua, pensando en ser agua, cuando algo se activa en mi interior (de OFF a ON, ¿o más bien de ON a OFF?). Abandono mi cuerpo y me vuelvo molecular.

Me elevo. Estoy por encima del agua, sobrevuelo el tejado de la piscina, el gimnasio, el vecindario, las carreteras, la ciudad, el acantilado y el mar.

Estoy por encima de la Tierra. Estoy en el espacio, alejándome. Voy rápido, y la Tierra se hace más pequeñita y solo siento dicha.

Madre mía. Es precioso.

Es una sensación cristalina, un tilín tilín repicando... Todo se enfoca.

De repente, lo entiendo: quién soy, qué soy, dónde y por qué. Estoy en todas partes. Lo sé todo. Soy el universo. Siempre lo he sido. Qué curioso pensar que era otra cosa... No quiero que esto termine.

Aquí está todo. Aquí estoy...

...y un niño ríe.

Abro los ojos, y un pequeñajo se tira a bomba en la piscina.

Mi cuerpo que no es cuerpo se mece en el agua. Las gotas del chapuzón me salpican el rostro.

He vuelto.

Pero no del todo.

Aquí estoy, en estos huesos prestados, en una piel provisional, mirando a través de unos ojos que son producto de las circunstancias, respirando con pulmones que están, por una reestructuración elemental, a un paso de ser hojas. Qué curioso tener cuerpo cuando no soy un cuerpo... Qué curioso estar dentro cuando estoy fuera.

Salgo de la piscina y me encamino hacia las duchas. De pie, bajo el chorro de agua, caigo sobre mí misma. Me cuelo por el desagüe, voy bajo tierra, y me derramo en el océano.

Cierro la ducha. A una distancia de años luz, froto esa cosa extraña que es mi cuerpo con esa cosa extraña que es una toalla. Me pongo la ropa y me resulta de lo más extraña.

La gente que sale del gimnasio ¿no son criaturas de lo más extrañas? Sin embargo, yo soy esa gente, así que, aquí estamos, entre la muerte y la muerte, todos girando en el espacio a trillones de kilómetros por hora. Vamos tan rápido...

Espero en pie en la parada de bus. El viento ulula, frío y escurridizo. Llega el autobús. Lo tomo. Empieza a llover y las gotas se deslizan sobre gotas en la ventanilla.

Desde la parada de autobús, camino hasta casa, agua dentro, agua fuera. Soy la lluvia. Seré la lluvia. Moriré y me convertiré en ceniza y me lanzarán al agua y el cielo me absorberá.

El deseo de marcharme llega de repente y no puedo detenerlo.

Los pensamientos me hablan en voz altaaltaalta:

«Si eres el universo, ¿por qué no te conviertes en él, Biz?

»¿A qué esperas?

»Si somos un bache entre no-existencias, ¿por qué te molestas en quedarte?

»Ven y conviértete en el universo, Biz. Ven, por favor».

Estoy delante de casa. Chichón me ve a través de la puerta lateral y empieza a ladrar. Ladra y ladra.

Soy incapaz de entrar. No puedo…

Me siento en el hueco que hay en el sauce del jardín delantero. Me hago un ovillo en el espacio que hay entre las raíces levantadas, con las rodillas hacia arriba. Trato de encontrarme, pero estoy a un instante de marcharme y ya me he ido.

Si tratara de explicarle esto a alguien que no fuera papá, no creo que llegara a entenderlo.

¿Papá?

¿Papá?

¿Cómo es?

¿Está bien?

¿Papá?

¿No estar aquí?

Estoy debajo del árbol y estoy en el árbol al que trepé después de que papá muriera, y estoy en la habitación en la que murió papá y estoy en el caótico momento antes de que se marchara y estoy en la parte de él que decidió marcharse.

«Ven a verlo, Biz.

»Es tan bonito…

»Ven».

Pero no es él. Él no está aquí. No es papá el que está hablando.

Es un hombre, que se ha detenido ante la valla delantera.

—¿Eh, estás bien?

Me estrello con fuerza contra mí misma.

Me pongo en pie. La tierra se cae y el árbol se hace más pequeño. Soy Alicia después de la galleta Cómeme; he salido disparada hacia arriba tan rápido que me he golpeado la cabeza contra el cielo.

—¡Eh..., sí! ¡Estoy bien! —exclamo, con demasiada euforia.

La expresión en el rostro del hombre me pone la piel de gallina. No cree que esté bien. Probablemente está pensando: «¿Qué mierda está haciendo? Jodida niña con aspecto de jirafa. ¿Por qué demonios no está en el instituto?». Este hombre no es mi amigo.

Pero aquí está, diciendo:

—Oye, pareces enferma. ¿Te encuentras bien? ¿Necesitas ayuda para entrar en casa?

Niego con la cabeza, pero él franquea la valla hasta el sauce. Me ayuda a salir de debajo del árbol y me acompaña hasta el porche delantero y hasta la puerta. Espera mientras busco las llaves en la mochila.

—¿Quieres que llame a tu madre? —dice.

¿De qué conoce a mamá?

Lo miro de reojo. Y entonces se convierte en Matt, el tipo que vive dos puertas más abajo y que suele arreglar la valla cuando el viento la tumba. Matt, el tipo que trabaja en el concesionario de coches del centro, que nos sacó el Subaru del 2008 por muy buen precio. Mamá se puso tan contenta.

—No —digo—. No la llame. Todo va bien, no se preocupe. Creo que solo tengo hambre. He hecho unos cuantos largos, ¿sabe?

Flexiono los brazos como si fuera Popeye y él suelta una especie de carcajada y yo pido que la tierra me trague de la vergüenza.

—Pues…, vale —dice, dándome unas palmaditas en el hombro—. Cuídate, Biz.

—Oh, sí. Lo haré. ¡Gracias! —respondo, con tal alegría que la descarga de mi inmensa positividad casi nos chamusca.

Me cuidaré, gracias, sí, eso es precisamente lo que haré.

¡Me he apuntado a un curso de fotografía!

Lo digo entre exclamaciones porque mamá y Bridgit están contentísimas.

Le cuento lo del curso a Bridgit, pero no menciono el momento en que estuve flotando hace dos semanas. Quiero que piense que estoy mejor. Quiero pensar que estoy mejor. Además, de hecho, quiero estar mejor.

«¡Qué noticia más magnífica!», dice Bridgit desde su silla marrón.

«¡Eso es genial, Biz!», dice mamá en la cocina.

Ambas aplauden cuando se lo digo. Si tomara una fotografía de sus rostros entusiasmados y las pusiera una al lado de la otra, parecerían gemelas.

Le envío un correo electrónico a Grace, como hago más o menos cada pocos días porque no puedo evitarlo. No soy un robotito educativo. Ni de cerca.

«Grace,

»¡me he apuntado a un curso de fotografía!

»¡Grace! ¡Colega! Buenas noticias: estoy volviendo a la vida!».

Por supuesto, Grace no responde. Podría construirme un nido con todos los correos que le he enviado. Podría ovillarme entre ellos y dormir durante días.

¡Pero no importa! ¡Ignoremos el agujero con forma de Grace que hay en cada uno de mis días, junto con el agujero en forma de papá tan grande que podría engullir galaxias enteras! ¡No tengamos en cuenta los agujeros!

¡Me he apuntado a un curso de fotografía! ¡Aplausos!

¿A que todo es maravilloso?

El curso se imparte durante seis semanas los viernes por la tarde. Lo da el CTC local, que creo que son las siglas de Cuando Todo Cambia (vas y tratas de hacer algo con tu vida).

Para la primera clase, mamá me prepara un tentempié. Antes de salir, me pregunta una docena de veces si lo tengo todo. Me lleva en coche. Me recogerá: «No, no me supone ningún problema, cariño. ¡Estaré allí a las nueve!».

No puedo culpar a mamá por ponerse sentimental. Llevo mucho tiempo sin asistir a clase. Creía que tenía un abandono escolar entre manos. Eso, o una chica muerta. Estado que no prefería para mí.

Yo tampoco. No es el estado preferido para mi gusto.

«¿Ni siquiera un poquito?», preguntan los pensamientos.

No.

He pasado página. Nada de pensamientos. Nada de obsesiones con la muerte, con papá o con Grace, con el universo y la muerte o con papá y la muerte. Nada de quedarse en cama sin moverse. Nada de flotar.

Nada de Biz en modo inútil.

Soy Elizabeth Martin Grey. Llámame Elizabeth.

—¡Hola a todos! ¡Me llamo Carol y estoy muy contenta de dar esta clase!

Son las seis de la tarde, y aquí estamos.

Me encuentro en una habitación repleta de abuelitas y jubilados, todos con cuadernos y cámaras réflex. Las cámaras parecen nuevas, pero no lo son; son de carrete, así que son antiguas. La gente mayor las ha conservado limpias y relucientes, lo que es algo de ancianos. Máximo respeto.

El CTC mencionó que tenías que traer tu cámara. Al apuntarme, pensé que era una clara señal de que no debía asistir a esta clase, pero mamá señaló: «¡Oye, tenemos una cámara por alguna parte!». Fue al garaje y rebusco en varias cajas con cosas de papá hasta que encontró su vieja cámara réflex, de la que, por lo visto, no se separaba antes de morir.

Mamá la sostuvo y le dio un par de vueltas.

—¡Mira esto, que antigualla! —exclamó y, a continuación, esbozó una sonrisa—. Tu padre no dejaba de sacar fotos, Biz. Yo estaba a mis cosas, dándote el pecho, leyendo o pensando, y ahí estaba tu padre, ¡apuntándome con esto! —Mamá sonrió de nuevo, emocionada y convertida en amor y recuerdo, y me tendió la cámara—. Cómo pesa, ¿no?

Pesa, y mucho. La lente está llena de polvo. Al parecer, unos gorgojos se han instalado en la funda hasta que el cuero ha perdido todos sus beneficios nutricionales. No hay botones automáticos. Es como si hubiera traído un hueso de dinosaurio a clase. Pero es un hueso de dinosaurio que aún funciona, pese a que no sé cómo, y que perteneció a papá, así que el anciano que se sienta frente a mí se puede ir con sus miraditas reprobatorias a otra parte, muchas gracias.

Carol, nuestra profesora, está entusiasmada y también algo inquieta, como si no hubiera impartido nunca una clase o hubiese sido un pájaro en otra vida. Tiene el pelo canoso y una mirada ligeramente dudosa. Parece incapaz de enfocarnos; sus ojos resbalan por nuestros cuerpos, como si estuviéramos hechos de mercurio. Es eso, o sus ojos están hechos de mercurio. En cualquier caso, algo resbala.

Se pone delante de la clase, cámara en mano.

—Esto es una cámara SLR —anuncia—. «Single Lens Reflex», por sus siglas en inglés. —Alza la cámara como si fuera Simba en *El rey león*. Hace una pausa por si queremos anotarlo. Algunos ancianos lo hacen, rascando sus plumas—. Puede que no hayáis utilizado nunca una de estas. Así que voy a hacer un repaso de las funciones y de los términos más comunes.

Empieza a recitarlos de una tirada:

«Lente».

«Velocidad de obturación».

«Abertura».

«Diafragma».

«ISO».

«Punto focal».

«Profundidad de campo».

Carol habla y habla y habla y habla y habla y habla y habla y habla y habla.

Es agotador. No llego a absorber nada, y después de media hora, no he tomado ni un apunte.

¿Qué está diciendo Carol? Miro a mi alrededor y todo el mundo está garabateando, moviendo con rapidez sus dedos arrugados. Asienten y escuchan y la luz se enciende en sus ojos. Yo no tengo luz. No entiendo nada; es como si mi tristeza me hubiese secado el cerebro y ahora fuera incapaz de aprender.

¿En qué estaba pensando cuando me apunté? Carol habla en un idioma que no entiendo. Es una conspiración. (Probablemente, se han conocido antes de la primera clase y han dicho: «De acuerdo. Viene esa chica triste. Vamos a enredarla». Y, acto seguido, todos se han llevado la mano a la boca y han soltado una risita, y se han mordido las encías y uno de los ancianos ha hecho un ruido de pedo con la boca y la palma de la mano y todo el mundo se ha reído hasta que se les han caído las dentaduras postizas.

Capullos).

A mi lado se sienta una señora muy mayor. Tiene el pelo blanco y unos dedos finos y largos. Lleva un único anillo de oro en la mano izquierda. De su nariz cuelgan unas gafas de lectura, como esas con las que te miran por encima las bibliotecarias de las películas.

No deja de levantar la mano y responder todas las preguntas de Carol, lo que hace que las otras ancianas frunzan los labios. Por lo visto, lo sabe todo sobre fotografía. No puedo evitar preguntarme qué hace aquí.

—¡Pero si apenas sé nada! —responde cuando alguien le dice: «Madre mía, por lo visto, usted lo sabe todo sobre fotografía».

Se ríe como si fuera una joven sorprendida de residir en ese cuerpo de anciana.

Yo no me río. También estoy en un cuerpo de anciana; envejezco, envejezco, mis pantalones, mi cerebro y mi visión están laminados. Mi cerebro se marchita mientras estoy aquí sentada. Me derrito, soy un charco, ya no estoy.

La anciana me mira. Quizá doy la impresión de que voy a ponerme a llorar, de que en cualquier instante saldré de aquí hecha un mar de lágrimas, otra humana fallida, como el resto. Débil, desaliñada, sin arraigo.

Se acerca a mí y me roza la mano suavemente.

—Hola —saluda, esbozando una sonrisa—. Soy Sylvia.

De algún modo, el mundo deja de girar. Miro a Sylvia. Me concentro en la sensación de sus dedos sobre los míos.

Es viernes, justo antes de la segunda clase de fotografía, y Sylvia ha estado enseñándome a manejar la cámara.

Esta semana hemos ido a la ciudad, al faro y al puerto. He visto el sol de verdad por primera vez en semanas. Hemos paseado. Hemos fotografiado a gaviotas, barcos y a gente que llegaba tarde a sus citas o que miraba sus móviles. Sylvia me ha enseñado a ajustar el enfoque, a fijar la apertura y la velocidad de obturación. He visto el mundo a través de la cámara de papá y he hecho clic.

Y ahora estoy sentada en la sala de estar de su casa, tomando un té.

Por lo general, no suelo ir a las casas de desconocidos, pero Sylvia tiene ochenta y tres años, cinco hijos, once nietos y tres biznietos. Sus ojos son amables. Dudo que hoy haya planeado asesinarme.

Sylvia ha dispuesto dos tazas y una tetera enorme con una cubretetera con forma de koala. Unas galletas de chocolate se amontonan en un plato verde.

Me reclino en su sofá, en una estancia llena de fotografías, cojines y figuritas australianas: zarigüeyas, lagartos de cuello con volantes, unos canguros que boxean. Las paredes están llenas de fotografías de Sylvia sonriendo. Está de pie/sentada/riéndose con otras mujeres, hombres, criaturas; sostiene a un bebé; unas flores; su pelo es oscuro y sus ojos brillan.

Hace mucho que no he estado en casa de una persona mayor. La última vez fue en casa del abuelo y la abuela, cuando era pequeña. Me quedé en pie en la cocina mientras el abuelo lloraba. Se suponía que debía cuidar de mí después de la muerte de papá, mientras mamá y la abuela se encargaban de arreglarlo todo, pero no podía dejar de llorar. Trató de hacerme una tostada y se le chamuscó. Me ofreció un plátano lleno de manchas negras. Al final, me senté en el sofá con unas galletas que había encontrado en un estante y esperé a que mamá regresara.

Después del funeral, el abuelo siguió llorando, incluso pese a que papá no era su hijo.

—Me hubiese gustado tanto que tuvieras mucho más —sollozaba, escondiendo el rostro entre las manos, y yo no sabía si se refería a mí, a mamá o a papá.

La abuela le ordenó que se callara y, acto seguido, volvió a fruncir los labios como si fueran el trasero de un gato.

Mamá estaba de brazos cruzados. Por debajo del cárdigan, me fijé en cómo se pellizcaba la piel con los dedos; me fijé en cómo apretaba los labios. Después de que me fuera a la habitación de invitados y me acostara, siguieron hablando. A través de las puertas cerradas, oí que mamá levantaba la voz, como si fuera una banda elástica que alguien estiraba mientras ella hablaba. Y después nos marchamos, dejamos atrás a mis abuelos, la casa en la que papá había muerto, la jungla a su alrededor y las colinas que parecían tetas. Fuimos hacia el sur, dejándonos llevar, y continuamos dejándonos llevar como si fuéramos aves que no estaban migrando, sino que simplemente volaban sin rumbo ni objetivo.

Así que Sylvia es algo nuevo para mí.

—¡Prueba una galleta, Elizabeth! —ofrece Sylvia, alcanzándome el plato.

La pila de galletas se balancea.

—Hum —digo.

—Son veganas, querida. Las he encontrado en el supermercado. ¿No es maravilloso? Y el té es vegano. ¡El *oolong* es vegano! ¡Lo he comprobado!

Sonríe satisfecha.

No puedo evitar sonreír. Se lo mencioné en algún momento de esta semana, cuando estábamos en el puerto. Quedó fascinada. «Así que, ¿nada de pollo?, ¿ni de leche? ¿Y las madalenas?».

Yo respondí: «Eso es. Ningún animal, de ningún tipo». Y: «Puedo tomar leche, pero no de vaca, cabra u oveja», y «Me encantan las madalenas. Es fácil hacerlas veganas. Solo hay que sustituir los huevos y los lácteos».

«Vaya, qué fascinante —dijo Sylvia, dándose una palmada en las rodillas—. ¡Menuda cosa!».

Ese día, junto al agua, Sylvia me enseñó a leer el fotómetro. Me enseñó a enfocar los barcos mientras trajinaban de aquí a allá. A hacer *zoom* en las partes de los barcos, en la proa, en el mástil, en la persona al timón, que miraba hacia el mar abierto.

Me habló de su marido, de que había muerto, y yo le dije que mi padre también había muerto. Me miró y ladeó la cabeza, pensativa.

—Eso es muy triste, querida.

—Es triste, pero ocurrió hace tiempo y no pienso mucho sobre ello —dije.

(«Es verdad, la nueva e intocable Biz. ¡Sigue así!»).

—Yo pienso en Ronald todo el tiempo. Los muertos no nos abandonan —afirmó Sylvia.

Estaba observando un barco pesquero amarillo que regresaba después de salir a faenar. Probablemente, el barco iba lleno de carcasas. Desvié mi atención del barco, del conductor del barco, de los peces extinguidos.

—Los muertos nos abandonan siempre, Sylvia —dije, aunque no lo pronuncié en voz alta, sino para mis adentros, y doblé las esquinas de las palabras y las escondí debajo de las costillas.

En su casa, después de haber comido educadamente cuatro galletas de chocolate y de haberme bebido dos tazas y media de té, Sylvia me enseña su colección de baratijas.

—A este lo llamo Graham —anuncia, señalando un tejón australiano.

El tejón está sentado sobre una base de plástico con unas palabras en dorado que dicen: ¡Bienvenidos a Gundagai!

—Graham —repito, y Sylvia esboza una sonrisa.

—Mi primer novio —confiesa, dándome un ligero codazo—. Besaba maravillosamente bien, pero me dejó por Mary, con la que se casó. Tuvieron diez criaturas. Gracias a Dios que no fue conmigo; no habría soportado el dolor.

Señala hacia un ornitorrinco en una bola de nieve que se mece entre cañas de plástico.

—James —anuncia.

La miro, a la espera.

—Segundo novio. Quería ser artista.

—¿Y se convirtió en artista?

—Es una historia muy triste —dice Sylvia—. Murió en un accidente de moto en Ecuador. A los veintidós años.

Se le humedecen los ojos.

—Lo siento.

—No pasa nada, Elizabeth. No iba a quedarse mucho en este mundo. Tenía esa mirada…

El ornitorrinco me observa con solemnidad. Espero que, antes de morir, James tuviera una buena vida. «¿Tuviste una buena vida, James?», le pregunto al ornitorrinco. Pero el ornitorrinco no sabría decirme.

Vamos pasando animales, la mayoría de los cuales tienen nombres de pretendientes: amores fallecidos, chicos a los que dejó escapar, chicos que le rompieron el corazón. Sylvia ha tenido muchos amantes. ¿Quién imaginaría que la vida de la gente mayor fuera tan ajetreada? A continuación, nos detenemos en las fotografías. Señala un marco tras otro.

—Mi hermano —dice—. Mi hermana, mi madre, que en

paz descanse. Mis hijos. Y… ¡Ah!, esta la tomamos cuando cumplí ochenta años. Un día precioso.

Sylvia señala una foto en el centro de la pared: hay un mar de rostros en unos escalones blancos en el exterior de una casa de campo, una pancarta por encima que dice ¡FELICES 80!, bebés en brazos, niños corriendo y, al fondo, desenfocado y apoyado de brazos cruzados en un poste de la veranda, Jasper.

¿¡Qué!? ¿¡Jasper!?

Debo de haber ahogado un grito, porque Sylvia se vuelve hacia mí.

—¿Estás bien, querida? —me dice, y me toca el brazo con la misma mirada que utiliza mi psicóloga cuando hablo demasiado y se me olvida respirar.

—Uf —digo, con el mundo encogiéndose a mi alrededor.

Pero, claro, esto es Wollongong, ¿qué esperaba? Todo el mundo se conoce, pero, aun así, ¿cómo puede ser? Y de nuevo, pienso: «Es porque soy ficción», y de nuevo, pienso: «Es porque nada de esto es real». Y empiezo a balancearme.

Sylvia decide que necesito sentarme. Me trae un cuenco con frutos secos porque cree que no he tomado suficientes proteínas… Lo siente mucho, ¿en qué estaba pensando al darme todo ese azúcar? Los frutos secos repiquetean en el cuenco.

—Son tostados, querida —anuncia, como si fuera a importarme.

—Uf —digo de nuevo.

Y ella dice:

—Tómate tu tiempo.

Algo que nadie me dice nunca.

Nos sentamos en silencio mientras pienso en una manera de explicar que soy ficción, que Jasper está en esa pared, pero que ha desaparecido, y que Jasper me salvó la vida, aunque, en realidad, casi lo mato en el mar.

Sylvia se reclina en la butaca. Después de unos minutos sin pronunciar palabra, se sirve una taza de té y da un sorbo. Después de más minutos sin pronunciar palabra, me sonríe y me da unas palmaditas en la mano. A continuación, toma el periódico y se pone a hacer el crucigrama. De algún modo, el silencio me hace sentir tan bien que quiero quedarme a vivir allí, para siempre, porque a Sylvia no parece importarle mucho si no vuelvo a hablar.

En algún momento, Sylvia se levanta. Se dirige a la cocina y me prepara unos fideos. Me habla de la primera vez que Ronald la besó.

—¡Saltaron chispas! —dice. Y continúa con un viaje por Europa que hicieron ella y Ronald a los sesenta años—: ¡Cuántas motocicletas! ¡Cuántas ruinas! ¡No podía dejar de sacar fotos!

Un gato naranja se acerca y se refriega contra mi pierna.

—Es Zelda —dice Sylvia—. Le caes bien.

Entonces, un reloj suena en el vestíbulo y Sylvia dice: «¡Vaya, mira qué hora es!», y son las cinco, hora de ir a clase. Nos levantamos, sin que yo haya pronunciado palabra, y nos ponemos en camino.

Carol será la profesora, pero no nos engañemos: es Sylvia la que me enseña fotografía.

Para cuando llega la tercera clase, Sylvia ya me ha enseñado a revelar, a mezclar el revelador fotográfico dentro del tanque de plástico y a sacar los negativos, esos bebés pequeños y planos. Los cuelgo en un armario secador. Los recorto y los llevo al cuarto oscuro, donde están las enormes ampliadoras alineadas contra la pared y donde esperan los tanques con productos químicos. La habitación huele a hospital. La luz es de un rojo uterino.

Aprendo a sacar una tira de prueba y después, una hoja de contactos. Aprendo a colocar los negativos en la ampliadora, a encender la luz y a proyectar la idea de la imagen en la base. Aprendo a apagar la luz, a sacar el papel fotográfico de la voluminosa bolsa negra y a situarlo en la base de la ampliadora. Aprendo el tiempo que hay que exponer el papel a la luz, a llevar la promesa que contiene el papel a los tanques con los productos químicos, a agitar durante el tiempo adecuado y a observar cómo una historia cobra vida entre las pinzas que sujetan mis manos. Saco el papel del tanque, lo lavo y lo suspendo de una cuerda, donde cuelga, recién nacido, de una pinza.

Mi primera impresión fotográfica:

El perro. Agitando la cola y con la lengua colgando, los ojos brillantes, la cabeza girada en mi dirección y las orejas vueltas hacia el campo, hacia los pájaros.

Chichón no entiende por qué me paro todo el rato. ¿Por qué apunto con esa caja a todos lados? ¿Es que no veo que hay que cazar conejos? ¿Y los pájaros, es que no veo que también hay que cazarlos? ¿Y todas esas cosas muertas tan deliciosas?

Mi segunda impresión fotográfica:

Un hombre al timón de su barco.

Se adentra en mar abierto. Tiene resaca porque anoche su mujer le comentó que quería tener otro hijo. Él no quiere; ya hay demasiados niños y poco dinero. Y lo único que se le ocurrió hacer fue beber, porque no encontró respuesta que la hiciera feliz. Ahora se siente como una mierda.

Mi tercera impresión fotográfica:

Un barco. Navega por el mar. Se detiene y oye el murmullo de los peces y la llamada de las ballenas desde las profundidades.

El barco ha sido un barco desde que tiene memoria. Otros barcos afirman que fueron árboles en el pasado, pero este barco solo sabe que fue un barco.

Y las olas, que suben y bajan.

Y la lluvia. Y el agua, que lo golpea una y otra vez.

Y las entrañas del barco, con el casco erosionado, tratando de tocar un lugar profundo que algún día esperan conocer.

Mis fotografías gotean y susurran desde la cuerda.

En la habitación, a mi alrededor, se oye el rumor amortiguado de la gente junto a las ampliadoras, sacando el papel de las bolsas negras, de las pinzas que golpean los laterales de los tanques, y del silencioso abrir y cerrar de las pinzas de colgar.

Al parecer, ninguno de los presentes ha oído las voces. Nadie se ha dado la vuelta, boquiabierto; nadie ha soltado un grito.

Las fotos me hablan, y no sé por qué. No me importa no saberlo; el universo está lleno de cosas incomprensibles. Existimos dentro de una multitud de singularidades. Hace tiempo que lo acepté.

Bridgit, la psicóloga, se pondría muy contenta si me oyera. No deja de repetirme que la aceptación es fundamental. Bridgit ha estado utilizando conmigo un enfoque llamado Terapia de Aceptación y Compromiso. Es todo muy consciente. Se supone que no debo luchar contra mi dolor, ni contra mi vacío interior ni contra la pérdida de mi padre. Se supone que debo percibir todos mis pensamientos y sensaciones, «Om», dejarlos pasar, «Om», en lugar de apartarlos.

Pues vale, genial.

Aquí estoy. Y aquí están las voces, emergiendo de las tiras de papel rectangulares.

«Om».

Hola, estoy escuchando. Bienvenidas.

«Om».

Las fotos siguen murmurando en mi mochila durante el trayecto en coche de regreso a casa. Las voces susurran desde el interior del estuche que las alberga, y el sonido es como el de la hierba alta, como cuando se atraviesa a grandes zancadas, como cuando el viento silba por ella, como cuando el perro la aplasta.

Mamá tampoco las escucha. Mientras conduce, me habla de su jefe y canta fragmentos de las canciones que suenan por la radio. No oye el ladrido del perro, ni al marinero que maldice al girar el timón ni el chapoteo de un barco que se desliza por el agua.

Así que, ¿quizá las historias solo sean mías?

Cuando tenía nueve años, enfermé de gripe. Llegué a treinta y nueve de fiebre. Vomité, y después dormí, dormí y dormí. Soñé que estaba rodando colina abajo. La colina no acababa nunca, y yo no podía parar y necesitaba ir al baño, pero seguía rodando, y la hierba me agarraba los brazos y las piernas y me envolvía hasta que me encontraba en un túnel completamente verde.

No podía respirar, no podía ver, no dejaba de moverme, y entonces, oí la voz de papá.

—Biz.

Y ahí estaba, al borde de la cama, con sus pantaloncitos cortos y una camiseta con unas palmeras. Apenas se lo veía; no dejaba de aparecer y desaparecer.

—Respira, Biz, ¿vale? Uno, dos, tres. No pienses en nada y solo respira.

Entonces llegó mamá y se sentó al borde de la cama. Dijo: «Tranquila, cariño», y me puso un paño sobre la frente.

Yo me lo quité.

—Quiero a papá —dije, y en la oscuridad pude ver que mamá se desmoronaba.

—Yo también, Biz —respondió, con la voz distorsionada.

—No, quiero a papá. ¿No lo ves? Está aquí.

Y ahí estaba papá, al borde de la cama, flotando y mirando a mamá con aire expectante. Pero cuando ella se volvió, supongo que solo vio aire.

—Chist, papá no está aquí. Está en el cielo, cariño.

—¡No! ¡Está aquí! Papá, díselo.

Papá abrió la boca.

Y se apagó, como una bombilla.

Y yo lloré sin parar. Una oleada de fiebre me invadió y meé la cama.

Fue horrible. Estaba muy débil y tuve que tumbarme en el suelo mientras mamá hacía la cama.

—Lo siento, mamá, lo siento —me disculpé.

—No pasa nada —dijo mamá.

—No, sí que pasa —respondí.

Por supuesto, nos referíamos a cosas diferentes.

Dos días después, ya estaba prácticamente recuperada. Miraba a mamá de reojo cuando me traía el desayuno, cuando comprobaba si tenía fiebre, cuando me servía un vaso de limonada. ¿Debía preguntarle otra vez por papá? ¿Debía contárselo?

Mamá se sentó al borde de la cama y me describió la última vez que estuvo tan enferma como yo. Papá, sentado con las piernas cruzadas y en silencio, planeaba sobre el escritorio. Paseé la mirada del uno al otro, del uno al otro, y lo entendí. Papá era mío y solo mío.

En algún momento, en algún lugar, mamá dejó que se fuera.

—Fuimos compañeros de clase —digo, señalando a Jasper en la fotografía que cuelga de la pared de Sylvia.

Es nuestro cuarto viernes y Sylvia y yo ya hemos establecido una rutina. Salimos a tomar fotografías tres mañanas a la semana y los viernes me invita a su casa a cenar comida vegana antes de ir clase. Los fideos fueron solo el principio. «Puedo hacerlo mucho mejor», aseguró. Ahora Sylvia me atiborra con miniquiches de tofu y salteado de verduras tailandés, y estoy comiendo mejor de lo que lo he hecho en mi vida.

Así que casi me siento cómoda. Hoy me he relajado, he respirado y he cenado un *dhal* de lentejas. He lavado los platos, he escuchado la historia de Sylvia y Ronald durante exactamente una hora y después, al mirar las fotografías que Sylvia tiene colgadas en la pared, he sido capaz de decir «Ah, sí, ese chico. Fuimos compañeros de clase» con completa indiferencia, como si no fuera el Jasper que me sacó del océano y que nunca volvió a dirigirme la palabra.

—Vaya, ¿Jasper? ¿De verdad? —dice Sylvia, encantada.

—Sí, iba conmigo al instituto.

—Oh, cariño, Jasper hace siglos que no va al instituto —dice Sylvia.

—Ah, ¿no?

—Así es. Lo operaron.

—¿De la pierna?

—¿La pierna? —Sylvia frunce el ceño.

—¿La que… ejem?

¿Cómo continuar si no sabe a qué me refiero? ¿Me habré imaginado lo de la pierna? Quizá lo haya inventado, igual que me he inventado a mí misma y mi presencia en esta sala de estar, sorbiendo té y comiéndome mi tercera madalena de plátano, que, por cierto, está deliciosa… ¿Puedes inventarte a ti misma comiendo madalenas? ¿Es eso posible?

—¡Ah, claro, su pierna! —exclama Sylvia, con la mirada clara, como espabilando.

He de recordar que es una anciana y tiene mucho que procesar; almacena recuerdos de todos sus ochenta y tres años.

—Sí, su pierna. Así que ¿lo operaron de la pierna?

—Eso es. ¿Qué fue exactamente? ¿Algo con el hueso? ¿La rodilla? No estoy segura, querida. Pobrecillo, lleva meses sin ir al instituto. ¡Me alegro de que lo conozcas!

—No lo conozco muy bien —empiezo a decir, pero Sylvia ya se ha entusiasmado.

—¡Lo invitaremos a tomar té una tarde de estas!

—Oh. No…

—No es vegano —dice Sylvia—. ¡Pero estoy segura de que no le importará probar tu comida!

—No es necesario que lo invitemos.

—Ah, ¿no?

—Bueno, me refiero a que no es necesario que lo invites. Es decir, no éramos amigos.

—¿No lo erais? ¿Y eso por qué?

—¡Oh! No tengo nada en su contra. Fui más bien yo. Yo...

Y la expresión que adopta Sylvia me hace comprender que ha llegado el momento de dejar salir mi historia.

Me toma un tiempo. Empiezo contándole lo de las olas. Le cuento que Jasper apareció de la nada, ¡puf! Y, a continuación, le cuento todo lo que sucedió después. Que la gente me dio de lado, que perdí a Grace y que me metí en la cama a ver si me convertía en polvo.

En la pequeña estancia, con el gato anaranjado en el regazo, la mirada de Sylvia clavada en mí, el té enfriándose y rodeada de paredes con rostros enmarcados, poco a poco voy guardando silencio.

Justo antes de terminar, le digo que papá se ha ido.

Entonces todo queda en silencio, completamente.

Sylvia suelta un suspiro. Es uno largo y triste, como los que hace Chichón con la cabeza entre las patas y esa mirada a la espera de que suceda algo mejor.

Sylvia se inclina hacia mí y envuelve mis manos con las suyas.

Y nos quedamos así, sentadas y con las manos unidas durante siglos, antes de que el viejo reloj del vestíbulo dé la hora de ir a clase.

MI CUARTA IMPRESIÓN FOTOGRÁFICA:

Un niñito, cavando en la playa. ¡Está haciendo un túnel hasta China! Tiene un cubo, una pala. Su expresión es decidida. Ha estado cavando durante horas. Su madre le grita: «¡Jack, ven a almorzar!». Pero no lo hará.

«Voy a seguir cavando hasta que llegue. ¡Cavaré toda la noche si hace falta! ¡Soy fuerte!».

La foto cuelga de la pinza. Podría haber ayudado a Jack. Podría haberlo avisado de que si conseguía atravesar el núcleo líquido de la Tierra, acabaría en el océano, a la deriva, en un mar insondable. Podría habérselo mostrado en Google Maps.

Es bueno tener toda la información a la hora de tomar decisiones. Podría haberle dicho: «¿Es eso lo que quieres, Jack? ¿Quieres seguir cavando?».

Mi quinta impresión fotográfica:

Sylvia, sentada en un banco del Jardín Botánico, sonriéndome.

Sylvia se sentó en este mismo banco sesenta y tres años atrás, con su segundo novio, James. Acababa de decirle que se marchaba a Ecuador. Ella acababa de enterarse de que estaba embarazada. No se lo contó; él estaba tan entusiasmado con su viaje que, sencillamente, no pudo.

«Ven conmigo, Sylvia», le rogó él, tomándola de la mano.

Ella negó con la cabeza y sonrió. «Prefiero quedarme», le dijo.

Y después, después de que el bebé no naciera y después de que no hiciera más que mirar por la ventana y pensar en él, y después de que su madre llamara con la noticia de que había muerto, Sylvia imaginó cómo hubiese sido recorrer esas montañas en su motocicleta. Las cosas que hubieran visto: los valles verdes, el envolvente cielo azul. Lo que él le hubiera dicho y cómo ella hubiese pescado sus palabras al viento y hubiese llenado sus pulmones con ellas.

Sylvia está a medio metro de mí, concentrada en su impresión fotográfica del faro.

La observo. ¿No puede oír cómo habla su propia historia?

Sylvia alza la mirada. Sonríe. Es la misma sonrisa que la de la foto, la misma que me ha dedicado en el trayecto en tren hacia el curso de fotografía, después de contarle lo de papá.

Hace unas pocas horas, me ha dado unas palmaditas en la mano.

—Estoy segura de que tu padre volverá, querida. ¿No te parece bonito, Elizabeth? ¿No te parece bonito amar así?

Una semana después, estoy sola en casa. Lo que supone todo un avance. Mamá ha salido con sus compañeros de salsa y los mellizos están en una fiesta de pijamas. Así que deben pensar que estoy lo suficientemente recuperada como para quedarme sola por la noche, momento en que las preocupaciones de mamá se vuelven más acuciantes. ¡Todo un éxito por mi parte!

Mamá se apuntó a clases de salsa cuando yo me apunté a fotografía. Vio un folleto en el supermercado y me preguntó:

—Oye, ¿te importa si me apunto?

Pude percibir en su voz el cauteloso «como tú quieras, no me importa si no voy», pero claro que importaba. Pues claro que le importaba. Llevo meses siendo una carga. Me han tenido que controlar, alimentar, quitarme los percebes. Si ha resultado agotador para mí, no quiero ni imaginar cómo se han sentido los demás viendo cómo me marchito. Seguro que fatal.

Mamá tiene clase los miércoles por la noche, y yo me quedo cuidando de Billie y Dart. A mamá le encanta. Cuando vuelve, habla sin parar de sus compañeros: de las manos temblorosas de Ken, calvo y divorciado, de la manicurista Susan, que canta mientras baila, y de Maxine, que da pisotones pero siempre sonríe con su enorme dentadura postiza.

Y hoy es sábado, y mamá se ha soltado el pelo de verdad. Ha salido a tomar algo y a bailar, ataviada con un vestido que no dejaba de estirar hacia abajo.

—¿Voy bien? —ha dicho—. ¿Me queda bien? ¿Se me ve natural? No parezco una comehombres, ¿no? ¿Debería ir?

—Mamá, estás impresionante —la tranquilizo.

Le he pasado sus pendientes favoritos, le he dado un beso y la he acompañado hasta la puerta. Me he despedido de ella agitando la mano mientras bajaba el camino de acceso hasta el coche de su amiga, donde se ha desprendido de su yo maternal, lista para salir a jugar.

La sensación debe de haber sido fantástica.

Los mellizos han ido a casa de un amigo; estaban tan emocionados que han hecho todo el camino dando saltitos con las almohadas debajo de los brazos.

—¡Comeremos nubes! —ha dicho Dart.

—¡Chocolate caliente y nubes! —ha añadido Billie.

—¡Y nos bañaremos por la noche!

—¡Y veremos una película! ¡Creo que de terror!

—De terror no, tonto. ¡Pero creo que es para adultos!

—¡Y comeremos nubes!

—¡Y nos bañaremos!

—¿Nos has puesto los bañadores en la mochila, Biz?

—¿Has puesto las toallas, las de la capucha?

Saltito, saltito, saltito.

Así que estoy sola en casa, con las fotografías esparcidas encima de la cama, murmurándome.

Las historias de esta noche: el hombre que vendía libros usados en el mercadillo roba el dinero de la caja registradora del trabajo (un billete de veinte por aquí, uno de cincuenta por allá); sus dedos arden de codicia y culpa. La chica que garabatea en un cuaderno junto al agua le escribe a alguien de quien aún desearía estar enamorada. La mujer que pasea el perro quiere ser actriz, pero está estudiando Optometría. No recuerda por qué ha escogido esta carrera, y por la noche sueña que sube al escenario, que está a punto de salir, que besa a una joven entre bastidores.

Las fotos que revelo en el cuarto oscuro nunca se callan. Las guardo en el cajón del escritorio. Si al acostarme dejo el cajón abierto, me duermo con sus susurros amortiguados, y es casi como si papá estuviese aquí.

Eso me da una idea.

Bajo hasta el vestíbulo, con el sonido de mis pasos atenuado por los patucos, y me dirijo hacia los álbumes que hay en la estantería de la sala de estar. Saco el primero a la izquierda, con estampado floral y el marco dorado.

En la tapa dice: BIZ: AÑO CERO.

Examino todas y cada una de las fotografías.

Estoy en brazos de mamá. Estoy en brazos de papá. Estoy en el suelo. Estoy en cuclillas junto a una mesa, tratando de ponerme en pie. Mamá está en el fondo, boquiabierta, como si dijera: «¡Mírala!». Aunque no la oigo.

Estoy en un parque, en pie, mi diminuta mano cogida de la de papá. Él entorna los ojos hacia la cámara. Su boca también está abierta, quizá diciendo «¿A que somos felices?», aunque lo ignoro.

Me inclino hacia las instantáneas, escucho. Reviso el siguiente álbum, y el siguiente... Tengo un año, dos. Tengo tres. Tengo cuatro. ¡Tenemos un cachorro! Y después, tengo cinco, seis, siete...

Ninguna de las imágenes me habla.

Pues claro que no lo hacen —«Es absurdo, Biz, nunca lo han hecho»—, menuda tontería.

Regreso a mi escritorio y saco el ordenador. Lo conecto a la impresora que hay en un rincón de mi habitación. Imprimo las primeras tres imágenes que veo cuando abro la carpeta que contiene mis fotos: Grace en la playa, Grace y yo sonriendo en la hamaca, Grace con el pelo lustroso después de bañarse.

La impresora ronronea y emite chasquidos. Poco a poco, las tres fotos van saliendo. Grace tiene un poco de grano porque la tinta está a punto de acabarse.

¿Qué quieres decirme?

«¿Grace?

»¿Qué quieres decirme?».

Nada nada nada nada nada nada nada.

Y ahora soy una chica en un cuerpo petrificado, con papá, mamá y Grace a mi alrededor, todos ellos sonriendo y con los labios a punto de decir algo, de dar un beso o de empezar a cantar, y yo me siento completamente sola.

Estoy en este eco de casa con un perro que duerme y unas paredes que crujen como única compañía, y hubo un tiempo en que tuve a papá vivo y después lo tuve muerto, y hubo un tiempo en que tuve amigos y un instituto y estaba ocupada, y ahora la vida sigue latiendo sin mí, todo el mundo salta, baila, habla, se besa, bebe, y yo estoy completamente sola.

ES VIERNES, ÚLTIMA CLASE DE FOTOGRAFÍA. ¿CÓMO HA LLEGAdo tan rápido?

Podría pensarse que todo el mundo estaría desanimado, que llevarían brazaletes negros en el brazo y que alguien tocaría música fúnebre con una tuba, pero no. Todos los ancianos están contentos porque «¡Oye, ahora toca fotografía digital!».

Carol también está muy animada; se ha envalentonado con el entusiasmo que han demostrado todos durante las últimas seis semanas. ¡Qué listos somos! ¡Qué rápido hemos aprendido los trucos! ¡Somos perros viejos y curtidos!

Carol ha planeado enseñarnos un último recurso. Escribe dos palabras en la pizarra blanca:

«¡SUBEXPOSICIÓN!

»¡SOBREEXPOSICIÓN!».

Hasta ha traído una hoja. Hoy está que se sale.

«Subexposición y sobreexposición»,
extracto de *Fotografía en blanco y negro*,
de Henry Horenstein.

> La subexposición es una técnica que se utiliza para oscurecer un área concreta de una impresión fotográfica mediante la exposición selectiva. La sobreexposición es una técnica que busca iluminar una zona concreta de una impresión fotográfica conteniendo la exposición de forma selectiva. Para obtener un resultado óptimo, la mayoría de las imágenes requieren algún tipo de subexposición y/o sobreexposición. La subexposición y la sobreexposición son fundamentales a la hora de afinar y ajustar el color y, en ocasiones, marcan la diferencia entre una impresión fotográfica correcta y una excelente. En algunos casos, solo es necesario sobreexponer o subexponer alguna zona para conseguir la imagen adecuada. Pero paciencia: no resulta inusual tener que subexponer o sobreexponer muchas zonas.

De acuerdo, Henry, buen consejo.

«Paciencia —dice Henry—. No resulta inusual tener que subexponer o sobreexponer». No eres menos que los demás por necesitar dichas técnicas; recuérdalo. Algunos días será la sobreexposición, otros la subexposición. Al fin y al cabo, ¿no se trata de un ajuste constante para la supervivencia? Aunque, según dice Henry, es fundamental saber hacerlo. Si experimentas con la sobreexposición y la subexposición, estás avanzando hacia la excelencia, en lugar de quedarte con lo mínimamente aceptable. Es un noble objetivo.

Después de tomar un montón de apuntes, nos dirigimos al cuarto oscuro.

Con la ampliadora encendida, juego con la luz. Miro la imagen que sale del negativo. Es mamá con el perro. La tomé hace unos días. Está en el porche trasero, copa de vino en mano, mirando hacia el jardín. Le pedí que saliera, aunque no quería hacerlo.

—El jardín me da urticaria, Biz —refunfuñó.

—Pero es que tengo que hacer un retrato —supliqué, y accedió.

Mamá hizo una mueca ante las altas briznas de hierba y las zarzas mientras yo pulsaba el disparador.

—En serio, tendríamos que mudarnos a un piso —sugirió.

—Pero Chichón…

Mamá suspiró.

Aunque ese día parecía dolorida y no dejaba de quejarse del frío que hacía, bajo la ampliadora se ve cómo hunde sus dedos en el pelaje de Chichón. Se ve cómo el perro se pega a su pierna. Se ve cómo mueve la mano, cómo le acaricia el lomo. La mano está borrosa porque la luz en el exterior era tenue y tuve que utilizar una velocidad de obturación más lenta. Sin embargo, y pese al crepúsculo difuminado, se ve que si mamá se viera obligada a elegir entre el piso o el perro, estoy convencida de que, sin duda, elegiría al perro.

Saco el papel fotográfico. Lo expongo a la luz. Muevo una pequeña cartulina sobre mamá, con lo que solo se oscurecen el perro y el fondo. Muevo la cartulina hacia delante y hacia atrás.

—¡Muy bien, Elizabeth! ¡No dejes de moverla! —dice Carol, asomándose por encima de mi hombro—. Sigue moviéndola, así se integrará la exposición.

Y parece que sea una danza: el perro y los árboles se oscurecen, mamá se mantiene iluminada; sí, sigamos moviéndola, permanezcamos en movimiento; hagámoslo.

En el tanque de revelado, el primero que aparece es el perro. Y los árboles, y después, mamá, emergiendo de las sombras.

Les doy el baño de paro. Mamá, el perro, los árboles y las sombras se toman un descanso. Se sientan juntos en el papel.

Chichón está oscuro, y su pelaje negro se ve espeso y lustroso. Los árboles son grises y retorcidos. Mamá está pálida. Le he dado aspecto de fantasma, como si fuera un espectro en una veranda.

Le doy el lavado final. Y, al colgarla de la pinza, tengo que apoyarme contra la pared: el recuerdo de mamá me golpea de tal modo que me quedo sin aliento.

CHICHÓN FUE UN CACHORRO UNA VEZ, UN DIMINUTO CHUCHO rescatado, con el pelaje enmarañado y las orejas caídas. Papá lo trajo a casa cuando yo tenía casi cinco años. No recuerdo el primer momento en que lo vi. Pero mamá, sí.

Al ver al cachorro, me puse a gritar. Todo mi cuerpo se estremecía de contento. Sorprendido, papá dio un paso atrás. Tropezó y el perro se le cayó de los brazos.

El cachorro, que por aquel entonces era muy pequeño, aulló. Trató de correr, pero arrastraba una de sus patas traseras. Como si fuera un niño chillón, lloraba y nos miraba con aire aterrorizado. Mamá y papá tuvieron que cogernos en brazos a los dos —a una niña que temblaba y a un perro que aullaba—, y subimos al coche camino del veterinario. No llevábamos ni media hora con el perro.

—¿Qué ha ocurrido? —preguntó la veterinaria.

—Se me ha caído —confesó papá.

La veterinaria chasqueó la lengua.

Regresó con una radiografía.

—La tiene rota —anunció.

Papá se desplomó.

Mamá trató de tomarlo de la mano, pero papá la rechazó.

Durante todo este tiempo, yo estaba sentada en una silla con los ojos muy muy muy muy abiertos.

Miré a mamá.

—Papá ha roto al perrito —dije.

Papá se dio la vuelta tan rápidamente que incluso la veterinaria se sorprendió.

—Así es. Lo he roto —se lamentó.

Y salió de la consulta a toda prisa. La puerta golpeó con fuerza la pared.

Y cuando salimos a buscarlo, con el perro ya calmado y la pata escayolada, papá no estaba. El coche seguía allí, pero ni rastro de papá.

No regresó en tres días.

Mamá lo llamó al móvil, pero sonaba y no contestaba nadie.

El cachorro corría y se golpeaba contra todos los muebles con la escayola. Yo lo perseguía, riendo.

Papá escribió un mensaje después de la primera noche.

«No me veo capaz», escribió.

«¿De qué no te ves capaz, Stephen?», escribió mamá.

«De esto. No se me da bien».

«¿Dónde estás?».

Sin respuesta.

«¿Dónde estás?».

Sin respuesta.

El cachorro corría. Yo lo perseguía. El cachorro se golpeó contra la pata de una silla. Yo no dejaba de reírme.

—¡Chichón! ¡Lo llamaremos «Chichón»! —anuncié.

El cachorro se hizo caca en el suelo.

—¡Mamá, Chichón se acaba de hacer caca en el suelo! —grité.

Mamá llamó a papá, pero no contestaba nadie. Lo llamaba, sonaba y nadie contestaba.

—¿Dónde está papá? —pregunté, persiguiendo al cachorro. El cachorro se escondió debajo de la cama—. ¿Dónde está Chichón?

Mamá llamó a papá. Al tercer día, papá contestó.

—Laura, lo siento, de verdad.

—¿Dónde estás, Stephen?

—En el desfiladero de Fischer. Hay una cascada. Es muy bonito.

Mamá estaba en pie, junto a la encimera de la cocina. Tenía las piernas de hielo, el pecho de hielo.

Papá describió las vistas, la altura, los árboles en la ladera.

El cachorro entró ladrando en la cocina. Yo entré tras él, corriendo, riendo y tropezándome con las piernas de mamá, con lo que ella no podía oír a papá.

—¡Joder! ¡Biz! ¡Basta! —dijo. A continuación, bajó la mirada hacia mí—. ¡Ya basta!

Y tenía una voz de hielo.

Me puse a llorar.

Y papá también lloraba.

—Por favor, Stephen —suplicó mamá, sentándose.

—No sé qué hacer.

—Por favor, Stephen.

—No puedo moverme, Laura. No puedo respirar. Todo se rompe.

La respiración de papá se volvió irregular.

—Stephen, por favor, por favor.

«Por favor —pensó entonces mamá—, por favor, no me dejes. Por favor, no me dejes y, por favor, no me asustes por no estar aquí y, por favor, no te acerques a los acantilados y llámame cuando estés allí y, por favor, vuelve a ser como eras antes, cuando te conocí, antes de que te convirtieras en padre y te aterrorizara cada nuevo día».

Y en ese momento deseó con todas sus fuerzas regresar al pasado, a esos días. A esa época en que eran felices, cuando no eran padres y papá no estaba roto.

Al tiempo antes de mí.

En la fotografía, las manos de mamá acarician el pelo del perro, pero no está en el jardín. Ha regresado a ese momento.

Puedes verlo en su mano, en el pelo de Chichón, en el borrón que hay allí. Puedes ver el recuerdo mientras la mueve.

Al terminar la clase, Carol me acompaña hasta la puerta.

Todo el mundo se ha ido despidiéndose con la mano y una sonrisa, diciendo: «¡Hasta el trimestre que viene, Carol!». Todos están superentusiasmados con el curso siguiente, todos listos para saltar alegremente del viejo al nuevo tren.

—¿Te veré después de las vacaciones en el curso de fotografía digital, Elizabeth? —pregunta Carol.

¿Fotografía digital? Es como si Carol me hablara en latín. Acabo de salir a rastras de la oscuridad. Acabo de oír a mi madre deseando mi muerte, lisa y llanamente.

¿Quién es esta mujer ante mí? ¿Dónde estoy?

—Eh… No tengo cámara.

—¡Oh! —exclama Carol—. ¿Y no puedes comprarte una de segunda mano o pedirla prestada? Me encantaría que continuaras.

—Quizá. Ya veremos —digo.

Pero la verdad es esta:

A) No tengo dinero para comprar una réflex digital. Qué idea más graciosa. ¿A que Carol es graciosa?

B) No tengo a ningún amigo o amiga que pueda prestarme una réflex digital. Sylvia es mi única amiga en la actualidad y que yo sepa, en su casa no tiene un estante lleno de cámaras.

C) Para serte sincera, Carol:

No quiero avanzar. No quiero hacer fotografía digital. Esas fotos no me hablarán. Lo único que quiero es colarme en el cuarto oscuro y quedarme allí. Quiero esa quietud roja, el olor a limpio de los productos químicos. Quiero tumbarme allí, dentro del desorden en blanco y negro de la historia. Y no salir hasta que no lo sepa todo.

Es domingo por la noche y estoy ayudando a mamá a cocinar. No soporta hacer la cena; probablemente sea lo que más odia en el mundo, incluso más que recoger la caca del perro y cepillarles el pelo a los mellizos.

—Si lo hiciésemos a mi manera… —empieza a decir.

Lo ha dicho tantas veces que termino la frase por ella.

—… tomaríamos comprimidos para cenar —interrumpo.

—¡Exacto! —exclama mamá.

Esta noche vamos a probar algo nuevo: el *dhal* que Sylvia me preparó hace dos semanas. Hay que seguir la receta. Tuve que ir a comprar ingredientes de verdad. Chile, comino y coriandro. Curri. Lentejas. Boniato. Ahora descansan sobre la encimera, como auténticos desconocidos.

—¿Y se supone que esto va a estar bueno? —dice mamá.

—Si viene Sylvia y lo hace, seguro —respondo, esbozando una sonrisa.

Mamá me mira. Por lo general, cuando veo esa mirada, sé exactamente en qué está pensando. Pero hoy no estoy segura. Llevo desde el viernes caminando con pies de plomo a su alrededor, como si fuera de cristal.

Mamá no deja de metamorfosearse cada vez que la miro: en un instante es Mamá Esperanzada y Positiva, y al siguiente, la Otra Mamá, con todos esos anhelos secretos. «¿De verdad crees conocerla, Biz?».

Se ha pasado todo el fin de semana diciendo «¿Qué ocurre?».

«Nada», le he respondido. Pero ambas sabemos que estoy mintiendo. Así que espera a que se lo cuente y yo espero a que lo averigüe por sí misma.

Mamá ha puesto música desde su móvil: clásica, todo flautas chillonas y violines que suenan a hojalata.

—¿Cómo puedes escuchar esto, mamá? Es muy aburrido.

—Me calma. Cocinar me estresa. Así que esto compensa.

—Siento que cocinar te estrese.

—No pasa nada. Hay muchas cosas que me estresan.

—¿Ah, sí?

Me vuelvo hacia ella, sorprendida. Es decir, sé que así es, pero mamá nunca habla de ello.

—Claro. El trabajo me estresa, cocinar me estresa, el dinero me estresa. Los hombres me estresan.

—Y yo te estreso —añado.

—¡No!

—Venga ya.

—Bueno… —Coge una cazuela y la deposita sobre el fogón—. De hecho, me has tenido un poco preocupada.

—Vale.

—Pero ahora estás mejor —dice mamá, y esboza una sonrisa.

«¿Lo estoy?».

—Y estoy muy orgullosa de ti, Biz. —Mamá me da un abrazo—. Te has esforzado mucho para llegar hasta aquí.

«¿Me he esforzado?».

—Así que vayamos a celebrarlo. Salgamos.

—¿No íbamos a hacer *dhal*?

Mamá mira el paquete de lentejas, todavía por abrir.

—Biz, no me apetece cocinar *dhal*. Solo con mirar la receta me entran escalofríos. —Pone ojitos de cordero degollado—. Por favor, cariño, no me obligues a cocinarlo.

Suspiro, sin poder evitar una sonrisa.

—Vaaale.

Ella sonríe de oreja a oreja y va a buscar el bolso.

—¡Niños! —grita—. ¡Salimos!

Billie y Dart corean unos hurras.

Vamos de nuevo al tailandés, y mamá escucha a los mellizos que no dejan de interrumpirse, y nos dice lo feliz que la hace estar aquí, con nosotros, y yo escucho a medias, me río a medias y, al mismo tiempo, pienso en lo que ha dicho.

«Estás mejor» y «Estoy muy orgullosa».

¿Estoy mejor? ¿Se puede «estar mejor» cuando aún te sientes triste, cuando la tristeza llega a ráfagas de repente por la noche, cuando no hay ningún sonido que la mitigue? ¿Estás mejor cuando aún te sientes vacía, con huecos enormes y una niebla que se levanta en tu interior, como en esos páramos por los que camina la gente en las pelis británicas? ¿Estás mejor cuando, mientras hablas, te ríes, escuchas, paseas al perro, ayudas a tu madre con la cena, te sientes al mismo tiempo acompañada por una sensación de pérdida, tan palpable como una lengua o un diente?

Esta es su forma. El vacío. El espacio donde antes había algo bueno. La ausencia.

Es jueves por la noche y he salido. Estoy sentada en un banco de una esquina al aire libre del centro comercial.

El espacio bulle de vida con *food trucks* y música, con farolillos colgados entre los árboles, pufs sobre alfombras y parejas sobre pufs y niños que corren, con las mejillas rojas por el frío. Huele a cosas fritas y a charlas. Una escena capaz de enternecer a cualquiera. Voy hacia la luz y trato de que se me pegue algo, pero no lo consigo.

Han pasado dos semanas desde la última clase de fotografía. («Padre, hace dos semanas que no me confieso. He perdido mi cuarto oscuro; me he sentido sola; me he sentido triste. ¿Cuántos avemarías necesito para arreglarlo?»).

Me he obligado a salir porque la lógica y Bridgit dicen que si me mantengo ocupada y en el presente, estaré más feliz. Así que… ¡aquí estoy, callejeando! ¡Presente! ¡Comulgando con la gente! ¡Pronto la tristeza habrá desaparecido!

¿Verdad?

Grace y yo solíamos venir aquí los jueves. Los puestos de comida nos encantaban. Comíamos hamburguesas veganas cuando podíamos permitírnoslo, es decir, casi nunca. Paseábamos; mirábamos a la gente. Jugábamos a adivinar sus secretos.

—Le acaba de pedir que se case con él —comentaba Grace sobre el hombre con la sudadera de AC/DC junto a la chica del vestido escotado.

—Y ella le ha dicho que sí, pese a que está enamorada de una compañera de trabajo —añadía yo.

—Pero esa chica no la quiere; tiene un *crush* terrible e imposible con una youtuber.

—¡La peor de las tragedias!

A veces, mientras paseábamos, Grace y yo nos dábamos la mano, y Grace sonreía a toda la gente y a sus insignificantes vidas. Y de haber sabido que iba a abandonarme, habría tomado una foto de ambas caminando debajo de los farolillos con las manos entrelazadas y me habría empapelado la piel con ella para sentir algo de calidez.

Hace una hora, le he dicho a mamá que había quedado con unos amigos.

—¿Con quién? —me ha dicho.

—Con Zac y Celia. De la clase de debate del año pasado.

—Oh —ha exclamado mamá.

Durante un instante, parecía confundida. ¿Nunca le había hablado de Zac y Celia? ¿De esas criaturas míticas? ¿Que no existen?

Pero mamá estaba tan contenta de que saliera que no ha hecho más preguntas. Me ha dado algo de dinero y se ha despedido.

—¡Pásatelo bien, Biz!

Hoy se ha metamorfoseado de nuevo en Mamá Vaso Medio Lleno. Se alegra tanto de que esté mejor…, pero ¿quién más estaría de acuerdo con ella? No se lo puedo preguntar a papá, eso está claro. Grace no contestaría. Si se lo preguntara a los mellizos, me harían callar porque están viendo los dibujos animados. Se lo preguntaría a Sylvia, pero seguro que diría que sí, me daría unos golpecitos en la mano y me ofrecería una madalena. Ah, Sylvia.

Se lo preguntaría a Bridgit, pero me da miedo lo que pueda decir.

«Elizabeth, siento mucho decirte esto, pero eres un caso perdido. Aún olvidas tomar la medicación; no has vuelto al instituto; aún no has descubierto el propósito de tu vida. Sospecho que tú y yo vamos a seguir viéndonos hasta que tengas noventa años. Y yo seguiré llevando estos putos pañuelos tan bonitos, mientras que tú no recordarás ni asearte».

Me siento entre el movimiento incesante de los puestos de comida, con la sensación de que me escurro. «¿Por qué has venido, Biz?». Quiero irme a casa, arrastrarme hasta mi cama, donde solo me espera la nada y Netflix. «Nadie va a venir, tonta, no has quedado con nadie». Siento que esos días dulces y vacíos me llaman, y los pensamientos, que han callado durante unos minutos, los benditos minutos en que asistía a clase, han regresado.

«¡Eh, Biz! ¡Oye, que te estamos hablando!

»¿No está frío ese banco?

»¿No te dan hemorroides si te sientas en bancos fríos? ¡Hemorroides! ¡Ja, ja, ja!

»¿Por qué te has molestado en venir? ¡Menuda estupidez!

»¿Por qué sigues intentándolo, Biz? ¿Por qué te molestas en existir? ¿No sería más fácil no hacerlo?

»¿Por qué no te vas y ya está?

»¿Biz?

»¡Biz!

»¡Míranos cuando te hablamos!».

Abro los ojos.

Cuando los pensamientos se ponen gritones, la lista y sensata de Bridgit me ha dicho que respire más lentamente. «Y después, Elizabeth, concéntrate en tres cosas que puedas ver. En tres cosas que puedas oír. En tres cosas que puedas sentir».

Así que
respiro
más
lenta-
mente
y me concentro.

Veo una camioneta naranja. Veo un árbol dentro de una

especie de jaula hecha con alambre. Veo un enorme perro blanco.

Oigo rasguear una guitarra. Oigo las carcajadas de una mujer con un sombrero violeta. Oigo la cháchara de una pareja que pasa ante mí.

Siento el viento en mis oídos. La suavidad de la manga de mi chaqueta. Mis pies en el interior de las botas.

Y huelo a churros.

Vuelvo a tierra.

Aquí estoy, Elizabeth Martin Grey. Aquí y ahora, ¿lo ves?

Me dirijo hacia el *food truck* y compro unos churros.

La pasta está crujiente y saboreo el azúcar en la lengua. Llevaba algún tiempo sin comerlos y, madre mía, que buenos están. Su sabor me traslada a cuando tenía cinco años, a los dibujos animados de los sábados por la mañana, a sentarme en el regazo y reír.

La oleada de pánico se disipa durante un segundo, dos, diez…

Otra ráfaga de viento. Olor a pescado frito. Un músico callejero empieza a cantar *Blackbird*. Y entonces pasa Evie con Tim, Miff, Stu, Rob y Sal. Evie va de la mano con Tim.

Vaya.

Cuánto tiempo sin veros, gilipollas.

Al advertir mi presencia, sus cabezas se giran como esas de los parques de atracciones.

Miff abre la boca para decir «Hola» —de hecho, hasta se podría encestar una pelota en ella—, pero justo antes de saludarme, se contiene y calla. Pasan de largo.

Bueno, ¡que os jodan también!

El churro que tengo en las manos se ha enfriado. Los *food trucks* huelen mal. Los bancos están cubiertos de mierda de pájaro.

«¿Qué te hemos dicho, Biz?

»Aquí no hay sitio para ti».

En pie, contra el viento que me corta la cara, observo cómo mi Expandilla se aleja. Podría correr tras ellos y gritarles todas las palabrotas que conozco. Podría darles un empujón por la espalda y armar un follón. Podría darles patadas, estirarles del pelo... y entonces me detendrían, y la amonestación se convertiría en reformatorio.

Tiro los churros. Me alejo del centro comercial y espero al autobús en la parada.

Saco el móvil para escribirle un mensaje a Grace:

«Tú hiciste esto, Grace. Tú me dejaste así. ¡Que te den! ¡Es culpa tuya! ¡Culpa tuya! ¡Culpa tuya!».

Pero no puedo enviarlo.

En lugar de eso, busco a Jasper en internet.

Ahí está: solo ha posteado una vez en Facebook desde la última vez que entré en su página (¿y eso cuándo fue ?, ¿hace una semana?). Se ha puesto una nueva foto de portada. Está en pie, en lo alto de un acantilado, asomándose. Parece un poeta de la generación Beat: desaliñado, lúgubre y, muy a mi pesar, guapísimo.

Decido escribirle un mensaje: «Hola. Tengo fotos. ¿Estás seguro de que quieres verlas? Acepta mi solicitud, hijo de puta».

Decidida, voy a darle a enviar, pero, en el último instante, cambio «Acepta mi solicitud, hijo de puta» por «Conozco a tu abuela. Es de largo mucho más guay que tú. Saludos, Elizabeth Grey».

VAYA, ¿QUÉ TE PARECE? HOY CUMPLES DIECISIETE AÑOS.

Los mellizos ni siquiera comprueban si estoy despierta; abren la puerta de par en par y saltan sobre la cama, llenándome de besos y con tarjetas de felicitación en las manos. La de Dart está repleta de corazones rosas y cubierta de purpurina. Billie me ha dibujado sonriente, con una boca del tamaño de un ogro y el pelo de punta. Ambas tarjetas rebosan amor ñoño y descarado.

«¡Felicidades, Biz!

»¡Eres la megor!

»¡17! ¡Medaya de oro a la mejor cumpleañera!

»¡Te quiero!».

Me dirijo hacia el baño y hago mi primer pis como chica de diecisiete años. Después, me observo en el espejo. ¿Quién inventó lo de hacerse mayor? Soy antigua. Un fósil. Me marchito. Me veo envejecer ante mis propios ojos. Vieja, más vieja, viejísima. Me veo con cien años: el pelo canoso, los ojos legañosos, surcados de arrugas.

Dart llama a la puerta del baño.

—¡Venga, Biz! ¡Sal yaaaaaaaaa!

Pestañeo. Diecisiete otra vez.

Me visto y me dirijo a la cocina. Los mellizos zigzaguean por el vestíbulo diciendo: «¡Mamá, mamá! ¡Biz se ha despertado! ¡Ya viene!».

Unas tortitas esperan en la mesa —una pila enorme—, y junto a ellas, una jarra con jarabe de arce. Mamá ha puesto la mesa: cuatro individuales, cuatro platos de los buenos y flores en un frasco de mermelada, recogidas del jardín delantero. También hay un regalo junto a mi plato, una caja envuelta en un papel azul marino. Pero no puedo abrirla hasta que termine las tortitas, porque «Me he pasado un año entero haciéndolas, Biz, así que cómelas mientras estén calientes», dice mamá.

Los mellizos engullen su desayuno y, a continuación, permanecen sentados, entusiasmados e inquietos, observándome. No dejan de coger la caja y mamá no deja de decirles que la pongan donde estaba.

—Es que no sabemos lo que es —se lamenta Billie.

—¡Necesitamos saberlo! —exclama Dart.

—La paciencia es una virtud —digo, y ¿quizá sea verdad? No siento ni la más mínima curiosidad por saber lo que esconde la caja.

Quizá me esté volviendo de piedra, como ese tronco enterrado que, después de siglos bajo tierra, ha acabado por convertirse en roca.

Los mellizos resoplan y suspiran mientras mamá bebe su té en silencio. Yo termino el plato y llega la hora.

Quito el envoltorio tan despacio que los mellizos están a punto de desquiciarse.

—¡Rómpelo! —dice Billie.

—¡Madre mía, Biz! —dice Dart.

Quito el celo de una de las esquinas, impasible, como si fuera un glaciar. Excepto que, en este momento, los glaciares están retrocediendo a un ritmo de nudos, así que debería ponerme a ello antes de que sea tarde.

Es una cámara réflex digital.

Miro fijamente a mamá.

—No es posible.

—Claro que sí —me dice.

—Pero ¿cómo has podido pagarla?

Sé lo que cuestan. También sé cuánto he costado en visitas al psicólogo y al médico, en medicación y en bajas laborales. Con todo ese dinero, mamá podría haberse comprado un coche, haberse ido de vacaciones o haber tenido otro hijo.

—El abuelo y la abuela ayudaron. Y tía Helen, también. —Mamá esboza una sonrisa—. ¡Ahora ya puedes apuntarte a ese curso de fotografía digital!

No sé qué decir.

Han transcurrido casi tres semanas desde que terminaron las clases. No quiero asistir a ese curso de fotografía digital. Quiero lo que tenía antes: el cuarto, la luz, el silencio, la oscuridad, los susurros.

Además, me encanta la cámara de papá. Me encanta sentir su peso entre las manos, todos esos botones y puertecitas, cómo se mueve el carrete después de hacer una foto, la palanca bajo el pulgar. Me encanta que papá apuntara con esa cámara antes que yo, que mirara por su visor. Que miráramos a través de la misma ventana, buscando historias.

—¿No te gusta, Biz? —pregunta Billie, con ese ceño fruncido que un día se convertirá en arrugas; un día será vieja.

Abro la boca, la cierro. Sigo sin saber qué decir.

—No le gusta —dice Dart, y empuja su plato hacia el otro extremo de la mesa.

—¿No te gusta, Biz? —pregunta mamá, alarga la mano y la posa sobre la mía.

Parecen muy preocupados, como tres ratones estrábicos, con narices y bigotes temblorosos.

—Biz, podemos devolverla —asegura mamá, desviando la mirada de mí a la cámara con rostro compungido.

—No —digo. Noto una punzada en el pecho. Menuda desagradecida—. No. —Pongo la mejor de mis sonrisas—. De verdad, es alucinante. Voy a utilizarla un montón. Me ayudará mucho. Y ahora puedo apuntarme a esa clase.

Mamá sonríe. Acabo de hacerla feliz. Mira qué fácil es ser normal. ¡Dar las gracias, querer seguir con tu vida! Eso era entonces, y ahora es ahora. ¡El futuro es tuyo, Biz!

Y en ese momento, los mellizos me piden que examine con atención el regalo, este magnífico aparato…

—¿Puedes encenderla?

—¡Toma una foto!

—¿Puedo tocarla?

—¡No, yo!

La cámara es de alta tecnología. Probablemente, si la desmontara, podría convertirla en un platillo volante. El manual es del tamaño de un libro de texto. E incluso hay página web. Hasta debe de tener su propio canal de YouTube.

La sostengo entre las manos y le doy vueltas.

—¡Haz una foto, Biz! —pide Dart.

—¡Sí, una de nosotros dos! —añade Billie, que salta de la silla y hace una pose.

Pero ya es hora de ir a la escuela.

—¡Oh! —exclama mamá—. Qué tarde se ha hecho.

Los mellizos se ponen el uniforme y se quejan de los calcetines («¡cómo aprietan!», «¡cómo pican!»). Mamá prepara una sosa ensalada para comer y trata de encontrar las llaves del coche. Sylvia me telefonea; no he hablado con ella desde que terminaron las clases. Me ha llamado varias veces y no he contestado, pero hoy veo su nombre en la pantalla y, en un arrebato de buena voluntad cumpleañera, contesto.

—¡Elizabeth! ¡Feliz cumpleaños! —exclama.

—Gracias.

¿Cómo lo ha sabido?

—Me lo dijiste hace unas semanas, querida. ¡Estos detalles nunca se me olvidan!

Le cuento a Sylvia lo del regalo. Le entusiasma.

—¡Oh, Elizabeth! ¡Eso es genial! Tendremos que probarla, ¿no? ¿Te gustaría venir a comer el domingo? ¡No te he visto desde hace siglos! Y tengo una cosita para ti, querida.

¿Una cosita? ¿Y por qué iba a merecer yo algo?

Acepto su invitación. Colgamos. El nido se está vaciando. Los mellizos ya casi están listos y mamá está a punto de salir, pero se detiene.

—¿De verdad te gusta la cámara, Biz?

—Pues claro, mamá —aseguro, esbozando una sonrisa.

—¿En serio?

En su rostro se refleja preocupación, anhelo y más preocupación.

La acompaño hasta la puerta y le doy un abrazo.

—Sí, mamá, me gusta. Me encanta. Muchas gracias. Siento no habértelo dicho con suficiente claridad.

—Tendrás que escribir un correo dando las gracias a los abuelos y a tía Helen —dice mamá.

—¡Sí, claro!

¡Por supuesto que escribiré al abuelo y a la abuela, a los que no he visto en años! ¡Y también a la tía Helen, que les da beicon a los mellizos! ¡Me encantará hacerlo, queridísima madre!

Mamá me da un beso.

—Felicidades, preciosa —dice, conteniendo las lágrimas.

—Gracias, mamá —respondo, tratando de no ponerme a llorar.

Mamá se marcha, y Billie y Dart se plantan en la puerta.

—Biz, haznos una foto —dice Billie.

—¡Por favor, Biz! ¡Solo una! ¡Por favor! —dice Dart.

—Ni hablar.

Una sombra les cruza el rostro.

—¡Pues no nos moveremos hasta que lo hagas!

—¡Eso! ¡Y si llegamos tarde, igual nos castigan!

—¡Y será por tu culpa!

Billie da un pisotón.

¿En serio?

—Le diré a mamá que habéis sido unos mocosos.

—¡No lo harás! —dice Billie, tomándome la mano—. ¡No el día de tu cumpleaños!

—¡Venga, haznos una foto! ¡Por favoooooor! —suplica Dart.

Y ambos se colocan en pie en el camino delantero, con las mochilas a la espalda y los brazos entrelazados. Ponen cara de tontos y suben los pulgares.

Vale. Agarro la cámara y la enciendo. El aparato cobra vida. Tomo una foto, esperemos lo mejor.

—¿Dónde estoy? —pregunta Billie, estirándome el brazo para ver la pantalla de la cámara.

—¡¡Cuidado!! —grita Dart.

Pulso la tecla de PLAY en el menú y ahí están: Billie y Dart, dos angelitos con recuerdos diminutos. Si por casualidad se molestan en evocar este día, seguro que el recuerdo será de lo grande que era la cámara, de los dos en ella, con esas caras alegres que llenan toda la pantalla, inmortalizados.

¡La primera foto! ¡En la nueva cámara de Biz! ¡De ellos, de ellos, de ellos!

Eso es lo que recordarán; no a mí. No me recordarán sosteniendo la cámara ni la expresión en mi rostro al mirar la pantalla.

Cuando los mellizos estaban a punto de nacer, mamá accedió a que estuviera presente en el parto.

Tenía diez años. Me sentí tan importante... Pensé: «¿Cuántos niños ven nacer a un bebé? ¿Cuántos ven nacer a dos?

»Esta es mi oportunidad de lucirme. Ayudaré a mamá mientras empuja. La tomaré de la mano. Le diré cómo tiene que respirar. Quizá hasta tenga que sacar a los mellizos si se quedan atascados. Quizá tenga que entrar con una linterna frontal y pedirles que salgan como si fueran gatitos».

El novio pensó que mamá había perdido el juicio. «Pero si es solo una niña», dijo, pero mamá le respondió: «Quiero que esté allí y punto». Cruzó los brazos sobre su enorme barriga, y el novio levantó las manos. «Como quieras, Laura». Y entré.

Papá mencionó que mamá perdió mucha sangre cuando yo nací.

Dijo que le dieron muchos puntos, tanto dentro como fuera, porque yo salí disparada de ella como uno de esos caballos de carreras, pobrecillos, a los que azotan para que se pongan frenéticos nada más se abre la puertecilla.

—Tenías tanta prisa, Biz —dijo papá, mientras yo lo miraba embobada sentada al escritorio—. Fue un milagro que llegáramos al hospital. Fue un milagro que te atraparan al vuelo, porque resbalabas mucho.

Después de que mamá me pidió que asistiera al parto, papá vino cada noche de esa semana para hablarme de cuando yo nací, y también de mí de bebé, de mí durmiendo y sin dormir, de mí gritando, cagando y berreando.

Pero esa noche fue todo sangre, sangre, sangre.

—No me la sacaba de la cabeza, Biz. Se puso pálida —contó papá—. Tan blanca como ese libro —añadió, señalando las páginas de mi cuaderno, en el que estaba tratando de dibujar unos extraterrestres—. Mamá podría haber muerto. Podría haber muerto, Biz.

No había pensado nunca en que mamá pudiese morir. Nunca. Mamá era mi realidad, mi cosa inamovible.

Al día siguiente, mientras mamá estaba tomando una ducha, me metí en su ordenador y busqué «mamás que mueren al tener bebés». Me quedé aterrada.

Observé a mamá en pie ante la encimera de la cocina mientras nos hacía unos sándwiches de mantequilla de cacahuete. El novio se había ido a trabajar. Mamá estaba enorme y, de algún modo, brillaba, como si toda ella fuera en aquel momento sudor, piel y bebés.

—¿Podrás hacerlo, mamá? Dos bebés son muchos bebés.

Mamá soltó una carcajada.

—Estaré en buenas manos, Biz. Mi comadrona es fantástica. Además, habrá muchos médicos y enfermeras.

—Pero podrías morir.

Mamá me miró fijamente.

—¿De dónde has sacado esa idea?

Agité las manos en el aire. Parpadeé un par de veces con fuerza. No pensaba ponerme a llorar; no pensaba ponerme a llorar. Mamá se puso a mi altura.

—¿Y dejarte sola? Ni hablar.

—La gente se va, mamá. Esas cosas ocurren.

Y durante un instante, nos quedamos en silencio, porque, de repente, habíamos resbalado hasta la cueva de papá, hasta ese espacio que había dejado en nuestro interior.

—Eso no nos pasará a nosotras, Biz. No lo permitiré.

Y mamá adoptó esa expresión, esa que siempre adopta cuando hablábamos de algo que no tiene nada que ver con papá pero que, en realidad, sí tiene que ver con papá: una mezcla de la cara que ponía cuando se magullaba el dedo gordo del pie y la cara de cuando veía la factura de la luz.

—No voy a morirme en el parto de los mellizos. Eso no va a pasar. Además, tú estarás allí, y me traes suerte.

Jamás le había traído suerte a nadie, así que me alegré. Y así, sin más, el instante pasó. Nos abrazamos. Abandonamos la cueva de papá y nos adentramos en una soleada pradera para hablar de los nombres de los mellizos y de si ya tenía hechas las tarjetas de felicitación para su cumpleaños número cero. Y metimos nuestros sándwiches en las fiambreras y nos fuimos al trabajo y a la escuela, mientras los arcoíris empapelaban el cielo.

La noche siguiente, papá volvió.

—¿Crees que estará bien? —preguntó, flotando por encima de mi escritorio. Yo trataba de escribir el resumen de un libro para la escuela—. ¿Crees que le dolerá? —Negó con la cabeza—. Pues claro que le dolerá. Y mucho.

Alcé la mirada hacia él.

—Mamá dice que estará bien, papá. De verdad. Además, yo estaré allí —le aseguré.

Nada más pronunciar estas palabras, me sentí satisfecha. Quería decirle más cosas. Quería decirle que yo le traía suerte, pero, ¡puf! Se esfumó.

Me quedé mirando hacia el espacio vacío sobre el escritorio. A veces, que hiciera eso me enfurecía, y mucho.

Papá se pasó el parto flotando justo por delante de mí. Yo estaba junto a la cabeza de mamá, el novio, al otro extremo, en el extremo en que mamá dijo que yo no estuviera, porque sería de más ayuda «arriba».

Fue bastante fuerte. El rostro de mamá se puso rojo. Mamá soltó muchas palabrotas. Mamá me tomó de la mano y apretó superfuerte. Tuve que cambiar de mano varias veces.

Cuando llegó el momento de empujar para que saliera

el primer bebé, el novio palideció y tuvo que sentarse con la cabeza entre las manos. Mamá gritó. El novio gimió. La comadrona no dejaba de repetir: «Venga, Laura, ya casi está, un empujón más». Y Dart apareció entre las manos de la comadrona, una uva arrugada con los ojos achinados y las manos en puñitos. Se lo pasaron a mamá, con el cordón umbilical aún sin cortar, y se quedó acurrucado y llorando sobre su pecho.

Puede que yo también llorara un poco. Papá se limitó a vociferar. Hubo incluso un momento en que tuve que decirle «¡Chist!» porque gritaba fuerte, y él me lanzó una mirada huraña y desapareció.

Le cortaron el cordón umbilical a Dart y empezó a alimentarse. Acto seguido, envuelto como si fuera un burrito, lo colocaron en brazos del novio. Dart parpadeó un par de veces y lo miró con cara de anciano, como si ya supiera que el novio no iba a quedarse mucho tiempo más.

Y entonces tuvimos que esperar. Papá regresó y empezó a pasearse por delante de la ventana. Y llegó la hora de empujar de nuevo. Yo ya tenía la situación controlada. Le di a mamá trocitos de hielo y la ayudé a respirar, y cuando Billie salió... Vaya, ¿no era la bebé más ruidosa que jamás había salido de un ser humano? Mamá se puso a llorar de nuevo; éramos dos más: dos bebés arrugados como uvas y con los ojos achinados.

Y mamá no murió. Y papá se desplomó aliviado junto a la ventana. Y el novio salió a fumarse un cigarrillo (qué asco). Y mamá les dio el pecho a Billie y a Dart, uno en cada teta. Y yo me senté junto a ella y sonreí de oreja a oreja, porque le había traído mucha suerte.

¿Verdad?

Más tarde, me puse en pie y observé a mi hermano y a mi hermana, que estaban durmiendo. Eran tan pequeños. Y frágiles, como adornos navideños: unos diminutos y calvos bebés de cristal.

Y pensé: «Voy a haceros muy felices».

Daban la impresión de que cualquier cosa podía romperlos.

No iba a permitir que eso pasara. Dije (en voz baja, porque mamá también se había quedado dormida): «Nunca os dejaré. Lo prometo».

Y, en ese momento, pensé que era la pura verdad.

Un par de días después de mi cumpleaños, voy a casa de Sylvia. Fuera hace un viento húmedo y salado. El aire parece que esté cocido al sol. Llevo un peto que compré en una tienda de segunda mano, unas chanclas de tres dólares, y un ramo de flores en la mano porque hace semanas que no veo a Sylvia y me siento mal. Las flores lo arreglan todo, ¿no?

La casa de Sylvia está junto al mar, al norte, en las afueras. Sylvia se mudó con Ronald cuando las viviendas eran como cajitas y se construían para los trabajadores de las minas, cuando el mar no era un premio. Tuvo a cinco criaturas en esta casa. Es pequeña, de solo dos habitaciones y media, una casita blanca con tejado de hojalata y rosas en el jardín. Es hermosa, vaporosa, irreal.

Sylvia me recibe en la puerta como si fuera una estrella de rock.

—¡Elizabeth! Qué alegría verte, querida. ¡Y me has traído flores! No deberías haberlo hecho.

Me da un beso en la mejilla. Sus labios parecen mariposas de papel.

—Siento no haberte llamado. Es que…

Sylvia alza la mano.

—Nada de excusas. —Acto seguido, me mira fijamente y añade—: A menos que te hayas encontrado mal. ¿Te has encontrado mal, Elizabeth?

—No. Hum… ¿Sí? —respondo.

Sylvia me examina: mis manos inquietas, mi rostro inquieto, mi inquieto corazón enjaulado.

—Bueno, pero ahora estás aquí. Así que debes de estar algo mejor.

—Sí.

Me aferro a su esperanza, a su veterano positivismo. Supongo que sí, que estoy algo mejor. Al fin y al cabo, he venido.

—Eso es fantástico —exclama Sylvia, esbozando una sonrisa y, dando una palmada, añade—: Ah, querida, tengo una sorpresa para ti.

Me conduce directamente al jardín trasero. Pero antes Sylvia me venda los ojos. Lo hace con una de las viejas corbatas de Ronald, que huele a armario cerrado, a detergente y un poco al perfume de Sylvia. Mientras me tapa los ojos, se ríe.

—Nunca me han vendado los ojos —confieso.

—A mí solo una vez. Fue idea de Ronald. Quizá no debería contarte más detalles.

Exacto, Sylvia, mejor que no.

La sigo pasito a pasito con los brazos extendidos. Rodeamos el tendedero.

—Cuidado con las servilletas —advierte Sylvia cuando una de ellas me roza la cara.

Sigue tirando de mí, y quizá tenga planeado empujarme desde el dique que hay en la parte trasera de su casa, que está a gran altura y que tiene unas rocas afiladas al fondo... ¿Ha llegado ese momento en que se convierte en asesina? En lugar de eso, nos detenemos ante una puerta.

Tentando con las manos, noto la madera rugosa, el marco, el pomo redondo.

—¿Tienes planeado encerrarme en el cobertizo, Sylvia? —pregunto.

Sylvia suelta una carcajada. Su risa es como su beso. Uf, cómo la he echado de menos.

—Abre la puerta —ordena.

Giro el pomo y entro. Oigo un clic al cerrarse la puerta, después un susurro, una cortina que se descorre, el sonido de la respiración de Sylvia cuando entra. Lo primero que me sorprende es la cercanía de Sylvia, y después, el silencio. La oscuridad se me mete en la piel. Justo un momento antes, el sol brillaba y brillaba.

—¿Estás preparada? —pregunta Sylvia.

¿Lo he estado alguna vez?

—Claro —aseguro.

—¡Tachán!

Me saca la venda y abro los ojos.

Es un cuarto oscuro. Sylvia ha transformado el cobertizo donde tenía el lavadero en un cuarto oscuro.

Tira de una cuerda y se enciende una luz.

Las encimeras recorren dos de las paredes. En las esquinas hay cuatro tanques, vacíos; en los estantes, frascos con productos químicos y una resma de papel fotográfico. Unas cuerdecitas cuelgan de las paredes, salpicadas de pinzas de colgar de madera. Hay pinzas encima de cada tanque, en unos ganchos. Lo único que falta es una ampliadora.

Con un gesto, Sylvia señala hacia la encimera más cercana al fregadero.

—Ahí es donde irá la ampliadora, ¡cuando encuentre una que no esté rota o no sea muy cara! Mi hijo está enseñándome a pujar en eBay. ¡Me encanta!

Me doy la vuelta. Hay suficiente espacio para las dos, posiblemente hasta para una tercera persona si nos cae bien. En un rincón hay un taburete. Por encima del fregadero, ventanas pintadas de negro. En un estante junto al fregadero, una lámpara. Sylvia la enciende. La bombilla roja resplandece, sonriendo.

Madre mía.

—Madre mía, Sylvia.

No puedo creerlo. No dejo de dar vueltas. Pero la habitación no cambia ni desaparece. Es un cuarto oscuro. ¡Un cuarto oscuro!

—Decidí transformarlo hace ya algún tiempo —explica Sylvia—. Quería decírtelo, pero entonces pensé: «Le daré una sorpresa». Así que últimamente he estado bastante ocupada. Pronto podremos revelar nuestras fotos aquí, querida. ¿No te parece bonito? ¿A que es fantástico?

Miro a Sylvia, sus manos que no dejan de aplaudir, sus ojos chispeantes, los saltitos que da, tan parecidos a los de Billie y Dart, y, de repente, así, sin más, la quiero. Llega con una punzada: clara, como una puñalada.

Me acerco a ella y la estrujo. Qué diminuta y hermosa es esta mujer-pájaro.

—¿Cómo has hecho todo esto, Sylvia?

—Mi hija Samantha me ayudó; instaló ese extractor de ahí, ¿lo ves? —Sylvia señala hacia una pared, en la que, mira por dónde, hay un extractor listo para entrar en funcionamiento—. La idea no es morir intoxicadas, ¿verdad? Mi hija pequeña, Jenny, puso la cortina y tapó los agujeros. Los chicos pintaron. Conor y Jasper. ¡Sí, el Jasper que tú conoces! ¡Ah! Se me olvidaba… —Sylvia vuelve a aplaudir—. ¡Hoy vendrá a comer!

—¿En serio? —suelto con un graznido.

Oh, Sylvia.

—¡Sí! Mencionaste que lo conocías, así que le hablé de ti y le dije: «¿Por qué no vienes a comer el domingo?», y él respondió: «Vale». ¿No es fantástico?

La memoria de pajarito de Sylvia habrá olvidado esa parte de mi larga historia en la que le conté que Jasper había decidido comportarse como si yo no existiera y que no era amigo mío. Tampoco sabe que le escribí un mensaje hace una semana y que no ha contestado.

Tengo que sentarme en el taburete del rincón. Es demasiada información. Estoy en un cuarto oscuro. Voy a poder revelar mis fotografías. Jasper va a venir. ¿Qué es este dolor que siento en las costillas?

Sylvia no se da cuenta porque está demasiado contenta y es demasiado mayor. Sigue hablando.

—He preparado un auténtico festín, querida. ¿Te gusta el faláfel? ¡He hecho faláfel! A Ronald nunca le gustó la comida muy especiada; qué triste, ¿verdad? Asistí a clases de cocina después de su muerte, pero eso ya lo sabes. ¡Ya te lo dije! ¡Me estoy repitiendo! Vamos a comer, querida. ¡He hecho humus! Y he comprado *baba ganoush*, que tiene un nombre raro, pero, ¡Dios mío, qué delicia!

Sylvia apaga las luces y abre la puerta. Sale al mundo real de nuevo, sin dejar de hablar. Resplandece con colores, con su pañuelo violeta, su pelo teñido de azul claro, la falda amarilla con unos dibujos de lagartijas verdes. Tengo que levantarme y seguirla porque ella no se detiene ni me espera.

—¡Jasper llegará en cualquier momento! Me ha dicho que le gusta la comida turca y que traerá pan. Ha dicho que no le importa comer vegano. ¿No es fantástico, querida? Y he hecho una tarta, Elizabeth, ¡una tarta vegana! Oh, querida, estoy tan emocionada. ¡Parece mi cumpleaños!

Recorremos el sendero, un pájaro anciano que no deja de gorjear seguido por un torpe albatros con las tripas revueltas, colmadas de amor e inquietud, atiborradas de —me sorprendo al descubrirlo— sentimientos.

¿Qué se supone que debo hacer con todos ellos?

SUCEDE ASÍ:

Jasper llega. Trae pan de pita. Sylvia lo hace pasar.

—Hola, abuela —saluda Jasper.

—¡Hola, querido! —dice Sylvia, dándole un beso.

¿Siente él también que su beso es como si fueran mariposas de papel? Jasper pasa a la sala de estar, donde yo me encuentro.

—Hola —me dice.

Jasper camina con una ligera cojera que apenas es una cojera, sino más bien un desfase casi imperceptible; ¿podría llamarse «desfase»? Es como un pequeño estremecimiento de vez en cuando. Lleva una gruesa chaqueta de cuero y unos pantalones oscuros acolchados. Con la mano derecha sostiene un casco de motocicleta.

—¿Has venido en moto, Jasper? —pregunta Sylvia.

—Sí.

—Ya sabes que no me gusta que conduzcas esa cosa.

—Voy con mucho cuidado, abuela —dice, esbozando una sonrisa.

¿Lo he visto sonreír en el pasado?

—Ya lo sé, pero es igual. Se oyen cosas terribles.

Jasper está más alto; ¿está más alto? «Quizá sea yo la que ha encogido —pienso—. Estoy encorvada tratando de meterme en la chimenea o de esconderme en una de las bolas de nieve de Sylvia. Soy un demonio de Tasmania, soy un helecho, soy el agua de la bola».

Jasper me mira.

—Hola —repite.

¿No lo he saludado? No me acuerdo. Si ya lo he saludado, ¿lo vuelvo a hacer? Y si no lo he saludado, ¿por qué no lo he hecho?

—Hum —digo.

Sylvia se acerca a él y le quita la chaqueta.

—Aquí dentro hace demasiado calor como para llevar esto, querido.

Jasper deja que lo manosee y sonríe de nuevo. Eso suma dos sonrisas de un chico al que nunca he visto sonreír en el pasado. A menos que contemos ese momento en la escuela hace miles de años cuando me pillaron con el móvil, algo que pertenece a otra época, a otra vida. Así que, técnicamente, he sido testigo de que ha esbozado tres sonrisas.

—Feliz cumpleaños —dice, desde el otro lado de la mesita de café.

—Gracias.

—Recibí tu mensaje.

«Ah».

—¡Qué bien, estáis en contacto! ¡Es fantástico! Es fácil

sentirse solo cuando no se va al instituto, ¿verdad, Elizabeth? —dice Sylvia.

—No está tan mal —respondo.

—A mí no me importa —opina Jasper, encogiéndose de hombros—. La gente puede ser gilipollas.

Sylvia ríe.

—¡Vaya, no me había dado cuenta, querido!

¿Está Jasper hablando de sí mismo? ¿Es él el gilipollas? Podría argumentarle que ha sido un gilipollas; aquí están las pruebas:

Su discursito en los escalones antes de que me rompiera el tobillo.

El rollo de no hablarme después de que casi muriera.

La ausencia de respuesta a mi mensaje.

¿O es la gente la que ha sido gilipollas con él? No puedes fiarte de la gente. Y es verdad que son gilipollas; la mayoría de la gente es gilipollas hasta la médula. Deberían hacerle un favor al mundo y morirse. Al menos, deberían hacerlo todos los gilipollas. Como mínimo, deberían desaparecer todos menos mamá, los mellizos y Sylvia. Yo debería desaparecer. Él debería desaparecer. ¿Debería desaparecer él?

Parpadeo. Sylvia estaba hablando, pero se ha detenido para mirarme. Jasper también me mira. Ambos están esperando a que regrese del lugar al que he flotado, de esta altura enorme e imposible.

Me quedo en blanco. ¿Qué han dicho? ¿Qué digo?

—¿Gracias?

Ambos esbozan una sonrisa.

Madre mía. «¿Gracias?».

Sylvia y Jasper empiezan a reírse.

—Vaya, Elizabeth, ¿adónde has ido? —dice Sylvia.

—Suele hacerlo —comenta Jasper, como si me conociera de toda la vida.

—¡Sí, es verdad! —confirma Sylvia—. Es muy tierno. Tiene mucho en que pensar.

—Así es —concluye Jasper, y ambos asienten, como si estuvieran diseccionando un espécimen en una caja.

—Lo siento —me disculpo.

Sé que me he sonrojado, y el hecho de saberlo hace que me sonroje aún más.

—¡No pasa nada, cariño! —exclama Sylvia—. Te queremos igual.

Jasper levanta la mano, como diciendo: «Un momento, ¿quién ha dicho amor?». El gesto es tan rápido y automático que lo único que siento es que se me rompe un poco el alma. Y aunque baja la mano a la misma velocidad con que la ha subido, es demasiado tarde, porque ya lo he visto.

A continuación, Jasper coge el pan de pita.

—Abuela, ¿comemos? Tengo mucha hambre.

No me mira, y yo tampoco a él.

—¡Ah, sí! ¡La comida! —recuerda Sylvia.

Nos conduce hasta la cocina, donde hay dispuesto un festín: resplandeciente, glorioso, suficiente como para alimentar a toda su numerosa familia, y a mi pequeña familia y quizá a todo Wollongong si Sylvia fuera Jesucristo.

Comemos sin parar, y mientras lo hacemos, averiguo que

Jasper dejó de ir al instituto antes de que yo me metiera en las dunas con Tim y de que Grace y yo tuviéramos nuestro ataque de furia y casi matáramos a toda la familia de Suryan, y antes de que Grace cayera en desgracia y se fuera de Wollongong, y de que yo tuviera mi crisis nerviosa. Pero él ya sabe todo eso.

—Ah, sí, algo me contaron —dice vagamente, sin decir quién.

—Elizabeth ha pasado una mala época —dice Sylvia, acariciando la mano de Jasper—. Encima de perder a su padre…

Jasper clava su mirada en mí.

—¡Sylvia! —protesto, y Sylvia se tapa la boca con la mano.

—¡Oh, supongo que eso debía quedar entre nosotras! —exclama, y posa su mano sobre la mía, con lo que ahora está con sus manos encima de las nuestras, como si estuviéramos en una sesión de espiritismo. «Queridos espíritus atormentados de Biz, por favor, no os presentéis ahora, por favor, por lo que más queráis».

Sirvo más té (auténtico té de manzana turco, en una tetera turca auténtica y en auténticas tazas de cristal turcas) y cambio de tema.

—¿Así que ahora tu pierna está bien? —pregunto educadamente a Jasper.

—Sí, eso es —responde—. En general, bien.

—Eso está bien —digo.

—Está bien.

—Bien.

Nos quedamos mirando el uno al otro.

—Tengo que hacer muchas sesiones de rehabilitación —añade Jasper—. Aún no puedo subir al Everest.

—Oh, que decepción —bromeo.

—Igual el año que viene.

—Es un buen objetivo.

—Siempre es bueno tener objetivos.

Sylvia sonríe.

—Qué inspiradores sois los jóvenes. Me maravillo de todo lo que llegáis a conseguir. ¡Justo el otro día me contaron que una chica ha dado la vuelta al mundo en barco! ¡Sola! ¡Y tiene catorce años!

—Eso fue hace años, abuela —dice Jasper.

Su rostro se nubla un poco.

—¿Y no lo habrá hecho alguien más? —digo, tratando de ayudar.

—Puede ser. A lo mejor la chica de la que hablo tiene trece años —sugiere Sylvia, frunciendo el ceño.

—¡Ah, otra chica! —exclama Jasper—. Entonces sí, muy inspirador.

—Ahora lo va a hacer una niña de seis años, y ni siquiera tiene manos —añado.

Jasper sonríe.

No puedo evitar devolverle la sonrisa.

Sylvia suelta una carcajada.

¡Qué fiesta!

Y este chico. ¿Cuándo empezó a sonreír? ¿A sonreírme? ¿Cuándo empezó a hablarme y yo a hablarle a él? ¿Es esto un reinicio?

Quizá sí lo sea.

Después de comer, Sylvia me lleva hasta el sofá. Sobre la mesita de café hay una caja envuelta en papel de regalo. El día ya está siendo tan pleno que no puedo pensar con claridad. Como cuando un ordenador recibe mucha información y empieza a hacer ruiditos. Así es como me siento, como si mi medidor de consumo de estímulos se hubiera puesto en rojo.

Es más conversación, más novedad, más sonrisas y más Jasper de lo que he experimentado en meses. Puedo sentir cómo el vacío se hincha y se retuerce lentamente en mi cerebro, buscando espacio. Solo tengo que mantener la calma para no hacer el ridículo. «Pon una palabra delante de otra, Biz; es lo único que tienes que hacer».

Miro la caja.

—¡Ábrelo, Elizabeth! Creo que te encantará —me anima Sylvia.

Jasper me observa. ¿Puede percibir cómo mi cuerpo sale de mí misma lentamente? Hemos estado charlando casi como personas normales durante más de una hora. Yo no soy una «persona normal». No soy una…

—¡Elizabeth! ¡Ábrelo! —exclama Sylvia.

La caja. La tomo y la sostengo entre las manos.

Pesa. Imagino un globo de nieve en su interior, quizá un lagarto de cuello con volantes. Sí, en esta caja hay un lagarto con volantes, estoy segura, con su cuello extendido y posado a cuatro patas en una roca pintada de dorado, con una foto del Uluru en el fondo. Estoy tan segura de lo que voy a encontrarme que, cuando abro la caja y veo la cámara Polaroid, le doy la vuelta, buscando el atardecer, tratando de oír el siseo del animal, completamente confundida.

Sylvia no puede contener su alegría.

—¡Es auténtica! ¡Y aún funciona! No es de esas de plástico; ¡ah, no, no las soporto! La llevé a reparar para ti, Elizabeth. ¿A que es bonita?

Lo es. Es increíble.

¿Cómo contener lo que siento ahora mismo?

Ahora tengo una cámara réflex digital, una Polaroid y acceso a un cuarto oscuro.

Mi copa está rebosando.

Es como si el universo haya decidido obsequiarme: «Toma, Biz, puedes tener todo lo que desees».

Excepto una cosa.

Empiezo a temblar. No puedo controlarlo; mi cuerpo se estremece. Y de repente, me deslizo por un pedregal y caigo en una Biz diferente, y caigo, caigo.

Sylvia frunce el ceño, igual que Jasper, quien puede que

esté pensando: «Ya estamos otra vez, Biz siendo Biz de nuevo», porque ¿no es eso lo que ocurrió en la playa, que empecé a temblar de tal forma que tuvo que abrazarme para que parara? ¿Cómo he podido olvidar esa parte? Y así es como nos encontraron los otros, claro, así es como empezó todo, y desde ese momento, caída en picado.

Tiemblo cada vez más, no puedo parar, porque ese fue el momento... Atravesé esa puerta y todo cambió, una de las miles de puertas que he cruzado desde que papá murió, desde que papá se puso triste, desde que nací.

No puedo contenerlo. Quiero el ahora y quiero el entonces. Quiero esta cámara, esta Sylvia, este chico que sonríe, esta esperanza que surge, lo quiero todo, y, al mismo tiempo —tiempo que se extiende sobre el tiempo—, quiero lo que fue. Quiero la vida antes de que papá se fuera, antes de que Grace se fuera. La vida antes de que el fuego de Grace se apagara, antes de que yo lo apagara. La vida antes de las olas. La vida antes de que papá muriera. La vida antes de que naciera.

Quiero juntarlo todo de forma diferente, empezar de nuevo. Quiero encontrar los fragmentos y disponerlos ante mí, y encontrar a papá en su integridad, a mí misma entera, quiero encontrar la vida en una puerta diferente. Rompo a llorar. Y es humillante, mortificante. Sostengo en las manos el mejor regalo que me han hecho nunca, y Jasper parece como si le acabaran de dar un puñetazo y Sylvia está completamente desconcertada, y aquí estoy, flotando sobre mí misma, mirando como tiemblo sin cesar y deseando desaparecer.

Menuda fiesta.

Un ataque de pánico, así lo define Bridgit. Me ha hecho un hueco el lunes, un día después de mi crisis, y estamos charlando sobre qué se habrá roto ahora en mi interior.

—O tal vez solo fuera un exceso de sensaciones y sentimientos —comenta, lo que es irónico porque no he sentido nada en mucho tiempo, así que habrá sido como descorchar una botella.

Estamos sentadas en sus sillas marrones. El sol de primera hora de la tarde forma un triángulo en mi empeine.

—No pasa nada, Elizabeth —dice—. Es algo habitual. No debes avergonzarte. Yo te ayudaré. Y bien, ¿desde cuándo llevas con temblores?

—No lo sé.

—Piénsalo. Avancemos poquito a poco. ¿Cuándo fue la primera vez?

Recuerdo que los tuve después de las olas, con Jasper.

Recuerdo que los tuve —peor y durante más rato—, después de estar con Tim en las dunas. Me marché y me metí en la cama temblando, castañeteando de dientes y con el cuerpo agarrotado. Me arrastré hasta la ducha y me acuclillé entre estremecimientos. El agua me golpeó la espalda y, en algún momento, se puso fría. Y entonces...

Como si fuera un gato, mi mente da un salto en el tiempo y aterriza, a cuatro patas, en la noche después de que papá muriera, la primera noche en la cama.

La oscuridad era sofocante. El aire parecía una sopa. Los temblores llegaron y mamá me abrazó, y entonces ella empezó a temblar también, y no podíamos parar. Recuerdo que sentía el corazón de mamá rebotando en su interior —ratatata— y mi corazón que respondía con un latido feroz, con la piel fría, el cielo que caía sobre nosotras y...

Miro a mi alrededor.

Todo está borroso. Estoy mirando a Bridgit desde el otro extremo de un telescopio. Me he acercado demasiado al sol.

Bridgit se inclina hacia mí.

—Qué interesante, Elizabeth. Si profundizamos un poco más en ese día, ¿qué más...?

No.

Se desplaza un poco hacia delante.

—Tal vez te ayude...

No. ¡No!

Bridgit vuelve a reclinarse.

Me observa, me evalúa con dulzura.

—Está bien, Elizabeth —dice finalmente—. ¿Qué te parece si te doy unos nuevos ejercicios de respiración?

Asiento.

—¿Quieres que los probemos ahora?

Inhalamos.

Exhalamos.

Dentro, fuera, alrededor. Contar hasta cuatro. Aguantar hasta cuatro.

Dentro, fuera, alrededor.

Siento mi cuerpo, aquí, en la silla. Siento las manos sobre mi regazo.

Estoy de vuelta.

Y se nos ha acabado el tiempo.

Bridgit sonríe. Me recomienda una aplicación de meditación.

—Es genial. Yo la utilizo —comenta mientras la anota.

También me manda varios enlaces a artículos para que investigue por mí misma y comprenda lo que me pasó.

—Todo irá bien, Elizabeth —asegura cuando nos despedimos—. Ya lo verás.

Pues claro que sí. Leo los artículos y me imagino completamente curada. Quizá pueda enviárselos a Sylvia y a Jasper para que también puedan comprenderme.

Tomad. ¡Mirad estas tablas, estos gráficos, todas estas encantadoras herramientas informativas! Biz está aquí: ¿A que es una criatura fascinante e inofensiva?

—Estoy bien —le digo a Sylvia cuando me llama la noche después de mi cita con Bridgit.

—¿De verdad, querida? ¿Estaba tan preocupada? ¿Por lo que pasó?

Todas sus frases son preguntas. Sylvia está alarmada. Nunca la había visto así.

—Supongo que he sufrido un ataque de pánico… —empiezo a decir.

—¿Oh, no? ¿Hice que te diera un ataque? ¿Lo siento mucho? ¿Oh, qué terrible?

No puedo evitar soltar una carcajada, lo que a Sylvia le debe de parecer raro. Ayer estaba hecha un desastre, ¿y ahora me estoy riendo? Debo de ser la persona más extraña con la que se ha topado.

—No. No pasa nada. De verdad. Estoy bien. Le pasa a mucha gente. Mi psicóloga me ha dicho que me saturé un poco. Me lo pasé muy bien. Muchísimas gracias, Sylvia.

Puedo oír cómo Sylvia procesa la información. Con un

zumbido de runrunes y clics, sus pensamientos tratan de ordenarse, lo que resulta difícil cuando eres tan mayor como ella y encima tratas de entenderme a mí.

—¿Así que estás bien?

—Sí. Mi psicóloga me ha dado el alta. Estoy en condiciones de viajar. Todo en orden.

—¡Oh, qué alivio!

Acordamos que no tiene que preocuparse por mí. Acordamos que iré pronto a verla. Acordamos que no estoy en absoluto rota.

Me sienta bien calmarla, aunque yo no lo esté tanto. ¿Qué es eso que dicen en los aviones: «Ponga la máscara de oxígeno a sus acompañantes antes de ponérsela usted, así no morirán de preocupación»?

Sí, eso es exactamente lo que dicen.

Miércoles, 1.30 a. m., dos días y un poquito del tercero después de la fiesta, me llega una notificación de Facebook.

¡PING!

«Jasper Alessio quiere ser tu amigo».

Tres minutos después de que haya aceptado, me llega un mensaje.

¡PING!

JASPER: Hola.

BIZ: Hola.

JASPER: ¿Estás bien?

BIZ: Sí. Estoy bien.

JASPER: Genial. (Emoji sonriente).

BIZ: Siento haberos preocupado. Siento que la comida terminara así. (Y siento lo del taxi para llegar a casa, y lo mucho que lloré durante el trayecto, y gracias por cogerme de la mano y decirle al taxista que mi gato había muerto).

JASPER: No pasa nada. Solo quería asegurarme de que estabas bien.

BIZ: Mi psicóloga dice que fue un ataque de pánico. No lo entiendo. La cámara fue un regalo magnífico.

JASPER: Pensé que podría ser eso. He oído hablar sobre los ataques de pánico. He investigado.

BIZ: ¿Me has investigado?

JASPER: A ti no. Solo lo que podía ser. Pensé: «Bueno, Parkinson no es».

BIZ: Seguro que no. (Emoji sonriente).

JASPER: ¡Menos mal! (Emoji sonriente).

BIZ: Me gustó mucho la cámara.

JASPER: Me alegro.

BIZ: Me encantó. Me encanta.

JASPER: La abuela me comentó que iba a comprártela. Por lo que me ha dicho, parecía un regalo perfecto para ti.

BIZ: Es fantástica.

JASPER: Genial.

BIZ: Sí.

Me quedo mirando la pantalla.

Oigo el tictac del tiempo.

Empiezo a teclear al mismo tiempo que él.

BIZ: ¿Por qué dejaste de hablarme en el insti después de aquella noche en la playa?

JASPER: Bueno, será mejor que me vaya. Tengo muchos deberes. Me alegro de que estés bien. (Emoji sonriente).

Nuestros mensajes viajan con una diferencia de un microsegundo, así que supongo que se oye un ¡PING! en su casa al mismo tiempo que se oye un ¡PING! en la mía.

(Un latido. Dos latidos. Demasiados latidos).

BIZ: ¿Jasper?

JASPER: Lo siento mucho, de veras.

BIZ: No pasa nada. Pero ¿por qué?

JASPER: Es una historia curiosa... Creía que me odiabas.

BIZ: ¿Cómo?

JASPER: Después de que te marcharas de la playa. Creí que te habías mosqueado conmigo.

BIZ: ¿Me marché?

JASPER: Te pusiste en pie y te alejaste sin pronunciar palabra. Ni siquiera me miraste. Te fuiste a la hoguera con esa chica, ¿cómo se llama?

BIZ: Evie.

JASPER: Sí. Te fuiste con ella y no me miraste en toda la noche. Y después, en el insti, seguías sin mirarme, y cuando me acerqué a ti, siempre estabas con el móvil, así que me dije: «Vale. Lo pillo». Pensé que no me había equivocado con la primera impresión que tuve de ti y que igual sí eras una cabrona. De nuevo, lo siento. Entonces la abuela me dijo que no eras ninguna cabrona y que, en realidad, pensabas que te odiaba. Total, una mierda. Así que acepté la invitación de la abuela. Para que vieras que no te odiaba. Y no te odio.

¿Cómo es posible? Recuerdo que, en la playa, Jasper se levantó. ¿Estaba yo ya en pie? ¿Estaba ya alejándome de él? Y claro, miraba el móvil entre clases mientras esperaba que pasara a mi lado y me dirigiera la palabra. Pero él siempre bajaba los ojos hacia el suelo o hacia su móvil cuando yo lo miraba. Así que ¿cómo demonios llegamos a esto?

Verdad y verdad se dividen y caminan una junto a la otra.

Quiero tomar una foto, ver cuál es la real, si él odiándome o yo odiándolo a él.

Si tomara una foto, ¿qué vería?

Quizá lo siguiente:

Jasper y yo. Hemos regresado a esa noche en la playa. Ambos estamos calados hasta los huesos. Yo, con la ropa hecha jirones; él, con arena en el pelo.

Evie acaba de llegar con más gente. Está ante nosotros, haciendo bromas estúpidas. Los chicos impecables nos observan y deciden nuestra historia. Todo el mundo ríe.

Jasper no dice nada. ¿Por qué no habla? ¿Quiere que todo el mundo piense que eso es lo que ha ocurrido?

Su brazo ya no me rodea la espalda, ya no me acaricia y trata de calmar mis temblores diciendo: «No pasa nada, Biz. Estás bien». Porque los otros han aparecido y él ha apartado el brazo y nos hemos convertido en dos bultos sobre la arena, empapados y con aire estúpido. Insoportable.

Me levanto de un brinco; me acerco a Evie y la cojo del brazo, y supongo que Jasper también se pone en pie, y los chicos le dan palmadas en la espalda, y él es el héroe, y yo soy justo la antítesis del héroe. Evie sigue haciendo ruiditos de besos y yo quiero darle un puñetazo, a ella, a todos, tumbarlos a todos sobre las dunas o tirarlos al mar. Me siento junto a la hoguera, con las rodillas al pecho, y clavo la vista en las llamas. Clavo la vista en las llamas hasta que me convierto en llamas.

«Que se joda Jasper», pienso. Que se jodan todos. Me cabreo en silencio, hasta que, una vez seca, me marcho a casa.

Y entonces interpreto el papel de Esperando-a-que-Jasper-me-hable. Lo interpreto con tantas ganas que se me olvida dirigirle la palabra.

Y así fue como sucedió.

Quizá.

¿Fue así como sucedió?

No tenemos pruebas, así que no podemos determinarlo. Todo lo que hace la verdad es flotar, viajar en estos zigzagueos imposibles e impredecibles, hasta el espacio y más allá. No se puede encontrar la verdad si no la has capturado. No se puede estar seguro si no has tomado una fotografía y sostienes lo que ha ocurrido en tu mano.

¡PING!

JASPER: ¿Biz?

BIZ: Lo siento.

JASPER: No tienes por qué sentirlo. Si lo piensas, es curioso, ¿no crees?

BIZ: ¿Supongo?

JASPER: Es decir, en realidad ninguno de los dos odiaba al otro, pero no nos hablábamos. Podrían hacer una película. Dos adolescentes: él, del lado equivocado de la vía del tren; ella, conduciendo hacia la playa en su Porsche. Él, con su peinado perfecto y ella…, bueno, también con pelo. ¡Conectan! Pero entonces… ¡Ay! ¡Un malentendido imposible de arreglar! ¡Algo sucede luego! ¡Un evento climático! Y *voilà*. El desenlace.

BIZ: Ja, ja. Un excelente por esforzarte.

JASPER: Muchas gracias.

BIZ: Ahora que lo pienso, no me vendría mal un Porsche.

JASPER: ¿No lo ves, Biz? Podríamos convertirnos en una historia.

BIZ: («Ah, Jasper, ojalá»).

CUATRO DÍAS DESPUÉS DE LA FIESTA DE SYLVIA, ESTOY EN EL puente que rodea el acantilado norte. El puente es como una serpiente: envuelve la roca empinada y baja en picado sobre el mar.

Lo inauguraron hace diez años. Solían producirse desprendimientos en la vieja carretera del acantilado, así que todos los conductores cascarrabias escribieron al ayuntamiento y dijeron: «¡No queremos morir aplastados!». Y el ayuntamiento los escuchó y construyó el puente. Esto es lo que se conoce como trabajo en equipo.

Con el puente se superaron. Es, sencillamente, impresionante.

He venido aquí con el perro, mamá y los mellizos. A los mellizos les encanta deslizarse en patinete por las curvas abiertas, como si fueran volando. A Chichón le encanta tratar de seguirles el ritmo. A mamá le encanta pasear por aquí; dice que es como estar en el límite del mundo. Una vez, después de unas pocas copas de vino, mencionó que le gustaba inclinarse en la barandilla y oír el canto del mar. Y yo le pregunté: «Mamá, ¿el mar te canta?». Ella esbozó una sonrisa, me dio un golpecito con el hombro y respondió: «Un poco de poesía nunca va mal, Biz», y ambas estallamos en carcajadas.

La tarde es grande y azul, y las olas centellean. Los mellizos van delante, haciendo carreras con los patinetes. Mamá y el perro los han seguido a paso rápido, mientras que yo me he detenido en la curva situada al otro extremo, sobre el mar.

A mis espaldas, el acantilado se cierne sobre mí. A mis pies, el mar retumba. Miro a mi alrededor y todo lo que hay es océano y cielo.

Mamá tiene razón: es exactamente como el límite del mundo.

Saco la cámara Polaroid de Sylvia y tomo una foto, la primera.

Con un ligero zumbido, el cuadrado sale deslizándose de la cámara. Agito la foto y, cuando llega el momento, retiro el papel protector para ver qué contiene.

El puente. La barandilla, Las puntas de mis pies bajo la barandilla y, debajo, el mar, agitado, con blancos y azules fluorescentes.

«Tu madre estuvo aquí —dice el puente—. En este preciso lugar».

¿Qué ha sido eso? ¿Cómo?

Las palabras emergen del cuadrado, susurrando susurros, susurrando susurros.

¿De verdad? Clavo la mirada en la foto.

«Estaba sola —dice el puente—. Llovía. Ella lloraba. Se

quedó aquí un buen rato. Hacía frío. Me recorrió paseando. Y después se fue».

Miro boquiabierta la foto, la cámara que sostengo entre las manos.

«Viene aquí a menudo, Biz. ¿No lo sabías?».

Sí. No. Mierda.

Ignoraba que mamá venía aquí a llorar. Creía que venía a escuchar el canto del mar.

«Veo a mucha gente infeliz —continúa el puente—. Veo a gente triste-contenta que se pasea y se detiene, se pasea y se detiene. ¿Y tú, Biz? ¿Estás contenta o triste?».

¿Cómo estoy? No sé qué responder.

Mamá fue infeliz aquí y eso me hiere. Puedo imaginar su tonalidad gris, como si fuera un cielo encapotado. Siento su dolor, que me recorre de pies a cabeza. Claro que mamá llora aquí, ¿dónde sino?

En los otros sitios, siempre trata de ser Mamá Vaso Medio Lleno.

Y eso me entristece.

Sin embargo, una fotografía me ha hablado después de todas estas semanas y eso es maravilloso, ¿no? Madre mía, sí. Siento como chispas, como si estuviera al límite de la alegría y, joder, ¿puede que hayan vuelto las historias? Y eso solo puede parecerse a la felicidad.

Y un puente me pregunta ahora cómo me siento...

...y eso es confuso y desquiciado, ¿verdad?

Sin duda.

Así que estoy igual que siempre: contenta/triste/confusa/

desquiciada y cualquier otro sentimiento que exista, eso sí, estoy de alguna manera, porque por lo general estoy vacía, de hecho, mayormente borrada, y eso es lo que le digo al puente, que contesta:

«Bueno, vale».

Acto seguido, tomo unas cuantas fotos: del acantilado junto al puente, de un descapotable que pasa por encima del puente, de dos mujeres que pasean cogidas de la mano y de las nubes sobre el puente.

Las agito hasta que cobran vida…

… y las palabras emergen atronadoras.

«¡Llevo aquí desde hace milenios!».

«Aún no le ha dicho lo nuestro a su esposa; ¿se lo dirá algún día?».

«La quiero, la quiero, la quiero».

«Creo que he dejado de quererla; cojámonos de las manos hasta que, de algún modo, el silencio lo inunde todo».

«¡Nos llenamos, nos vaciamos, nos deslizamos por el cielo, hacemos carreras, nos llenamos, nos vaciamos, aquí estamos!».

«Voy a caer. ¿Cuándo caeré? Voy a desmoronarme en el mar».

«¡Rápido! ¡Más rápido! ¡Rápido rápido rápido!».

«Biz, ¿estás contenta o triste? ¡No lo sabemos!».

Madre mía, cuánto ruido.

La moraleja de este cuento es la siguiente: cuidado con lo que deseas. Meto las fotos en la mochila. Las voces continúan gritando. Es como si se estuvieran peleando ahí dentro.

Miro hacia el ancho puente y veo los cascos fluorescentes de los mellizos, como si fueran pequeños platillos volantes que se dirigen hacia mí. Veo el punto oscuro del pelo de mamá que atraviesa el espacio. Los necesito aquí y ahora. Necesito sus risas nerviosas y el rostro de mamá después de un paseo: despejado, luminoso.

Empiezo a caminar hacia ellos y…

«¿No te parece estupendo que hayamos regresado?», gritan entre susurros las fotos.

«¡Quédate a charlar, Biz!

»¡Tenemos tanto que contarte.

»¡Oye, Biz! ¡Detente! ¡Eh, oye!».

Acelero más y más, y aquí están mamá, los mellizos y Chichón —cuatro cuerpos voladores—, y Billie se para y grita: «¡He ganado!», y Dart se detiene junto a ella y grita: «¡Empezaste antes que yo!», a lo que Billie responde: «¡No, no es verdad!», y Dart contrataca: «¡Sí, sí lo es!», y mamá se ríe haciéndoles callar y Chichón ladra y, afortunadamente, me sumerjo en su luz.

Sábado, 12.54 a. m.

¡PING!

JASPER: Hola.

BIZ: Hola.

JASPER: ¿Qué haces?

BIZ: Estoy dibujando una zarigüeya.

(Es verdad. Billie tenía como deberes dibujar un animal autóctono de Australia. A la hora de cenar estaba desesperada. Le dije: «¡No es tan difícil!», y ella respondió: «Me apuesto lo que quieras a que no eres capaz de dibujar uno», y yo dije: «Me apuesto lo que quieras a que sí». Y aquí estoy. Parece una patata).

JASPER: ¿De verdad?

BIZ: No me ha salido muy bien. (Le envío una foto que he tomado con el móvil).

JASPER: Es horrible.

BIZ: No estoy hecha para ser artista.

JASPER: Yo tampoco.

BIZ: Qué pena. Al menos uno de nosotros podría haber llegado a ser alguien.

JASPER: Cierto.

BIZ: Y entonces, ¿para qué estás hecho?

JASPER: No para bailar. Ni para el repollo. Ni para las redes sociales.

BIZ: Todas ellas decisiones excelentes. (Emoji sonriente).

JASPER: ¡Lo sé!

BIZ: Un momento..., pero si te encontré en una red social.

JASPER: Los parientes quieren Facebook. Somos una gran familia. Pero ya está.

BIZ: Así que eres invisible. Un agente secreto.

JASPER: Exacto.

BIZ: Qué lata... Te imaginaba haciendo un tributo al *Lago de los cisnes* y colgándolo en YouTube.

JASPER: Eso nunca pasará.

BIZ: Ja, ja. (Emoji riendo).

JASPER: En realidad, lo que se me dan bien son las máquinas.

BIZ: Máquinas... ¿Rollo Transformers? (Emoji sonriente).

JASPER: Ja, ja. Bicis, coches. Cualquier cosa. Me gusta descifrarlas. Estoy pensando en estudiar Ingeniería Industrial en la universidad. Aunque las mates me estresan un montón. Y tú, ¿qué?

BIZ: No lo sé. Dudo que acabe en la universidad. No tengo el graduado.

JASPER: Yo estoy estudiando a distancia. Es un aburrimiento. ¿Tú no lo haces?

BIZ: No. Abandono escolar en toda regla.

JASPER: Ah. Entonces tu futuro son delitos menores y telerrealidad. (Emoji sonriente).

BIZ: Probablemente. O quizá navegaré por el mundo. (Emoji de un yate. Emoji de una gota de agua).

JASPER: Eso no suena tan mal.

BIZ: Es verdad.

JASPER: Tendrías mucho tiempo para pescar. (Emoji de un pescado).

BIZ: O no. (Emoji de una hoja).

JASPER: Ah, es verdad.

BIZ: A veces me gustaría ir a algún lugar nuevo..., donde nadie me conociera.

JASPER: Ya... Cuando salgo en mi motocicleta, a veces pienso: «¿Y si siguiera, y si no parara?».

BIZ: Ya.

(Yo a veces pienso: «¿Y si un día dejara mi cuerpo y siguiera a ver qué pasa? ¿Y si me soltara del suelo y no hubiera manera de hacerme regresar? Si me marchara, ¿encontraría a papá?»).

JASPER: Si quieres, puedo llevarte algún día a dar una vuelta en moto. Si te apetece.

BIZ: («O... podría quedarme»). Eso estaría bien.

JASPER: (Emoji sonriente).

BIZ: A Sylvia no le gustaría en absoluto.

JASPER: (Emoji triste). Lo sé.

BIZ: Supongo que podríamos decírselo después de haberlo hecho, ¿no? Eso si sobrevivimos, claro.

JASPER: Me parece buena idea. Y para que conste, tengo intención de que ambos sobrevivamos.

BIZ: Lo mismo digo. (Emoji con los pulgares hacia arriba).

(«Emoji de chica normal. Tú puedes, Biz, emoji. Todos los emojis para intentar sobrevivir.

»Emoji sonriente»).

Si te quedas mirando una hoguera fijamente durante poco más de un minuto, verás con total claridad lo ridículo que resulta que los humanos nos creamos sólidos. Estamos hechos de nada y podemos colapsar en cualquier instante. Somos elementos dispuestos de una determinada manera, átomos vacíos que rebotan entre ellos, átomos que vienen y van. Y aunque creamos que somos algo tangible, en realidad no somos más que fantasmas que deambulan, polvo en potencia. Nuestro interior está hecho de luz parpadeante e inconstante.

A los siete años, tiré mi muñeca al fuego. Vi cómo se le derretía el rostro. Vi cómo se le licuaban las manos. Vi cómo le salía humo de los ojos.

Cuando mamá entró corriendo y me aparto de la chimenea, la muñeca no era más que una masa amorfa sobre los leños. Vi cómo desaparecía y lo entendí. Dos meses antes habíamos incinerado a papá. Y pese a que mi madre no dejaba de repetir que papá estaba en el cielo, yo entendí que no existía ningún espacio mágico al que hubiese podido ir. Había visto cómo funcionaba el fuego.

Han pasado diez días desde mi fiesta de cumpleaños y Jasper y yo hemos hecho una hoguera en la playa. Él ha rebuscado entre los matorrales de la colina y ha vuelto con dos troncos, uno bajo cada brazo. Yo he buscado entre los arbustos y he encontrado algunas ramitas secas. Hemos preparado el esqueleto de la hoguera: papel arrugado, ramitas, ramas rotas, troncos. Una pirámide lista para arder.

Jasper ha retrocedido un paso.

—Esto es lo que yo llamo una buena estructura.

—Digna de galardón —he elogiado.

—Con acabados excelentes.

—De once sobre diez.

Hemos encendido el papel; hemos visto cómo se movían las llamas, al principio tímidamente y después chasqueando, estallando. Las lenguas de fuego crepitaban.

«Tomaré una fotografía», he pensado. Y, acto seguido, he pensado: «Mejor es que no lo haga. Mejor después. Mejor que no».

Hemos venido en moto. Es la primera vez que subo a una motocicleta. Jasper me ha pasado a recoger. Los mellizos dormían. En la sala de estar, mamá ha mirado a Jasper de arriba abajo.

—Y bien, ¿adónde tenéis pensado ir vosotros dos?

—A la playa, mamá.

—¿Y no podéis ir caminando?

—Es mejor que Jasper no camine tanto trozo.

Mamá se ha quedado mirando a Jasper.

—Pero ¿puedes conducir esa motocicleta? ¿Es seguro?

—El fisio me ha dado el visto bueno. Es seguro, señora Gray.

Normalmente, cuando alguien la llama «señora», mamá dice: «Oh, no, llámame Laura», pero esta vez no lo ha hecho.

—¿Y a qué playa vais?

Jasper y yo hemos intercambiado una mirada. Ninguno de los dos lo ha dicho, pero yo no quería ir a la playa más cercana, a la que iba todo el mundo y en la que probablemente estaban todos en aquel momento. Se lo he transmitido a su cerebro y él, con una mirada, me ha contestado mentalmente: «Mensaje recibido».

—Al norte. A Coalcliff —he dicho.

—Eso está a más de veinte minutos. ¿Por qué vais tan lejos?

—Mamá, está bien variar de vez en cuando.

En aquel instante, le he apretado la mano, porque mamá nunca suele preguntar adónde voy o a qué playa pienso ir. Y quizá se sintiera culpable por pensar que todo iba bien cuando no era así. Le he apretado la mano como diciendo: «Mamá, tranquila. Todo va bien».

Mamá ha lanzado un suspiro.

—De acuerdo. Pero, Jasper, por favor, ve con cuidado. Debes conducir como un santo.

Jasper ha asentido.

—Conduciré como si fuera el mismísimo Jesucristo, señora Grey.

Mamá ha alzado las cejas y ha fruncido los labios.

—Me alegro de que estemos de acuerdo.

Nos hemos dirigido a toda velocidad hacia el norte, primero por la autovía, yo abrazada a la cintura a Jasper con la luna asomándose por detrás de las paredes antirruido, y luego por la sinuosa carretera que bordea el mar. Al volver la cabeza, he visto los fragmentos de océano, metálico a la luz de la luna.

La moto canturreaba debajo de mí mientras dejábamos atrás casas, árboles y vallas sólidas, sólidas, con la espalda de Jasper apretada contra mi pecho. Y durante un instante, todo me ha parecido real. Allí estaba. Encima de una moto con este chico, pasando por delante una casa con paredes y gente en su interior. Rebasando un coche antes de que doblara una calle, cuyo conductor quizá iba al cine o quizá a ver a su amante.

«Aquí viene una curva. Inclínate, Biz. Siente».

Hemos cruzado el puente del acantilado, hemos salido de la autopista, hemos aparcado la moto junto a las casas que dormían y, rodeados de oscuridad, nos hemos abierto camino por el sendero cubierto de maleza.

Ahora estamos entre la colina y el arroyo que baja hasta el mar.

La arena está fría, así que utilizamos nuestras chaquetas como alfombra. Contemplamos el fuego, que gira sobre sí mismo.

Jasper ha traído algo de comer. Yo he traído bebidas. Sentados en la arena, comemos galletitas de alga y humus a mitad de precio. Bebemos chocolate caliente de un viejo termo que he desenterrado de la caja que hay en el garaje de casa con las cosas para salir de acampada.

El aire está lleno del rumor de las olas, del tintineo del arroyo, de los chisporroteos de la hoguera y de los ruidos que hacemos ambos al comer y sorber.

No hablamos mucho; observamos el fuego. Comemos, bebemos, escuchamos. Es como estar en el interior de una caracola.

Y lo digo en voz alta: «Es como estar en el interior de una caracola», antes de procesar su significado.

Jasper se vuelve hacia mí.

—Justo estaba pensando lo mismo.

—¿En serio?

—No.

Esboza una sonrisa.

Quiero explicarlo, pero hay demasiados pensamientos; ¿cómo describir lo que siento?

—Estaba pensando en lo agradable que es —dice.

—Yo me refería al sonido. Y a la calidez —aclaro.

—Pensaba que es simplemente… sencillo.

Quizá sea la primera vez que alguien piensa eso del tiempo que pasa conmigo.

Volvemos a mirar el fuego, que adopta formas para nosotros.

Una parte de mí se separa. Entra en el fuego. Se eleva con las llamas. Mira hacia el chico y la chica que están ahí abajo. Parecen felices.

«¿Eres feliz, Biz?».

¿Lo soy?

¿Soy…? ¿Quién soy? ¿Soy en realidad?

En un abrir y cerrar de ojos, todos podemos mudar, cambiar. El fuego te reduce a la nada. El cuerpo de papá en una urna sobre la estantería. El agua erosiona las rocas. Los acantilados se desmoronan. «No eres real, Biz…».

Es verdad. ¿Puede que en realidad sea el fuego? ¿O el mar? Puede que sea todas y cada una de las moléculas.

El fuego crepita y lanza una lluvia de chispas.

—¡Guau! —exclama Jasper.

Por instinto, se inclina hacia mí.

Una ola se estrella.

Y con una lenta voltereta, vuelvo a mi cuerpo.

Noto el calor de mis entrañas. La boca dulce y salada. Noto mi piel, mi cuerpo, mis huesos.

Por ahora, acéptalo, disfrútalo, Biz. Aférrate a este trémulo instante prestado.

Si Grace y yo aún fuéramos amigas, me habría preguntado: «¿Te besó, Biz?».

—No —le hubiese respondido yo.

—¿En serio? ¿Ni siquiera lo intentó?

—No fue así.

—¿Y cómo fue entonces?

—Como en una caracola —*no* diría yo.

—¿Te gusta? —diría ella.

—Sí, claro, me gusta.

—Quiero decir que si te gusta te gusta, de verdad.

—No lo sé, Grace.

Grace trataría de comprenderlo. Grace no lo comprendería. «¿Cómo que no lo sabes, Biz? —diría—. ¿Tan difícil es saberlo?».

Yo trataría de explicárselo: «Grace, lo único que sé es que quiero estar sentada con Jasper ante una hoguera».

¿Cómo trasladar ese sentimiento a palabras?

«No es eso, Grace».

«Y entonces, ¿qué es?».

«No lo sé. Si pudiera identificar el sentimiento, te lo diría».

Le escribo un correo electrónico a Grace.

«¿Qué dirías si te contara que...?».

Le hablo del fuego. De la ceniza y las caracolas, y de los cambios que se producen cuando tratas de recomponer partes de ti misma. De la sensación de estar sentada en la arena, ante una hoguera, con alguien a tu lado, de sentir durante un segundo que estás en algo bueno y de esa sensación, que se expande en tu interior, que te atraviesa, rellenando todos los pliegues de tu cuerpo.

Miro la pantalla.

¿Cuántos he enviado ya? ¿Acaso quiero contarlos?

Y Grace, ¿los leerá? ¿Acaso responderá algún día?

No lo sé. No lo sé.

Grace, ¿dónde estás?

¿Grace?

Mierda.

Borro casi todas las palabras que he escrito.

Solo dejo: «¿Qué dirías si te contara que...?».

Le doy a ENVIAR y destierro a Grace al eco del espacio.

Es martes por la mañana y Jasper y yo volvemos a estar junto al mar.

Jasper se ha encontrado conmigo en la playa; he traído a Chichón y el perro está olfateando las algas, buscando sirenas y cangrejos. El día está hecho de gris —nubes que se imponen en un cielo frío, el océano convertido por entero en rocío y espuma y el viento enmarañando nuestros cabellos. Paseamos con las chaquetas puestas y nos dejamos arrastrar por las rachas de aire. Le he hecho una pregunta a Jasper —¿cómo se convirtió en tan buen nadador?— y él se ha parado a pensarlo, arrugando el rostro como si fuera un pintor, como si tratara de decidir cuánta pintura verde y cuánta azul debe añadir.

—Hacía natación —dice—. Me refiero a que competía. Hacía carreras. Gané medallas y esas cosas. —Se encoge de hombros—. Y aprendí a surfear cuando tenía ocho años. Me enseñó mi tío.

—¿Surfeas?

—Ya no. —Jasper sonríe—. Ya no está en mi repertorio.

—¿Por tu pierna? —pregunto.

—Sí.

—Lo siento.

—No pasa nada. Estoy acostumbrado. Quizá algún día vuelva a hacerlo.

—Quizá lo hagas superbién.

—Quizá me convierta en profesional.

—Exacto.

—Quizá después me dé por hacer gimnasia rítmica.

—Es bueno tener objetivos.

—Cierto.

Jasper mira de reojo el océano.

Yo lo miro de reojo.

¿Echa de menos el agua? ¿Lo atrae? ¿Cuánto la echa de menos? ¿Debería preguntárselo? ¿Lo conozco lo suficiente? «¿Qué echas de menos, Jasper? ¿Cuánto echas de menos y de qué forma? ¿Cómo son de grandes las piezas de tu rompecabezas? ¿Quieres encontrarlas?».

De repente, deseo quitarle las capas a Jasper. Quiero sacarle la chaqueta y la camisa, echar un rápido vistazo debajo de su piel, ver los engranajes y los cables, su pulso y su latido.

El deseo llega de repente, y desaparece del mismo modo. ¿Deseo ver a Jasper desnudo? No, no se trata de eso.

Es decir, se trata de…

Es demasiado difícil de atrapar; el pensamiento surge como un destello y después se va con el viento. Seguimos paseando por la arena compacta como si fuéramos pájaros silenciosos entre las dunas y el mar.

Y al final de la playa, subimos a las dunas. Le quito la correa a Chichón, que va a hablar con los conejos o, como mínimo, a pegarles un susto de muerte.

No pronunciamos palabra. El mar se encrespa, empuja la orilla. Se arrastra hasta nosotros, la marea está alta. El viento se ha vuelto salvaje. Arremolina la arena a nuestros pies. En el estridente cielo, las gaviotas planean en círculos. Yo observo el agua, miro más allá, y quizá si miro lo suficiente, pueda ver más allá de los cargueros, bamboleantes como si fueran piezas de ajedrez en el gran lomo del océano, más allá de las islas que se tambalean en los límites de la tierra, más allá de los pliegues de las montañas y las ciudades, más allá del futuro, y más allá del sol, dando la vuelta a la tierra para regresar adonde estamos, con la arena que se levanta a nuestros pies, el plañido de las gaviotas sobre nuestras cabezas y nosotros, en pie, uno junto a otro, sin tocarnos.

Y de repente, Jasper se pone a recitar un poema.

¿Qué está haciendo?

Se pone a recitar…

¿El qué?

Empieza a hablar sobre el silbido del viento, el rugido de la ola, y yo apenas puedo oírlo, así que me inclino hacia delante y él se pone a gritar.

«El difunto

»Buffalo Bill

—dice y
el viento coge las palabras, las arroja y…—

»montaba
»un semental plateado
»suave como el agua
»y partía unadostrescuatrocinco palomascomosinada».

Jasper se ríe, con los brazos levantados y…

«Jesús
»era un hombre guapo».

Jasper está gritando a pleno pulmón, Chichón salta por encima de una duna, y el viento ha enloquecido…

«y lo que quiero saber es»

La expresión en el rostro de Jasper es de completa felicidad…

«si le gusta su chico de ojos azules
»Señora Muerte».

Jasper se pone a reír. Sabe de poesía. Y me asombra.
Sus palabras se elevan sobre el viento y el agua,
se alejan, cada vez más,
más altas, más rápidas.

Pues claro que Jasper, ese chico que no hace las redacciones de Inglés y que quiere dedicarse a desmontar coches, sabe de poesía. «¿Qué esperabas, Biz, a alguien fácil de mapear?». Es un misterio que no es un misterio, como las dos caras de una moneda, un corazón o el mar.

Chichón está encantado; salta por las dunas, tratando de cazar cada palabra al vuelo.

Más tarde, después de que yo aplauda y de que Jasper haga una reverencia y diga: «Muchas gracias», después de que vayamos a una cafetería a tomarnos un chocolate caliente,

y después de que le pregunte a Jasper de quién es el poema y él diga: «e. e. cummings, toda una leyenda»,

y de que yo le pregunte por qué conoce esos poemas y si se los ha aprendido concretamente para gritarlos ante el mar,

y de que él, esbozando una sonrisa, responda: «He pasado mucho tiempo en cama con una pierna rota. Y YouTube puede ser realmente aburrido», después de que me pregunte cuál es mi libro favorito y de que yo hable durante muuucho rato sobre Gatsby,

regreso a casa, a mi casa azul, con poesía latiendo en mi interior y el perro trotando ante mí, completamente empapado y cubierto de arena, y pienso:

«Podría haber tomado una foto».

Mientras estábamos en las dunas, podría haber sacado la Polaroid de Sylvia de la mochila y haber disparado. Podría haber retirado el papel protector y haber escuchado.

Todo lo que habría oído habrían sido risas, las de ambos.

Risas que se elevan, que crecen sin control, que corren como el agua.

Podría haberme quedado dormida con ese sonido.

Los días se vuelven sencillos. Paseo al perro, con o sin Jasper. Voy a ver a Sylvia, que dice que aún no ha encontrado una buena oferta para una ampliadora, pero que le encanta el curso de fotografía digital, que acaba de empezar, y que por qué no cambio de opinión y voy, y que cómo estoy; ¿quiero otra madalena?

Tomo el autobús para regresar a casa y veo cómo el mundo pasa entre parpadeos.

Hago fotos con la cámara Polaroid, de una en una. Algunas gritan, otras no.

Me siento con el perro en el jardín tras la puesta de sol, le rasco las orejas. Como algo parecido a una cena. Oigo a los mellizos que hablan sin parar. Le digo a mamá que quizá me apunte al curso de fotografía digital, que he utilizado la cámara, que en realidad estoy aprendiendo por YouTube y que la cámara es genial.

Le envío un mensaje a Jasper por la noche.

Se ha convertido en rutina: me cepillo los dientes, me pongo el pijama, me meto en la cama y apoyo el ordenador sobre una almohada en mi regazo.

En algún momento después de medianoche, le envío un mensaje a Jasper o me llega un mensaje.

Hasta ahora, le he contado todo lo que ha pasado desde el momento en que lo vi en las olas hasta cuando lo vi de nuevo en la fiesta de Sylvia.

Jasper me ha contado todo lo ocurrió desde la noche en las olas: que dejó el insti para que lo operaran una semana antes de mi noche en las dunas, que oyó lo que había pasado y que, como entonces no me conocía, no me escribió ningún mensaje…

He dicho «No pasa nada» más de una vez.

Jasper me ha contado lo de sus piernas. Que se rompió las piernas al chocar contra un árbol a los once años, cuando su padre perdió el control del coche.

JASPER: Adelantó a un tipo en una curva sin visibilidad. Al hacerlo, pitó y gritó, y entonces apareció de la nada esa furgoneta que venía directa hacia nosotros y papá dio un volantazo y ¡pam!

BIZ: Vaya…

JASPER: Papa y yo nos llevamos la peor parte, pero Conor, mi hermano, salió ileso; solo se torció la muñeca. Yo estaba hecho polvo. Me han operado un montón de veces. Mamá y papá se separaron después del accidente. Nos mudamos aquí para estar más cerca de la abuela. Papá sigue en Canberra. No hablamos mucho.

BIZ: Vaya...

JASPER: Ya.

BIZ: Lo siento mucho, Jasper.

JASPER: No pasa nada.

JASPER (un instante después): No pasa nada y sí que pasa, ¿sabes? Es decir, estoy vivo. Y he leído un montón de libros hasta la fecha, así que probablemente sea increíblemente inteligente. (Emoji sonriente). Pero a veces es una mierda no poder hacer todo lo que quiero. Y que la gente me mire. Toda la gente mira, incluso aunque traten de no hacerlo. Siempre el mismo rollo: «¿Qué le pasa a ese chico en la pierna? ¿Qué le pasa a ese tío?».

BIZ: Ya. («Así es, Biz... Tú pensaste lo mismo»).

JASPER: Me apuesto a que tú también lo pensaste cuando me viste por primera vez.

BIZ: («¿Hum?»).

JASPER: ¿A que sí?

BIZ: Lo siento.

JASPER: No pasa nada. Seguro que se te ocurrió alguna que otra teoría.

BIZ: Sí...

JASPER: ¿Y? ¿Paracaidismo? ¿Me tropecé con los cordones? (Emoji sonriente).

BIZ: Bueno... vale. Primera opción: tragedia con un tractor. Segunda opción: atropello de anciana con moto robada.

JASPER: ¡Ja, ja, ja! Fantástico. (Emoji llorando de risa).

BIZ: Lo siento, Jasper.

JASPER: No pasa nada, de verdad.

¿Seguro que no pasa nada? Pienso en Jasper caminando con cierta inclinación por los pasillos del instituto, cargando con su historia. Todas esas miradas, todo lo que no se dice. Pienso en todos nosotros, cruzándonos como si fuéramos tortugas, cargando con nuestros pasados a la espalda.

Le he dicho a Jasper que papá está muerto.

Y Jasper simplemente ha dicho: «Lo siento, Biz».

No he tratado de responder: «No pasa nada».

No le he contado cómo murió.

No le he contado los años con papá: papá en la cama, junto a la ventana, en el mar.

No estoy preparada. Cuando me imagino que se lo cuento, siento que me salgo de mí misma.

(«Jasper, ¡soy una chica normal! De verdad. Mírame, escribiendo mensajes y paseando por la playa, fingiendo que no lo echo tanto de menos que me quema por dentro»).

No le he dicho a Jasper lo de papá difuminándose y desapareciendo. Ni lo de flotar fuera de mi cuerpo, ni lo del vacío que se me mete dentro.

No le he dicho lo escurridizo que parece todo.

Le he enviado algunas imágenes de las fotos que revelé en el cuarto oscuro, visto que no ha parado de insistir: «¡Fuiste tú la que me lo dijiste, Biz! No olvides tu mensaje, el primer mensaje que me enviaste. (Emoji sonriente. Emoji sonriente. Emoji sonriente)».

(He intentado muchas veces olvidar ese mensaje. He intentado no morirme de la vergüenza cada vez que Jasper menciona el primer mensaje que le envié).

A Jasper le han gustado las fotos, les ha puesto pulgares hacia arriba y estrellas doradas.

—¡Son geniales! —ha dicho.

Ha impreso la de Sylvia y la ha colgado en la pared. No le he preguntado si habla.

También le he contado a Jasper lo de la medicación y mis visitas a Bridgit. Le he mencionado algo sobre cerebros y piezas de rompecabezas. Y él ha dicho: «Se pueden tardar años en hacer un rompecabezas. Al menos, es lo que ocurre con los buenos».

«Es verdad», he contestado.

(Emoji sonriente).

Jasper me ha confesado lo a gusto que está aquí.

JASPER: Ya sé que la capital del país es el centro de la civilización, Biz, pero Canberra tiene serias carencias en lo que respecta al océano.

BIZ: Y serios casos de refriados.

Acto seguido, le conté a Jasper que fuimos de excursión

el pasado invierno. Viajamos tres horas hacia el sur para ver cómo los políticos discutían como gaviotas en el Parlamento y para congelarnos el culo en el Monumento a los Caídos.

JASPER: Imagina. Yo estaba allí, en algún lugar de la tundra glacial… Muy probablemente camino de robar esa motocicleta.

BIZ: Quizá te adelantamos con el autobús, justo antes de que atropellaras a esa ancianita.

JASPER: ¡Qué pena que no lo supieras! Podrías haber saltado del autobús para decirme: «¡Jasper, no lo hagas! ¡Replantéate tu vida!».

BIZ: ¡Sí, qué pena!

JASPER: ¡Ahora sería otro hombre!

Le he enumerado a Jasper todas las ciudades en las que he vivido, y Jasper ha hecho lo propio. Proporción de mis ciudades versus las de Jasper: 10 : 1.

Jasper ha preguntado: «¿Y a qué venían todos esos traslados?».

«Un canto rodado no acumula musgo», le he contestado.

Y él ha dicho: «Ah, eso explica que no tengas musgo, literalmente. Excepto por esa mata en la espalda. Igual deberías hacértelo mirar».

Le he dicho a Jasper que mamá cree que estoy mejor.

Y Jasper me ha preguntado:

«¿Te sientes mejor?».

Y yo le he dicho: «A veces».

Lo que es, probablemente, casi, no-lo-mires-de-cerca-o-se-desvanecerá, verdad.

—¿Jasper es tu novio, Biz? —pregunta Billie.

Los mellizos y yo estamos en la sala de estar, comiendo espaguetis con guisantes. Mamá ha salido a bailar. Estamos viendo la tele, un programa en el que cantan canciones. Dart le ha dado de comer a Chichón algo que no debía y ahora el perro se tira pedos junto al sofá. Una noche de miércoles como otra cualquiera.

Me quedo con el tenedor lleno a medio camino y miro boquiabierta a Billie. «¿Perdona?».

Dart se gira hacia mí y sonríe.

—Eso, Biz, ¿es tu novio? —dice.

—¡Eso! ¿Te ha besado? —pregunta Billie, dando saltitos en el asiento.

—¡Eso! —dice Dart—. ¿Lo ha hecho?

Jasper vino a cenar el domingo pasado. Primero me invitó a su casa, pero no pude aceptar…, los pensamientos no me lo permitieron. «Su madre te mirará de arriba abajo, Biz. ¿Qué ha oído? Y su hermano, Conor… ¿Qué sabe? ¿Qué pensarán?». Así que le dije «Ven tú a la mía», pese a que sabía que, en lo que se refiere a la comida, sería un gran paso atrás y que Jasper acabaría comiendo algo gris, algo hervido y algo verde.

Jasper fue muy educado. Se comió toda la cena sin tener arcadas. Mamá se bebió tres copas de vino y le pidió que la tuteara. Los mellizos estuvieron muy tranquilos: la última persona que había venido a casa había sido Grace, así que aquello era todo un acontecimiento. Se les salían los ojos de las órbitas. No se hablaron entre ellos. No se golpearon por debajo de la mesa. Pero ahora son como dos alubias saltando sobre el sofá, dispuestos a saberlo todo sobre mi vida amorosa. Fantástico.

Me quedo mirando a Billie.

—No, no es mi novio, y no, no lo ha hecho —les digo—. Y además, no es asunto vuestro.

—¿Lo quieres, Biz? —pregunta Dart.

Se abraza a sí mismo y empieza a hacer ruiditos de besuqueo.

Madre mía. Subo el volumen del televisor. La persona que está cantando tiene los ojos cerrados. Su voz lo conmueve hasta el punto de hacer que se balancee. Todo el público adora esta canción. Billie la ha oído en la radio y empieza a cantarla.

Dart le da un codazo.

—No es así, tonta.

—¡Que sí!

—¡Que no!

El perro se tira otro pedo. Apesta.

—¡Puaj! ¡Qué asco! —exclama Billie.

Sale corriendo de la estancia y regresa un segundo más tarde con la cara envuelta en una toalla, en la que ha dejado solo una pequeña abertura para los ojos.

Dart se ríe, tres notas altas y claras. Sale corriendo de la habitación y regresa con una toalla para él y otra para mí. Vemos el resto del programa con las cabezas envueltas en toallas, lo que es fantástico, porque los mellizos no pueden preguntarme nada. Aunque las buscara, no tendría las respuestas.

SÁBADO 12.53 A. M.

¡PING!

JASPER: ¿Quieres ir a dar un paseo en moto la semana que viene?

BIZ: ¿Adónde?

JASPER: Al sur.

BIZ: Vale.

1.15 a. m.

¡PING!

JASPER: Recuerda traer el bañador, si quieres, claro.

BIZ: («¿Vamos a entrar en el mar? ¿No te preocupa después de lo que pasó? ¿No tenemos ya suficiente agua en nuestro interior? ¿No estamos todos hundiéndonos?»).

Vale.

JASPER: (Emoji sonriente. Emoji de una ola).

Salimos el martes por la mañana; es un día cálido y soleado, sin apenas nubes. Mamá lleva preocupada desde el desayuno y no lo puede disimular —«¡Agárrate fuerte! ¡Y que no corra! ¡Dile que no corra!»—, así que cuando Jasper llega a las 8:30, está echa polvo. Me despide desde el porche delantero con los mellizos a su lado, dando saltitos y diciendo una y otra vez: «¿Por qué no podemos ir nosotros también en moto, mamá?».

—¡Adiós, mamá! —grito lo más alto que puedo desde la parte de atrás del sillín.

—¡Te quiero! —dice mamá.

Los mellizos se cuelgan de sus brazos.

—¿Por qué no podemos ir en moto, mamá?, ¿eh, mamá?, ¿eh, mamá?

Mamá me mira y vocaliza un «¡socorro!».

Jasper enciende el motor. Los mellizos, deseosos y anhelantes de venir con nosotros, corren a nuestro lado hasta el final de la calle. Cuando doblamos la esquina, se abrazan derrotados. Si fueran lobos, se sentarían sobre sus cuartos traseros y aullarían al cielo.

Recorremos la carretera hacia el sur, por el acantilado que se va separando del mar. Dejamos atrás pequeños pueblos: casas, tiendas, árboles, niños en bicicleta, gente que entra y sale de tiendas de ropa y panaderías. Atravesamos ríos de color azul grisáceo, pasamos sobre kayaks, chicos con cañas de pescar, una garza posada en una barandilla. Atravesamos tierras de labranza y malezas. Cruzamos una ciudad más grande: grandes almacenes, supermercados y comida basura. Salimos a la ancha autopista, con tráileres que pasan a toda velocidad mientras nosotros apretamos el trasero en el sillín. Me agarro a Jasper y él ladea ligeramente la cabeza, como diciendo: «No pasa nada, Biz. Estamos a salvo».

Nos desviamos a la izquierda por una carretera estrecha que serpentea entre eucaliptos de color gris y matorrales sucios, junto a una valla de alambre con unos postes en la que hay atados unos animales de peluche. Se los señalo a Jasper. Asiente y me hace un gesto con el pulgar hacia arriba, como diciéndome que ya los había visto antes. Lo que debe de ser cierto, porque me trae aquí, a un lugar que quizá tenga algún significado para él. Y quizá ya haya llevado a alguien en la moto que también le ha señalado los animales, o quizá se los ha señalado él. En cualquier caso, los peluches son solo nuevos para mí. Cuando los dejamos atrás, siento un pequeño tirón, como si fueran míos, como si hubiese sido yo la que los ha atado a la valla para que alguien los viera y quedara fascinado.

Llegamos a un pueblo, y es diminuto. Dejamos atrás casitas de playa de color crema, amarillo y verde azulado. Atravesamos la entrada a un aparcamiento de caravanas, con una tienda escondida detrás de unos árboles y más casas de color crema, azul, verde, crema... Jasper dobla a la izquierda, sigue avanzando durante un par de minutos y, a continuación, se mete en un aparcamiento para coches con una caseta de aseos y un único vehículo con portaequipajes. Estamos de nuevo rodeados de árboles. Siento que el océano está cerca; murmura.

Jasper apaga el motor. Se saca el casco y sonríe como un maníaco, como si todo fuera bien en el mundo, como si la vida fuera, en realidad, un desfile de cosas asombrosas. Hace que se me revuelvan las tripas.

—¡Ya hemos llegado! —exclama.

—¿Dónde? —pregunto, sacándome el casco.

—A Cunjurong Point —anuncia.

Abre el portaequipajes de la moto.

—Vamos —dice, y aunque tengo que hacer pis, aunque necesito ir al baño desde hace siglos, lo sigo como una polilla a la luz.

La arena cruje cuando bajamos por el estrecho sendero entre eucaliptos que va a parar a la playa. El mar se abre como una mano.

Es turquesa, transparente, un regalo.

Ahogo un grito; no puedo evitarlo. Es precioso.

—¿A que es genial? —dice Jasper, gesticulando con el brazo, como queriendo atrapar el paisaje y ofrecerlo al mismo tiempo: el azul del horizonte, la arena blanca, la isla justo al lado de la orilla, tan cerca que hasta podrías morderla.

No sé qué decir. Siento que toda esa belleza y la alegría de Jasper me elevan los pies del suelo. Pero hoy no quiero flotar. Quiero estar aquí. Me inclino y me saco los zapatos y los calcetines, solo para meter los pies en algún sitio, materia contra materia, algo real que presione contra algo real.

La arena es como una caricia. Es como la mano de mi madre sobre mi piel, frío contra caliente. Es como hablar por la noche. Es como en los cuentos, en la ficción, y es como que te vean.

Me quito la chaqueta. La dejo caer sobre la arena. Me bajo la cremallera de los pantalones y reparo en que Jasper pone los ojos como platos porque, de repente, supongo que me estoy desnudando.

Me quito los zapatos. Me quito los pantalones. Me quito los calcetines. Me quito la camisa. En menos de treinta segundos, me quedo en ropa interior, y la sensación es increíble. Quiero sentir el sol, la arena y la sal del agua en la piel. Quiero sentir. Lo quiero ahora.

Y Jasper también empieza a quitarse los zapatos, los calcetines, la chaqueta, la camisa y los pantalones... sin que ninguno de los dos pronuncie ni una sola palabra, y se va quitando toda la ropa hasta que los dos estamos de pie sobre el crujido de la arena únicamente en ropa interior, y ambos estallamos en carcajadas.

Corro hacia el agua, y, sin pensarlo demasiado, Jasper me sigue tan rápido como se lo permiten sus piernas todavía en reparación. Entro en el agua, muevo frenéticamente las piernas y me giro para esperar a Jasper, y cuando me alcanza y llegamos a la cresta transparente de la primera gran ola, ambos nos sumergimos, bajo el agua, dentro del agua, transformándonos en agua.

Y el agua se ríe, se ríe mucho de nosotros; el agua grita: «¡Eh, vosotros! ¡Vosotros, aquí!», y no me golpea ni me voltea.

Siento cada una de sus gotas saladas en los dos brazos, en las dos piernas, en el estómago, en la cara, en la boca… abierta y bebiendo.

Salimos a la superficie como las ballenas de los documentales. Emergemos y giramos, con el sol reflejándose en nuestra piel.

Después, ¿nos importa estar casi desnudos? No... No sé por qué, pero no nos da vergüenza. No reímos con incomodidad. No nos cubrimos con las manos el cuerpo. Ni siquiera tenemos cuerpo; solo somos dos personas que necesitaban el mar. Luego vamos hasta la motocicleta, sacamos las toallas del portaequipajes y nos secamos como si hubiéramos planeado desde el principio estar casi desnudos. Me pongo unos pantalones cortos y mi camisa, y él se pone unos pantalones cortos y su camisa, y estamos felices —si tomaran una fotografía de nosotros ahora mismo, verías que es verdad—, y quizá sea un milagro para ambos.

Saco la Polaroid de Sylvia.

—¡Sonríe! —digo.

Nos hacemos una selfi, dos personas poniendo cara graciosa con el mar de fondo, los pulgares hacia arriba, sacando la lengua mientras la fina arena nos espolvorea el mentón y las mejillas. Ambos sonreímos de oreja a oreja. ¿Hemos pronunciado más de dos palabras en la última media hora? No, no creo que conozcamos las palabras.

La imagen sale de la cámara. La agito para que cobre vida.

Retiro el papel protector.

Jasper. Y yo.

Nosotros, riéndonos. Puedes oírnos; puedes oír nuestro sonido enrevesado.

«¡Aquí estamos! ¡Aquí estamos!».

Y allí, en la distancia, sobre el agua cerca de la isla, está papá. Con su plancha, sentado en una ola que se encrespa, esperando a que rompa.

Papá dice:

«¡Es un día perfecto, el mejor! Rompiente de izquierdas buenísimo, magníficos picos de dos metros, ¡desplazamientos largos! No me movería de aquí, pero Laura me está esperando en el aparcamiento de caravanas y esa mujer me puede. Llevamos cinco años juntos y ella es en lo único que pienso.

»Su barriga, su redondez, su dulzura. No puedo creer que hayamos concebido un ser; ¡no puedo creer que vaya a convertirme en papá! Es como si fuera Dios. Somos Dios.

»Aquí llega una ola... Quizá la coja, vaya a ver a Laura, quizá paseemos, quizá contemplemos juntos el atardecer. ¡Ah, el atardecer! ¿Quién hizo todos esos colores? Yo soy un color, ella es un color, hemos hecho un color. No puedo creerlo, qué suerte; supongo que soy afortunado».

BIZ: ¿Papá? (Envío un mensaje silencioso al susurro con forma de papá que hay sobre el agua).

PAPÁ: «¿Sí, Biz?». (La voz de papá en mi oído, cercana pero débil).

BIZ: ¿Fuiste feliz aquí?

PAPÁ: «Oh, colega. Muy feliz».

BIZ: ¿Papá?

PAPÁ: «¿Sí?».

BIZ: ¿Dónde estás?

PAPÁ: «Sobre una ola, cariño. No muy lejos».

BIZ: Así que ¿estás cerca?

PAPÁ: «Sí, Biz».

Papá.

Madre mía.

Así es como te encontraré.

III

Cuando Jasper y yo llegamos a casa de vuelta de Cunjurong Point, ya es de noche.

Mamá me atrae hacia ella y me abraza, por lo visto, contenta de apartarme de esa motocicleta.

—¿Qué tal el viaje, Biz?

—Genial, mamá, ha sido genial.

—¿Ha conducido bien Jasper?

—Con mucha seguridad, mamá.

—¿Le has pedido que no corriera?

—No ha sido necesario, mamá.

Repasamos el trayecto en moto al detalle. Los mellizos se me pegan como dos medusas y preguntan: «¿Habéis ido muy rápido?».

Y: «¿Visteis otras motos?».

Y: «¿Os habéis caído?».

Y: «¿Ha hecho Jasper el caballito?».

Mamá los manda a la cama. Yo les doy besos y les prometo que si Jasper hace un caballito, ellos serán los primeros en saberlo. A continuación, me siento con mamá y le cuento el resto del día.

Todo, excepto lo de que he visto a papá surfeando hace diecisiete años y soñando despierto con mamá, bebés y puestas de sol.

—Suena maravilloso, Biz.

—¿Has estado alguna vez allí? —pregunto, pese a que ya sé la respuesta.

—¡De hecho, sí! ¡Qué casualidad! —Mamá adopta su sonrisa de felicidad/tristeza—. Tres meses antes de que tú nacieras... Fuimos de viaje al sur. Tu padre sacó un montón de fotos, ¡sobre todo de mi barriga! Están en... ¿Puede que en el álbum amarillo? —Mamá se distrae un instante y después niega con la cabeza—. En fin, se pasaba la mayor parte del día surfeando. ¡No podía sacarlo del agua! ¡Yo leí un montón de libros! Fue estupendo.

Le aprieto el brazo.

Ella me devuelve el apretón.

Cosas que no le cuento:

«Sé que estuvisteis allí, mamá, porque lo vi en el agua, sobre la plancha.

»Le hice una foto y me habló de ti.

»Sé que te quería más que al agua, mamá».

Cuando vuelvo a ver a Bridgit, no le digo nada de que he visto a papá, como tampoco le menciono mi epifanía sobre cómo encontrarlo.

Cuando me veo con ella, solo le menciono lo feliz que me sentí al lado del mar.

—¡Elizabeth, eso es magnífico! —exclama.

—Sí —asiento.

Le cuento que Jasper y yo estuvimos nadando y lo cómodos que nos sentimos, como si fuéramos dos sirénidos desplazándose juntos, como si fuéramos tal para cual, dos almas gemelas que se han encontrado.

Incluso empleo dichas palabras, «almas gemelas» y «tal para cual», una combinación ganadora. Bridgit está fascinada.

No pregunta: «¿Te besó Jasper? ¿Lo besaste?». Es una profesional, y no se entromete en mi vida privada como hacen los mellizos o como hace Grace, o como solía hacer, como siempre hizo.

Jasper y yo no nos besamos; ninguno de los dos se acercó al otro. Subimos por la carretera hasta la cafetería y comimos panecillos, patatas fritas y zumo de naranja. «Mis maravillosas opciones veganas», comenté, y él soltó una carcajada y rechazó la opción de hamburguesa grasienta. Y después paseamos por la playa, respirándola. Me indicó el lugar en el que aprendió a surfear cuando tenía ocho años, antes de que sus piernas se estrellaran contra un árbol y que dejara de hablarse con su padre.

«La última vez que estuve aquí —dijo—, acababan de operarme por tercera vez. Iba con muletas, y mamá y Conor me ayudaron a llegar a la arena. Me temblaban las piernas, como si fuera un bebé. Fue bastante incómodo, porque, ya sabes, tenía casi doce años.

»Pero la primera vez que vine aquí… —Jasper hizo un gesto—, fue totalmente diferente. Tenía ocho años. El mejor día de mi vida. Toda la familia se había reunido y papá se ausentó porque tenía que trabajar. Mamá estaba relajada, y reía, y recuerdo haber pensado: "¿Cuándo fue la última vez que estuvo así?".

»Tío John me llevó en su plancha, justo donde las olas eran pequeñas arrugas. Después de un rato conseguí ponerme en pie, solo durante un par de segundos, pero, madre mía, fue genial, Biz. Me sentí como si volara, como si fuera un superhéroe».

Seguimos paseando, y yo escuchaba a Jasper. La isla adquirió nuevos colores en la distancia. La arena crujía bajo nuestros pies.

Y entonces, llegó la marea baja y una franja de tierra apareció entre nosotros y la isla.

«Vamos», dijo Jasper. Y pese a las advertencias sobre las olas y la posibilidad de morir, cruzamos las aguas como Moisés. Recorrimos la isla, recogimos conchas marinas y las arrojamos al mar azul.

Saqué la Polaroid y disparé sin cesar. En una, papá no estaba, solo el rumor de las olas y los chillidos de las gaviotas; en otra, papá surfeaba junto a la isla y bajaba por una pared, con las olas rompiendo y riéndose a carcajadas.

«¡El mejor día de mi vida!», me decía papá al oído con voz alegre y emocionada.

Le cuento a Bridgit que Jasper y yo regresamos a casa con el rosa del crepúsculo, que la luz se volvió púrpura y que me sentí como si flotara, aunque no exactamente, porque entre mis brazos estaba el cuerpo de Jasper, sólido, y debajo de mí estaba la motocicleta, y las líneas blancas de la carretera eran como guiones que nos animaban a seguir adelante.

No le confieso a Bridgit que, al marcharnos, comprendí cómo podía recuperar a papá.

Iría a todos los lugares en los que él había sido feliz.

Sacaría fotos y haría que se manifestara en el papel.

Lo reconstruiría, pieza por pieza y así haría que regresara a mí.

Cuando Jasper me dejó en casa, me detuve en el camino de acceso y dije: «¿Te apetece hacer un viaje por carretera?».

«Sí».

«¿Uno largo? ¿Es decir, más de uno?».

Y él respondió: «Sí», y no preguntó la razón. Me miró y yo lo miré, y acto seguido, por primera vez, me abrazó.

Le cuento a Bridgit los momentos más bonitos del día, y ninguno de sus secretos. Supongo que le doy las mejores jugadas, en las que salgo mejor, mejor hasta el punto de que piensa que ha hecho bien su trabajo, que es la mejor psicóloga del mundo.

Al final de nuestra sesión, Bridgit dice:

—¿Quieres que nos veamos de nuevo en dos semanas? ¿O prefieres dejarlo abierto y concertar una cita si la necesitas?

Y de este modo, lo que dice es: «¡Estrella dorada, Elizabeth! Has ganado. Estás mejor».

No se equivoca. Lo estoy.

Voy a buscar a papá. Y eso no se puede hacer si estás enferma.

Decidimos ir primero a Sídney.

La mañana de nuestra partida, mamá dice «Id con cuidado» tantas veces que parece un fallo de sistema, un fallo hecho de miedo y preocupación.

—Así lo haré —asegura Jasper—. Llevo montando en moto desde los siete años.

—Ya, pero solo has montado con Biz desde el último mes —dice mamá, y ya veo que se arrepiente de todo ese rollo de «Llámame Laura». Se cruza de brazos y endurece su expresión. Conozco esa mirada.

—Mamá, Jasper es buen conductor —aseguro, justo antes de que se arrepienta y no me deje ir—. Ha hecho muchas clases de prácticas.

—Muchas clases —añade Jasper—. Mi madre no me dejaría conducir de no haberlo hecho.

Los mellizos casi echan espuma por la boca; dan brincos sobre el sofá, tratando de que Jasper se fije en ellos. Él les sonríe y es como si Papá Noel hubiese bajado por la chimenea con un saco lleno de regalos. Billie y Dart se dejan caer uno encima del otro y empiezan a hacer muecas, y entonces Dart pellizca a Billie y Billie empuja a Dart y mamá se ve obligada a intervenir.

—De acuerdo, marchaos. Pasadlo bien —dice mamá, aunque se ve a la legua que no está de acuerdo y que no quiere que vayamos.

Preferiría que me quedara en mi burbuja. Quizá. Lo que es seguro es que no quiere que recorra dos autopistas en una semana sobre una máquina mortal.

No deseo preocupar a mamá, pero tengo más ganas de irme que de no preocuparla, lo que hace que la proporción de mi deseo versus su preocupación sea de aproximadamente 5.000 : 1.

Jasper y yo vamos hacia el norte por el Paso. Nos elevamos más y más, y el mar se convierte en una lámina azul, y las casas, en puntitos. Zumbando por la autopista, atravesamos el Parque Nacional Real, y Jasper mantiene la calma cuando nos vemos en medio de dos camiones. Yo trato de apagar el cerebro y no imaginarme que chocamos con un camión, ni qué sucedería si chocáramos con un camión, ni cómo nos encontrarían después del choque, en si estaría lo suficientemente entera como para donar mis órganos o en cuál sería la proporción entre que me echen de menos versus que me olviden.

Vuelvo la cabeza. Veo los arbustos, que se suceden entre

parpadeos. Pienso en ser un árbol y pienso en raíces. Pienso en cortezas apergaminadas. Pienso en hojas. Pienso en ser una hoja y en lo poco complicado que eso sería.

Y así llegamos a las afueras de Sídney, donde avanzamos esquivando el tráfico, y Jasper se detiene y arranca, se detiene y arranca. En un momento dado, un coche cambia de calzada sin previo aviso. Jasper se ve obligado a frenar de golpe y yo me doy contra su espalda.

Jasper niega con la cabeza y, debajo de su casco, oigo que maldice.

Esto es peligroso, eso es lo que es. ¿Por qué hemos cogido la moto? ¿Por qué no hemos tomado el transporte público, tal como sugería mamá —«Piensa en el medioambiente, Biz»—, nos tomara el tiempo que nos tomara? Esto es un disparate. Me abrazo con fuerza a Jasper, quien, al llegar a un semáforo en rojo, levanta el visor y dice:

—Biz, no puedo respirar.

—Lo siento —respondo, pero el visor de mi casco no se levanta, así que seguro que Jasper no me ha oído.

El semáforo se pone en verde y nos abrimos paso entre el vaivén de camiones, utilitarios, coches, furgonetas, otras motos... Los motoristas nos miran; saben que somos niños y que estamos a punto de ser aplastados por algo mucho mucho más grande.

«Probablemente muera hoy —pienso y, a continuación, pienso—: Bueno, algún día he de morir», y siento una punzada en el torso, que se contrae. Así que tengo que concentrarme en el taxi que tenemos al lado, y me dedico a poner nombre a todos los que están en su interior: Malcom, el conductor, que vive solo en un sucio estudio con un *cocker spaniel*. Simone, en el asiento trasero, con el pelo plateado y fijado con laca, sentada junto a su asistenta, June, que está mirando el móvil; acaba de recibir un mensaje de su amante, quien le propone salir a cenar *sushi*, lo que hace que June se sienta menos insegura acerca de su pecho pequeño y del hueco que hay entre sus dientes frontales.

A continuación, pongo nombre a los ocupantes del coche gris a mi izquierda, a los del coche verde detrás del taxi y a los de la furgoneta blanca detrás del coche verde. Avanzamos, y la ciudad se transforma en algo manejable: una respiración, un pulso eléctrico que puedo sostener en la mano.

Hacia el mediodía, llegamos al antiguo piso de mamá y papá.

El sol pulveriza el asfalto; el achaparrado edificio está situado sobre el acantilado, y el mar afila su azul contra las rocas.

Es igual que en las fotos que he visto en el álbum que hay en casa y diferente de las fotos del álbum que hay en casa. Cuando nací, era un bloque de pisos de color ladrillo. Ahora la fachada ha sido pulida en gris, como si se hubiera desteñido. Parece como si se hubiera ataviado para una fiesta.

Nuestro piso daba a la esquina, justo al lado del vestíbulo, con esos ventanales que llegaban hasta el cielo. Mamá y papá se mudaron dos años antes de que yo naciera, su primer piso, su primer «Oye, solo estamos tú y yo, y este sitio no tiene moho ni se cae a pedazos ni tiene goteras ni está al lado de una autopista». Estaban entusiasmados.

Mamá me habló del piso cuando tenía trece años.

—No podíamos creerlo, Biz. Papá se había afeitado para la entrevista. ¡Yo hasta me pinté los labios! Ambos compramos ropa nueva. Papá tenía un aspecto estupendo. Los trajes le sentaban tan bien…

Entonces, mamá adoptó esa mirada, la que siempre pone cuando viaja a un recuerdo de papá, una entre triste y desesperadamente enamorada, entre feliz y perdida. Le di unas palmaditas en la mano. Le preparé un té. En algún momento, sacó el álbum de fotos de mi primer año y lo abrió.

Hay una foto en la que estoy en el regazo de mamá; ella está sentada en una silla en la sala de estar del piso, sonriendo hacia la cámara. Yo abro la boca, seguramente bostezando o llorando, es difícil de decir.

Hay otra foto en la que papá está junto a los ventanales, mirando al exterior, una silueta perfilada que me sostiene entre los brazos. No se ve ni su cara ni la mía, solo nuestra forma a contraluz.

Hay otra en la que estamos todos fuera, y alguien nos ha hecho una foto de familia. Al fondo, los ladrillos rojos brillan y el pavimento caliente se cocina debajo de los pies de mamá y papá. En esta foto no hay duda de que estoy llorando. Parece que a papá le hayan sujetado el rostro con alfileres.

—Oye, este sitio es bastante asombroso —dice Jasper, y yo regreso.

El mar extiende su azul plata debajo del acantilado. Las vistas llegan hasta los confines de la tierra.

—Sí. La verdad es que no lo recuerdo.

—No puedo creer que se marcharan de aquí.

—Eran unos culos inquietos —digo.

Jasper suelta una carcajada.

Yo esbozo media sonrisa. Pero estoy distraída. Quiero tomar una foto y encontrar a papá. Saco la cámara y hago una foto del piso, de las ventanas de la esquina, donde papá me sostuvo entre sus brazos hace diecisiete años.

La agito. Retiro el papel protector.

¡Y ahí está! ¡Es papá!

Presionando sus manos contra el cristal. Mirando hacia el mar. Con los ojos vidriosos, desenfocados.

¿Papá?

¿Papá?

No llego a él. No se mueve, no ve, no sostiene…

Y lo peor, no habla.

¿Papá?

Me encamino hacia la rampa de la entrada. Me quedo debajo de los ventanales y trato de poner la mano en el mismo lugar en el que, según la polaroid, papá tiene la suya. Pero la rampa es demasiado baja. El piso está a demasiada altura. El punto concreto está demasiado lejos y no lo alcanzo.

«¿Papá?».

—¿Te apetece entrar?

Miro a Jasper.

Piensa que quiero entrar. Aquí está, en la rampa, alternando miradas de reojo hacia el interior del piso y hacia mí.

—¿Quieres que probemos a entrar? —sugiere—. Puede que haya alguien. ¿Quieres que llamemos a la puerta?

—No. Eso sería extraño.

—La gente suele hacerlo.

—Ya, pero no me apetece.

No sé qué encontraría ahí dentro. ¿Acabaría con cuadrado tras cuadrado de papá silencioso? No estoy preparada para lo que eso supondría.

Bajo la rampa. Jasper me sigue y vamos paseando hasta lo alto del acantilado. Nos quedamos en el sendero, a unos pocos pasos del mar. Podría correr y saltar y, en un segundo, me adentraría en toda esa agua.

Y el mar diría: «¿Por qué has tardado tanto, Biz?».

—Vaya, que vistas más increíbles. Diez de diez —dice Jasper. Me roza el brazo—. No puedo creer que tus padres vivieran aquí, Biz.

Asiento.

—No puedo creer que nada más nacer, contemplaras esta vista.

Retrocedo unos pasos y hago una fotografía de Jasper, del sendero, del acantilado, del agua.

Agito la foto. Retiro el papel protector. Ahí está Jasper, haciendo visera con la mano, con los ojos entornados y sonriendo —aquí está, el sendero, el acantilado, el agua— y ahí, detrás de Jasper, hay un borrón. Es papá. Se está moviendo, huyendo del piso, hacia una pequeña cala que hay en la base del acantilado.

PAPÁ: «Sale de cuentas en una semana, joder, ¡voy a ser padre!».

La voz de papá suena como estática. Tengo que inclinarme para oírlo, casi hasta rozar con la nariz la fotografía.

PAPÁ: «¡Una carrera rápida! Y después iré a trabajar. ¿O debería quedarme? ¿Solo por si acaso? Quizá... Le preguntaré a Laura. ¿Debería salir a correr? Sí. ¡Una carrera rápida!».

Papá es un borrón. Es como cuando desapareció hace meses, que se volvió niebla. Aquí corre y lo pierdo de vista; hay felicidad, pero fue justo antes de que yo naciera...

Jasper se da por vencido en entablar conversación conmigo.

—Mientras tú recuerdas, yo voy a la playa, ¿vale, Biz? Vale.

Baja por el sendero, se encamina hacia la cala, que forma un arco debajo del acantilado. Camina en la misma dirección que corre papá, el papá-sombra, el papá del pasado, el papá sin Biz.

«Al salir, casi les resbalas de las manos», dice papá desde la otra foto que sostengo en la mano. La de la ventana, la de papá con las palmas de las manos apoyadas en el cristal.

Levanto la foto, lo miro mientras él contempla el mar.

BIZ: No fue así, papá.

PAPÁ: «Tuve mucho miedo. Podrías haber muerto».

BIZ: Pero no sucedió, papá. Estoy viva. Estoy aquí.

PAPÁ: «Tu cuerpo era tan pequeño, Biz. Eras tan pequeña y tan resbaladiza, y había tanta sangre...».

Puedo oír cómo aumenta su pánico, y entonces, el viento lo atrapa. La voz de papá se convierte en un silbido que se apaga y desaparece.

¿Papá?

...

...

Puedo sentir las lágrimas acumulándose en mis ojos. Un vacío que me aprieta la garganta.

¿Qué esperaba?

Este no es el lugar donde lo encontraré.

Está demasiado cerca de mí.

Tengo que alejarme al máximo de mí misma, y allí estará. Y arreglaré las partes rotas. Se lo mostraré. Pegaré sus piezas. Y todo estará bien.

¿Todo estará bien?

El océano se encrespa y se riza sobre sí mismo. El viento gira alrededor de mis piernas, me azota a rachas el rostro. A través de unos árboles, veo a Jasper en la cala. Es un punto, a la espera.

Bajo por el sendero. Oigo urracas que cantan en un árbol. Láminas de sol resbalan sobre mí. Puedo sentir el cemento agrietado por el que corría papá, y algunos de mis pasos deben de coincidir con los lugares que él pisó; al menos, eso dicen las leyes de la probabilidad. Estoy sola; no estoy sola; mis pies caminan sobre los fantasmas de las huellas de papá. Soy un fantasma del futuro caminando sobre los fantasmas del pasado. Camino por las grietas y las grietas se abren más y más...

Sigo caminando. La arena se desliza al pisarla. He llegado a la cala.

Y Jasper está en la orilla, lanzando piedras.

—Ahí tienes las tuyas, Biz —dice, señalando hacia un montón de piedras planas, listas para rebotar.

—Gracias.

Me pasa una. Suave. Redonda. Cálida.

Tiramos piedras al agua verde. Oímos los lametazos de las olas contra los barcos amarrados.

—¿Robamos un barco de vela, Biz?

—Claro —respondo.

¿Por qué no? Naveguemos hasta el lugar en el que papá fue feliz con cada rompiente antes de que yo naciera.

Paseando, llegamos hasta un barco de remos que está vuelto del revés. Parece querer que lo acerquen hasta uno de esos barcos de vela encapuchados de la bahía.

Pero cuando le damos la vuelta, no hay remos. Supongo que hoy no encontraremos a papá por mar.

Cuando volvemos de Sídney, le envío un correo electrónico a Grace.

Tecleo y el texto aparece en la pantalla: «Grace, adivina qué: creo que, por fin, he encontrado la manera de hacer que mi padre regrese».

Ella no responde.

Se podría tomar por un mensaje bastante misterioso. Podría pensarse que contestaría: «¡Joder, Biz! ¿Vas a hacer que regrese tu padre muerto? ¿Cómo? ¿Cómo, por el amor de Dios?».

Pero no, Grace es demasiado testaruda. O quizá es que está en estado comatoso. O quizá es que ha decidido que nunca he existido.

Le escribo de nuevo al día siguiente. Digo: «Grace, voy a ir a los lugares en los que estuvo mi padre para encontrarlo: Temora, Hobart, Broome y Maleny, y si recuerdo alguno más, también iré. Se crio en Temora, ¿lo sabías? Está supercerca de Wagga. Así que puedo pasar a verte, Grace. En persona. En carne y hueso. ¡Las dos mosqueteras, juntas de nuevo!».

No contesta.

Escribo de nuevo: «¿Grace? Por favor».

Nada. Mierda. ¿Por qué sigo intentándolo?

Cuando le digo a mamá que vamos a ir en motocicleta hasta el lugar donde nació papá —lejos, muy lejos hacia el desierto australiano, a trillones de kilómetros del mar—, se pone firme.

—No. Eso no va a pasar —dice—. Ni hablar.

Mama estrangula una esponja en el fregadero. La he pillado en plena limpieza de la nevera. Demasiado tarde, me doy cuenta de que he elegido un momento de lo más inoportuno. Pero mis ganas de ir a Temora son mayores que mi elección del momento o que la rigidez en sus hombros, así que no puedo detenerme.

—¿Por qué no, mamá? Dame una buena razón para no poder ir.

—Está demasiado lejos —dice—. Demasiado lejos para dos personas muy jóvenes, una de las cuales es mi hija, que pretenden llegar al quinto pino en una moto, y encima pasando por lugares en los que igual no hay ni cobertura. Si sufrís un accidente, puede que no os encuentren durante horas, ¿y cómo voy a saber yo si estáis bien? ¡Así que no! ¡Y punto! Ni hablar. Desde luego que no.

Mamá respira hondo, y cambia de color de cara. ¿Quién podía figurarse que albergara tantas negativas en su interior?

—Además, ¿de qué va todo esto? —continúa—. ¿Qué ocurre con ese curso de fotografía digital? ¿Qué pasa con tu cámara nueva? ¡Todavía está en la caja, Biz! ¡Lo he visto! ¿Cuándo ibas a decírmelo? ¿Cuándo vas a utilizarla? ¿Y lo de volver a la escuela? ¿Qué pasa con encontrar un trabajo?

Abro la boca para responder, pero ¿cómo se supone que voy a contestar a siete preguntas completamente diferentes al mismo tiempo?

«1. Mamá, esto va de papá. Necesito encontrarlo. Está en todos lados, excepto aquí.

»2. No quiero ir al curso de fotografía digital. Papá no está en esas fotos, ¿lo comprendes?

»3. Yo no pedí la cámara. Fue idea tuya.

»4. No iba a decírtelo. Preferías la mentira, mamá.

»5. No voy a usarla nunca. ¿Algún día? Quizá.

»6. ¿La escuela? Es una puta broma, ¿verdad?

»7. Un trabajo. No tengo tiempo. Tengo que encontrar a papá».

Boquiabierta, me quedo mirando a mamá, supongo que con aspecto de haber recibido un golpe en la cabeza porque ella lanza un suspiro.

—Biz, ¿quieres ponerte mejor o no?

Lo suelta así, de buenas a primeras. ¿No dijo mamá hace poco que, de hecho, estaba mejor? ¿No he recuperado mi vida descarriada? Mírame, de un lado a otro por el mundo, haciendo cosas. ¿Qué demonios?

—Vaya, mamá, así que ¿ahora has cambiado de opinión? Así que, desde tu humilde experiencia, ¿todavía no estoy lo suficientemente recuperada?

Sé que mi sarcasmo es fuera de serie, pero no estaba preparada para la respuesta.

—¡Joder, Biz, que no estás de vacaciones! Vas a irte a Dios sabe dónde con ese chaval, un chaval al que acabas de conocer, por cierto. ¿Y quién te paga la comida, la ropa y los medicamentos mientras tú estás por ahí montada en esa moto? Yo. Ya sabes que no soy rica. La idea no es que estés por ahí ganduleando. La idea es que estudies, que hagas algo. La idea no es que...

—¿Qué? ¿Cuál es exactamente la idea, mamá, que no me venga abajo?, ¿que no tenga ganas de morirme? Pues llegas tarde. Papá ya se ocupó de eso. Y tú, también, cuando no le buscaste ayuda pese a que estaba pidiéndola a gritos, joder.

Parece como si mamá acabara de recibir un puñetazo. Como si alguien, literalmente, la hubiese dejado sin aliento.

Alza la mano —rápidorápidorápido—, como si fuera a pegarme —pese a que nunca lo ha hecho, ni una vez— y yo me sobresalto, doy un paso atrás, y mamá rompe a llorar.

Quiero decirle que lo siento. Quiero exclamar «Oh, Dios mío», y quiero retroceder en el tiempo. Pero es demasiado tarde, porque el tiempo siempre va hacia delante. En ese sentido, el tiempo es un capullo. No puedes deshacer nada, nunca.

Mamá baja la mano. Respira profundamente y, con toda la furia del mundo, toma las llaves y sale de casa. Se mete en el coche y se marcha.

Se va justo cuando los mellizos llegan corriendo del jardín trasero: Billie con un arañazo en el codo que se ha hecho al trepar un árbol, y Dart gritando que tiene una garrapata en la pierna. Tengo que obligarme a no temblar y calmarlos a ambos, y dejar de alucinar porque creo que es la primera discusión que mamá y yo hemos tenido en la vida.

Sylvia, a la que no veo en siglos porque he estado por «Dios sabe dónde con ese chaval de la moto», oye una versión abreviada de la pelea: solo las partes que no son culpa mía. Básicamente, las partes en las que mamá no accedió a un viaje en moto con destino al quinto pino y, por descontado, no las partes en las que dije ciertas cosas y en las que casi me gano un bofetón por primera vez en mi vida.

Sylvia está de acuerdo con mamá sobre el tema del viaje en moto, básicamente por su querido James; ¿o es que ya no recuerdo al pobre y fallecido James?

Sí, le digo, pues claro que recuerdo a James.

Entonces Sylvia me ofrece su coche.

—No he utilizado el viejo Renault desde que cumplí sesenta años —dice—. Pero funciona bien. ¡Estoy segura de que te llevará hasta el desierto!

Rebusca en un cajón de la cocina y saca un muñeco trol, una regla rosa, unas monedas de cincuenta centavos y, finalmente, dos llaves unidas por una brida.

Me conduce a la parte trasera de la casa. La puerta desconchada del garaje se abre con un chirrido. En su interior, una carcasa oxidada a la que llama coche se descompone sobre cuatro bloques de hormigón. Le falta el motor.

—Oh —digo.

—Oh —exclama Sylvia.

—Bueno, es decir, es muy prometedor —añado.

—Creo que mi hijo John dejó que sus hijos le hicieran unos arreglos un invierno. Vaya, ¿cuándo fue eso, en el noventa y ocho? Tom está ahora en las Filipinas y Marianne ya ha terminado la carrera, así que debe de haber sido antes de que…

Sylvia murmura para sí misma mientras examina lo que hay bajo el capó.

—No pasa nada, Sylvia —la tranquilizo.

¿De verdad no pasa nada? ¿Cómo voy a salir de aquí y llegar hasta allí?

Mamá y yo apenas nos hemos dirigido la palabra en toda la semana. Ha dejado deliberadamente páginas impresas de diferentes webs educativas en la mesa de la cocina: una universidad superior que ofrece la oportunidad de conseguir el certificado (¡qué suerte!), además de todas esas clases a distancia y cursos de educación profesional en arte, diseño, música, fotografía, peluquería y carnicería, lo que es realmente cruel. Gracias, mamá.

—Tal vez solo necesita un pequeño arreglo —dice Sylvia, examinando el agujero donde en otros tiempos estuvo el motor.

—Sylvia, creo que este coche se ha ido al cielo de los coches.

Sylvia echa un vistazo al Renault. Parece como si un niño le hubiese chupado el color y después lo hubiese estado golpeando contra la acera durante tres años.

—Tal vez tengas razón, querida —admite, suspirando con melancolía—. Ronald y yo hicimos el amor por primera vez en este coche.

—¿En serio?

Me vienen a la cabeza las imágenes de Ronald y Sylvia retozando en el interior del vehículo. Las echo de una patada.

—¡Sí, creo que concebimos a Samantha en el asiento trasero!

—¿En tu primera vez?

—¡Sí! No me digas que no es emocionante. Era nuestra luna de miel. Fuimos a Eden, y Ronald nunca había… —Sylvia esboza una sonrisa—. Y, bueno, no llegamos al hotel, no podíamos esperar a tener la habitación. Fue delicioso. Ese hombre olía tan bien, Elizabeth. Soy incapaz de explicarlo.

No sé cómo decirle a Sylvia que ese tipo de recuerdos quizá sea para adultos. Cambio de tema:

—No creo que llegue a Temora con esto, Sylvia.

Sylvia le da unos golpecitos al coche, alejando los recuerdos… y, acto seguido, clava su mirada en mí.

—Creo que tienes razón, Elizabeth. Supongo que tendrás que ir en autobús.

En el banco tengo exactamente treinta y dos dólares. No es ni remotamente suficiente como para llevarme al desierto, ni para llegar a Tasmania ni para atravesar un continente entero hasta Broome. «¿Por qué tuviste que ir a tantos sitios, papá?».

No he ganado dinero en mucho tiempo. Nunca he tenido trabajo. He hecho alguna cosita por aquí y otra por allá en las distintas ciudades que hemos vivido, pero nada lucrativo —de canguro, de paseadora de perros, de canguro de perros y paseadora de niños—. Cada año, el abuelo y la abuela nos dan dinero: una tarjeta de Hallmark con un billete recién impreso de veinte dólares en su interior. Y una vez encontré diez dólares en la acera de camino a la playa.

Este alijo de treinta y dos dólares es lo que queda del verano pasado. Grace y yo nos encargamos de pintar la casa de sus padres (ellos querían contratar a unos pintores profesionales, pero Grace los convenció de que nosotras haríamos un trabajo mejor por menos dinero). Pintamos tres paredes de la habitación de invitados en un tenue color aguamarina. La madre de Grace quería remodelar toda la estancia: paredes de color pálido, muebles de acero y accesorios «chillones». El tema elegido parecía ser un revoltijo de *art déco* y un mal viaje de ácido. La colcha sobre la cama era de un vivo color naranja; la cama tenía un armazón cromado de cuatro postes. Empapelamos una de las paredes con semicírculos grises que parecían burbujas, los cuales, si seguías las líneas con la mirada, te mareaban.

—¿Quién va a quedarse aquí, Grace?

—Supongo que quieres decir que quién será capaz de quedarse sin vomitar, ¿no? —bromeó Grace, alisando una banda de papel y frotando una y otra vez una burbuja que yo habría ignorado pese a las estrictas exigencias de su madre.

—Exacto. ¿Hay algún pariente a quien tu madre no soporte? ¿Se trata de un elaborado plan de venganza?

—¿Eres adivina, Biz?

—Hoy no, solo he almorzado.

Grace esbozó una sonrisa.

—La madre de mi padrastro viene de visita —anunció—. Digamos que ella y mamá tienen alguna que otra desavenencia. Se quedará aquí.

—Vaya, pues la acompaño en el sentimiento.

—No lo hagas. La última vez que vino dijo que mamá era una lesbiana.

—¿Y lo es?

Grace me fulminó con la mirada.

—Entonces, ¿bi?

—Lo de lesbiana fue lo que menos le importó a mamá. La mujer se lo soltó para insultarla, y a mamá no le gusta la gente homófoba. —Grace hizo una pausa—. Ni los racistas.

—Bueno, entonces, ¿por qué no dejamos las burbujas tal como están, Grace? Hagamos que esta habitación vibre.

Grace soltó una carcajada y el sonido envió una ráfaga de calidez por todo mi cuerpo, como si estuviera bañándome, como si todos los días fueran soleados, con cachorros retozando y margaritas en flor.

Dejamos la burbuja exactamente donde estaba, debajo del papel. Qué rebeldes.

Está claro que necesito algo más que treinta y dos dólares para financiar mi misión. Necesito dinero para un viaje de ida en tren, dos autobuses, otro tren, uno más, un ferri, un autobús, un autobús, un ferri, un avión, otro avión, un tren y otro tren. Además, está el alojamiento, la comida y los gastos imprevistos. Podría intentar prever los gastos, pero creo que resultaría en una lista larga y bastante peculiar.

¿Cómo voy a lograrlo?

Podría vender a uno de los mellizos. O empeñar el coche de mamá. Podría vender sus joyas, pero aunque sea un abandono escolar/decepción/monstruo-que-la-hace-llorar, nunca haría eso.

Busco entre mis cosas. Escudriño los cajones, reviso cajas y todo lo que hay por el suelo. Encuentro prendas de ropa que nadie querría ponerse, la placa dental que me pusieron después de los bráquets, dos broches de arcilla pintados de oro y plata que me hicieron los mellizos en la escuela, mi teléfono, la cámara réflex de papá, la cámara Polaroid de Sylvia y una caja con una cámara digital, que no he tocado desde el día en que me la regalaron.

Ya lo tengo.

En venta: cámara

Réflex digital nueva. Marca Canon (bla, bla, bla).

Precio: 1.100 $

Solo recogida. Wollongong y alrededores.

Vendedor: Zib17

Cuatro días después, una chica que está pasando una mala racha se lleva la cámara. Su madre quiere que tenga algo —lo que sea— en lo que pensar.

Ha sufrido acoso escolar. Ya ha ido a varios institutos, pero la vida sigue siendo dura. En el nuevo hay una profesora de artes plásticas que es muy simpática; da un curso de fotografía al terminar las clases y afirma que la chica tiene madera. Y pese a que la profesora no está aquí para cerciorarme de que no sea una gilipollas, le vendo la cámara a la madre y a la chica porque ¿no es acaso obra del destino? ¿No es acaso mi historia pero en su versión más dulce, una en la que la chica agradece la ayuda de la madre, está entusiasmada por asistir a ese curso después del instituto, una en la que las fotos no le hablan y en la que su padre no está muerto?

Es el destino.

Saco mil dólares por la cámara. La madre de la chica me tiende un fajo de billetes. De inmediato, tengo ganas de metérmelo en el calcetín, como hacen en las películas.

Al salir, la muchacha me da un abrazo. Mientras se aleja, la polaroid que le he sacado (a través de la ventana, cuando se estaban subiendo al coche) dice desde mi bolsillo trasero: «¡Qué momento! Hasta me siento mejor. ¿Es así la esperanza? Tal vez me convierta en fotógrafa. Tal vez viaje. Tal vez me haga famosa. Tal vez me quieran. Tal vez todo vaya bien».

Me inunda una sensación de calidez.

Por la noche, le escribo un correo a Grace, Persona Desaparecida:

«Grace, voy a ir a Temora y después vendré a buscarte. No puedes esconderte de mí. Revolveré cielo y tierra hasta encontrarte».

Le doy a ENVIAR. Este correo electrónico es conmemorativo. Es el mensaje número cien que he enviado desde que Grace se esfumó, llevándose un buen trozo de mi ser. Estoy impaciente por gritárselo en toda la cara.

Acto seguido, le escribo un mensaje a Jasper:

«Hola. Salgo hacia Temora mañana. ¿Te mola? Ja, ja, ja. (Emoji sonriente). ¿Quieres venir? El tren sale de Thirroul a las 6.08 a. m. Estaré en el último vagón. (Emoji de locomotora. Emoji con pulgares hacia arriba. Emoji sonriente)».

Pero no lo envío porque, de repente, la Biz Oscura aparece.

La Biz Oscura me envía un mensaje directo al cerebro:

«Oye, estúpida. ¿Te crees que a Jasper le importa? ¿Cómo se puede ser tan ridícula? ¿De verdad eres tan tonta, Biz? Te estás poniendo en evidencia. No quiere ir a Temora. Solo trata de ser amable contigo. Siente lástima por ti. Quizá solo le preocupe que decidas adentrarte en el agua sin él, y la lástima no es un buen punto de partida para un viaje.

»Además: tiene deberes y quiere ir a la universidad. NO COMO TÚ.

»Además: eres una mala influencia.

»Además: mamá tiene razón. Tienes que poner todo tu esfuerzo en recuperarte y no arrastrar a nadie mientras lo haces.

»Además: todas aquellas razones que todavía no se me han ocurrido, pero que se me ocurrirán».

Borro el mensaje para Jasper.

Es verdad: Jasper no me necesita, ni a mí ni a mi implacable rareza. Es mejor no invitarlo. Algunos considerarían esto como un noble sacrificio. Pero yo ya puedo sentir la soledad.

En lugar del mensaje, le envío un GIF. Es de un bebé que, al soplar las velas de su tarta de cumpleaños, se cae y se estampa contra el glaseado. Es tan LOL, tan alegre, fresco y despreocupado que pasarán días antes de que Jasper se dé cuenta de que me he marchado sin él.

Esa misma noche, cocino una lasaña para mamá y los mellizos. Sylvia me hizo una la semana pasada, cuando le comenté que pensaba irme y le pedí que no se lo mencionara a nadie.

—¡Soy incapaz de guardar un secreto! —exclamó.

—Sylvia —respondí, tomándola de la mano—, ambas sabemos que eso es mentira.

Así que me preparó esa increíble comida, una lasaña vegana, pan crujiente y vino, solo un poco, y encendimos unas velas y brindamos por mi futuro orgiástico: Biz, la fugitiva, yendo de un lado a otro en busca de su padre muerto.

En aquel instante, a la luz de las velas, con Sylvia sirviendo la lasaña con sus manos temblorosas, sus labios pintados de rojo y su risa, me sentí optimista. Cuando nos despedimos, me dio un beso en las mejillas.

—Llámame cuando llegues —dijo.

—¿Cuándo llegue adónde?

—Adonde sea —respondió.

Mamá aún está furiosa conmigo. Yo aún no le hablo, y hemos estado esquivándonos, yendo con pies de plomo, como si alguien nos acabara de hacer unos cuerpos nuevos de cristal y no nos atreviéramos a dar el paso para abrazarnos por miedo a rompernos.

La noche que nos peleamos, después de marcharse en coche, regresó muy tarde a casa. No sé adónde fue, pero puedo imaginarla: en la curva del puente, en pie y asomada a la barandilla, oyendo de nuevo el canto del mar en la oscuridad.

La esperé despierta; dejé la puerta abierta y la lámpara encendida, pero cuando llegó a casa, pasó de largo mi habitación y fue hacia su dormitorio. Al día siguiente, se marchó a trabajar antes de que yo me levantara.

Nos hemos convertido en uno de esos matrimonios que duermen dándose la espalda, o en habitaciones diferentes o uno de ellos en un hotel. Somos el matrimonio que lee el periódico sentado uno a cada extremo de la mesa; somos esa pareja que evita mirarse a los ojos y cruza los brazos en la consulta de un consejero matrimonial.

Es muy triste.

Siempre he podido hablar con mamá, por muy terrible que fuera lo que había sucedido. Y en cada una de esas veces, ella ha tomado la escoba y el recogedor y ha barrido mis fragmentos.

Supongo que esta vez he sido yo la que la ha roto, ¿no?

Saco la lasaña del horno; es la primera vez que hago una. Los mellizos sueltan un «¡Oooh!» y mamá esboza una sonrisa tensa que no se refleja en sus ojos.

Me ha salido bastante perfecta la lasaña. Y mientras la corto, se convierte en algo así como un acto simbólico, como en todos esos libros que hemos analizado en el insti: es la última cena, el cuchillo atraviesa la superficie perfecta, y yo sirvo mis entrañas revueltas en las que oculto un secreto. Soy una metáfora que sirve cucharadas de zanahorias, salsa blanca y lentejas en platos desparejados y se los pasa al resto de la familia, quienes no sospechan nada en absoluto.

Durante la cena, hablamos de la escuela; en la clase de Ciencias, los mellizos han construido un volcán, y había rojo por todas partes y fue fantástico y «¿Podemos hacer un volcán en casa mamá?».

—Puede que Biz quiera ayudaros —responde mamá.

Y con la boca llena, prometo que lo haré.

Mañana ya no estaré aquí. No sé cuándo regresaré. ¿Cuándo volveré a verlos? Les miento a la cara y algo en mi interior hace crac, crac; mi cuerpo de cristal se convierte en una filigrana de grietas.

—Biz —dice mamá.

—¿Sí?

—La cena está deliciosa. Gracias.

Asiento. Noto que se me cierra la garganta, el pecho. Quiero decir: «Mamá, he vendido tu bonito regalo. Tengo hecha la maleta y mañana me marcho, y no sé cuándo volveré y quizá te rompa el corazón, pero, pese a ello, me iré igualmente.

No puedo seguir siendo tu niña buena o tu superviviente. Necesito arreglar esto».

Miro a mamá y, durante uno, dos, tres segundos, mamá me sostiene la mirada. Al apartarla, comprendo que no ha oído nada de lo que quería decirle.

—De nada, mamá —me limito a responder hacia sus manos, que sostienen el tenedor, hacia ese cuerpo que me dio la vida hace una eternidad, hacia su mirada perdida.

Salgo de casa antes del amanecer. Más allá de los árboles, el cielo es de un azul fuerte con matices rosas. No recuerdo la última vez que vi salir el sol. Solo con pensarlo me quedo sin aliento, pero quizá eso sea porque estoy aterrada.

He dejado una nota sobre la mesa. Dice lo siguiente:

«He salido a dar una vuelta con Jasper. Volveré esta noche. Os quiero, Biz».

Abro lentamente la puerta, la cierro sigilosamente tras de mí. Recorro el sendero y el crujido de la gravilla me parecen disparos. El perro ladra, una vez, dos, desde el patio trasero, y aunque acabamos de pasar un buen cuarto de hora despidiéndonos —el hocico de Chichón sobre mi regazo, sus profundos ojos castaños clavados con fervor en los míos—, sé que siente que lo estoy traicionando.

«¡Te vas! ¡Sin mí! ¡Te vas a otra ciudad! ¡Se te nota!».

Tres pájaros sobrevuelan el cielo por encima de los eucaliptos que hay al final de la calle. No hay nadie, excepto un gato siamés que atraviesa con sigilo un patio en la semipenumbra. Hay luz en una casa. Y pienso lo siguiente de la persona que debe estar dentro: «¿Estás levantado porque tienes que ir a trabajar, o porque estás meciendo a un bebé en tus brazos o porque estás triste y no puedes dormir? Si así fuera, te compadezco, insomne merodeador de casas. Ahora mismo, entraría y te diría: "Te entiendo, te entiendo tanto...", pero tengo que tomar un tren».

En el andén hay dos tipos con chaquetas fluorescentes, camino a unas obras en algún lugar, a punto de hacer algo útil para la sociedad, probablemente arreglar un bache, el cual, de no hacerlo, podría provocar que un motorista virara bruscamente y que, al tratar de corregir la trayectoria, se estrellara contra un árbol y muriera. Estos tipos salvan vidas.

Me examinan de pies a cabeza —desde mi cabeza cubierta con la capucha hasta la mochila que cargo a la espalda—. Les sonreiría y les diría: «¡Bien hecho, superhéroes!», pero puede que lo malinterpretaran como un «¡Venid a por mí, chicos! ¡Haced lo que queráis con mi cuerpo, aquí mismo, en este andén!», así que, como si fuera de piedra, desvío la mirada y los observo de reojo. Regresan a su conversación silenciosa y uno incluso enciende un cigarrillo, pese a que todo el mundo sabe que está prohibido fumar en los andenes de la estación. Respetaría su acto de rebeldía, pero todo el humo viene en mi dirección y ahora detesto a ese tipo por haberme condenado a un futuro casi certero de enfisema y trombosis.

El odio me da calor mientras espero; hace mucho frío aquí afuera.

El tren aparece. Subo como cualquier otra persona. El tren se pone en marcha, y así empieza.

El mar es metálico. El bosque es verde, denso. El amanecer ilumina el acantilado, que centellea. Hemos traqueteado entre las montañas y el mar, recorriendo la línea de la costa, a través de túneles, sobre barrancos y subiendo y bajando la montaña.

He hecho este viaje un millón de veces y nunca me canso: es como si, al avanzar, el mar se hiciera a un lado, y esta vez es incluso más asombroso porque el sol emerge del océano como si fuera una diosa, despojándose de sus prendas de nubes mientras se adentra, desnuda y contoneándose, en el cielo. Tomo una foto con la cámara Polaroid y el sol dice:

«¡Eh, zorras, miradme!

»De verdad, miradme. Soy una maravilla».

En la foto, todo el océano es de color dorado, y los brazos del sol están abiertos de par en par.

«¡Ya veo que piensas que soy fenomenal, Biz! Pero no es para tanto. Cada día surjo del océano, y tú también podrías hacerlo, al menos, podrías haber nacido como una masa nuclear de fuego, en lugar de en ese frágil cuerpo humano. Pero no desesperes, seguro que en algún momento podrás probarlo, ¡cuando tus átomos se hayan dispersado y hayan tomado una nueva forma pasados unos milenios! En serio, un día puede tocarte a ti; entonces, también deslumbrarás a algún otro ser de un planeta distante, surgiendo sobre algún tipo de mar líquido. Paciencia, cariño».

El sol tiene razón. Un parpadeo y dejaré de ser Biz para convertirme en otra cosa. Pienso en cómo el «yo» que soy acabará. En cualquier instante. En cualquier momento.

El pecho me duele, se contrae…

Pero no pasa nada. Sé qué hacer. Salgo flotando de mi cuerpo. Vuelo por encima de mi cabeza y abandono el tren.

Y de repente, ya no me duele nada.

Revoloteo sobre el océano, lo atravieso hacia el sol. Me tumbo en su luz. Los rayos solares salen volando por lo que en algún momento fueron las yemas de mis dedos; ahora mismo, la simple noción de las yemas de los dedos, tan solo un recuerdo, me parece de tal perfección que no querría que…

—¡SIGUIENTE PARADA, HELENSBURG! (¡ARRIBA, CAPULLOS!)

El grito de la revisora por el intercomunicador me hace volver a mí misma; de golpe, entro en mi cuerpo otra vez.

Con manos temblorosas, acaricio la foto mientras el sol se ríe.

Solo llevo viajando cuarenta minutos y ya tengo hambre.

Compruebo mis provisiones: cuatro madalenas veganas (horneadas ayer como parte de mi regalo de despedida para los mellizos), un recipiente con almendras tostadas, dos panecillos, tres zanahorias y un tubo pequeño de humus. Todo tiene que llegar hasta Temora, quizá incluso más, porque ¿quién sabe lo que comerá la gente de Temora? Quizá solo coman corazones de cuervos pequeños y muñones sangrientos de corderos. Jamás he pisado el desierto. ¿De qué viven? ¿Qué hacen con los veganos?

De repente, siento un hambre canina, y me dan ganas de hundir la cabeza en la mochila, aspirarlo todo y triturar con las mandíbulas las bolsas y los envases, engullendo toda la comida en un par de mordiscos como si fuera un monstruo de Gila.

Mi garganta ruge. Me pica la piel. Me duelen los huesos. ¿Es esto lo que se siente cuando abandonas todo lo que conoces y rechazas los cuidados de tu madre para hacer algo que nadie entendería? Parece la gripe.

El estruendo del tren atraviesa bosques retorcidos. El mar ha quedado atrás. Compruebo el móvil. Quiero escribir a Jasper, o a mamá, o mandarle un correo electrónico a Grace, contactar con alguien para hablar de lo que sea, pero no hay señal en medio de la jungla, solo la compañía de serpientes, pájaros de pico afilado y árboles secos.

¿De verdad deseaba marcharme? ¿No debería apearme en la próxima estación y regresar a casa, meterme en la cama antes de que mamá se dé cuenta de que me he ido y quedarme allí para siempre, mientras ella me trae té y el médico chasquea la lengua al examinarme como si ya no fuera humana, sino alguna clase de musgo?

Sería tan fácil.

—¡PRÓXIMA PARADA, SUTHERLAND! CORRESPONDENCIA CON BONDI JUNCTION, JANNALI Y LIVERPOOL. (¡O, SI TE LLAMAS BIZ, BÁJATE AQUÍ Y VETE A TU PUTA CASA!)

Esa revisora. Parece una especie de arcángel, viajando omniscientemente en el vagón de cola, desde donde lanza sus mensajes a todos los fugitivos.

¿De verdad quiero regresar?

Tengo cuatro minutos para decidirlo. Una vez que deje Sutherland atrás, estaré demasiado lejos para volver antes de que mamá despierte.

Cuatro minutos.

Ojeo mi cuaderno, en el que tengo todo el plan anotado.

En él se detallan fechas, coste, alojamiento, lugares que papá puede que visitara, todo basado en la información que he recopilado de las preguntas que le he hecho a mamá y de una infancia atesorada en los álbumes de fotos de la estantería.

La lista es minuciosa. Soy buena haciendo listas. Buena con las viñetas y los subconjuntos. Es decir, era buena, antes de que llegara la niebla. Así que esta lista debe representar un cambio fundamental en mi sistema, ¿no? Un reinicio del tipo «¿Has probado a apagar el ordenador y volverlo a encender?». Esto debe significar que, básica y definitivamente, estoy mejor. ¿Verdad?

Tres minutos.

¿Me bajo del tren? ¿Doy media vuelta?

¿Me quedo o me voy ahora?

«Mírate, Biz, llena de dudas —dice el sol—. Es perfectamente normal, pero, escucha, amiga: tienes esas listas, y eso significa algo. Sí, ya sé que yo soy el sol, pero no creas que no tengo miedo aquí arriba. Albergo tanta energía en mi interior que siento que voy a explotar, y eso ¿en qué situación nos dejaría? En la oscuridad seguro, ja, ja, ja. Pero persevero, Biz, de eso se trata. Así que, sea cual sea tu caso, no te bajes de ese tren o te arrepentirás. Y voy a decirte algo: el arrepentimiento es una mierda».

Dos minutos.

El tren reduce su marcha.

Me meto una madalena en la boca; es de frambuesa y pepitas de chocolate —Sylvia es buena maestra— y empiezo a masticar. Tardo un minuto en tragar el primer bocado y, acto seguido, el segundo. Me toma otro minuto acabarme el tercer y cuarto bocados —mientras el tren llega a la estación y las puertas se abren hacia el andén, mientras algunas personas se bajan, otras se quedan, otras siguen mirando sus móviles como si no ocurriera nada fuera de lo normal y no hubiera una chica que está teniendo una crisis mientras trata de comerse una madalena de frambuesa con trozos de chocolate—, mientras que, lentamente, el tren deja atrás la estación y el sol exclama «¡Bien hecho, Biz! ¡Te has quedado en el tren! ¡Bravo!», desde el exterior de la ventana derecha, derramando su luz sobre nuestros regazos como si fuera miel silvestre.

Llegamos a la estación central de Sídney a las 7.21 a. m.

A las 7.33 a. m., ya estoy en el tren con destino a Cootamundra, después de haber hecho un largo pis en el baño.

El tren abandona traqueteando el andén 15 a las 7.42 a. m.

Me estoy marchando de verdad de la buena. ¿Dónde está el sol?

En la ventana. Iluminando el interior del vagón.

Mi móvil hace ¡PING! justo cuando me estoy comiendo la segunda madalena, media hora después de dejar la estación.

MAMÁ: Hola. ¿Dónde estás?

Mierda.

¿Contesto? En teoría, ya le he mentido. ¿Puedo mentir dos veces? Se suponía que no iba a escribirme un mensaje. En el escenario perfecto que me he montado en mi cabeza, se suponía que, al ver mi nota, asentiría con un «de acuerdo», y se iría a trabajar, donde pasaría el día revisando bocas y no repararía en que me he marchado hasta regresar a casa. Y no se asustaría.

Vamos por delante de lo previsto.

Mierda.

No respondo y me acabo la madalena.

¡PING!

MAMÁ: No te di permiso para irte con Jasper. ¿Dónde estás? Vuelve a casa, por favor.

Siento un hormigueo en la piel, sudor en la frente, agujas y pinchazos en las extremidades. Podría estar sufriendo un ataque al corazón… ¿Puede que sea la primera vez que no estoy en estado de pánico, sino muriendo de verdad? ¿Pueden tener infartos las personas de diecisiete años?

No contesto.

El teléfono suena, se pone a vibrar en mi regazo; lo tengo en silencio porque estoy en el vagón con lo que parecen monjes zen y novelistas, dispuestos a gritarme de buenas a primeras.

La foto de perfil de mamá aparece en la pantalla. Le doy la vuelta al móvil para que no pueda verme. El teléfono deja de zumbar.

MAMÁ (en el contestador): Biz, ¿va todo bien? Por favor, coge el teléfono.

MAMÁ (mensaje): ¿Biz?

MAMÁ (llama de nuevo): Biz, estoy empezando a preocuparme. Por favor, ¿puedes contestar?

Y así, durante más o menos una hora. En los mensajes que deja en el contestador, mamá sube el tono de voz cada vez más, hasta que se convierte en ese ruido agudo que solo oyen los perros.

Apago el teléfono. En caso de duda, ignora el problema. Esta técnica ha funcionado durante siglos. Es la manera en que los humanos hemos terminado en este charco de mierda. Incendios, inundaciones, tormentas, islas de plástico en medio del océano. ¿De qué otra manera se llega a esto si no es escondiendo la cabeza hasta que el problema desaparezca o te mueras, mejor dicho, y te mueras?

Es entonces cuando ya no sé si soy Biz; me siento tan fuera de mi yo normal que me parece absurdo que haya sido yo en algún momento. Solo una Biz distinta haría que la mujer que le dio la vida, la que la alimentó, la que la hizo crecer y la que la apoyó después de que muriera su padre, llorara y maldijera por teléfono un miércoles por la mañana, cuando la única cosa que debería estar haciendo dicha mujer es conducir al trabajo en paz, con su hija en el instituto.

Mi cuerpo no tiene nada pero nada en común con el cuerpo que tenía al nacer. Cambiamos completamente, constantemente; nuestras células mueren y se reemplazan por otras, cada día, cada semana, cada década... nuestros órganos, nuestra piel, nuestros huesos. Lo que significa que la Biz que vio la luz hace diecisiete años ha dejado de existir cientos de veces desde su nacimiento. Toda yo, excepto por los cristalinos de mis ojos y mi córtex cerebral, que supongo son los únicos guardianes de las llaves de mí misma.

La ciudad va pasando y, en cierto modo, me dejo llevar por la libertad de haberme quitado mis propias capas y por la sensación de no echar de menos a ese yo que dejo atrás.

Abro el cuaderno y anoto esa breve idea.

Proporción de la vieja Biz versus la nueva:

17 : 0,0000001

17 : 0,0000002

17 : 0,0000003

Aquí estoy. Aquí estoy. Aquí estoy.

Me regenero con cada traqueteo de las ruedas del tren.

Renazco, renazco, renazco.

Es magnífico.

Es tan magnífico que apenas reconozco a Jasper cuando aparece ante mí en la estación de Moss Vale, a las 9.22 a. m. Apenas distingo que es él de tan infinitamente renovada que estoy.

—¡Ajá! ¡Te pillé!

Jasper está en pie en el pasillo, apuntándome con el dedo.

«Pero ¿cómo?».

—¿Jasper?

Jasper esboza una sonrisa.

—¡Sabía que te encontraría! ¡Soy un puto genio!

Por eso, se gana una mirada reprobadora por parte del cascarrabias sentado al otro lado del pasillo y un firme «¡Oiga!» por parte del cascarrabias en el asiento de atrás.

Jasper coloca la mochila en el estante encima de mi cabeza y se deja caer en el asiento junto a mí.

—Hum… ¿Jasper? ¿Qué estás haciendo aquí?

—He recibido tu mensaje esta mañana. No he podido llegar a Central a tiempo. Así que me he montado en mi brioso corcel para atraparte a medio camino.

Jasper parece muy satisfecho. Nunca lo había visto tan radiante desde, bueno, desde nunca.

—¿Qué mensaje?

Jamás envié ese mensaje.

—El que decía: «Salgo hacia Temora, etcétera, etcétera».

Jasper agita la mano en el aire, en dirección al mensaje que ha recibido esta misma mañana, el mismo que yo no he enviado.

—Yo no envié ese mensaje.

—Siento contradecirte —dice Jasper.

Saca su teléfono, busca la aplicación y ahí, brillando con luz propia, está el mensaje que borré.

Niego con la cabeza. ¿Cómo puede ser?

Puertas que se abren, se cierran, se abren, se cierran. En algún lugar de un universo alternativo, el mensaje ha sido borrado y hay una Biz que viaja sola en tren. En algún otro lugar, hay una Biz que se apeó del tren y llegó a casa antes de que su madre despertara. Y en algún otro, hay una Biz que no lo hizo, no fue, no tuvo, no es.

Empiezo a temblar.

Jasper posa su mano en mi rodilla.

—Eh, eh, Biz, respira.

Cierro los ojos —presa del pánico—, pero Jasper me rodea con sus brazos y dice: «Biz, Biz, no pasa nada. Todo va bien».

Estoy temblando. Jasper me da palmaditas en los hombros. Dice: «No pasa nada, Biz. Nada de nada. Solo vamos a Temora. ¡Es solo un viajecito en tren! Mucho mejor que las mates».

Jasper me acaricia el hombro con una mano y, con la otra, me da palmaditas en la rodilla. Dice: «¡Vaya! ¡Has traído madalenas! Genial. Me muero de hambre».

Noto que aparta las manos. Oigo que quita la tapa del recipiente. Abro los ojos.

Jasper ha sacado mis dos madalenas y las sostiene como si fueran trofeos. Me sonríe de oreja a oreja y si le sacara una fotografía ahora mismo, estoy segura de que irradiaría luz por todos sus poros, puede que hasta por el ombligo.

—¡Joder, nos vamos a Temora! —exclama.

Y le da un bocado enorme a la madalena. Con sus ensoñaciones malogradas, todos los cascarrabias vuelven las cabezas.

—¡Chist! —gritan al unísono.

—¡Chist! —les devuelve Jasper, rociándolos con migas y riéndose.

Está tan feliz.

Respiro. Dejo de temblar.

Uf.

Aquí estamos. Aquí estamos. Aquí estamos.

HEMOS IDO CADA VEZ MÁS HACIA EL OESTE, Y AHORA NOS ENcontramos a media hora de Cootamundra, lo que resulta útil porque estoy muy hambrienta. Nos lo hemos comido todo, no sé cómo, incluyendo el tentempié que trajo Jasper: un revoltillo de tortitas de maíz en una bolsa arrugada, ligeramente rancias.

Creo que es el estrés. Cada vez que estoy nerviosa, o me da por comer o por morderme las uñas sin parar. Para cuando es mediodía, ya no me quedan ninguna de las dos cosas.

Jasper por fin disfruta del trayecto y ya no grita «¡De puta madre!» cada treinta segundos.

Ha pasado las últimas tres horas contemplando por la ventanilla todo lo que se despliega ante nosotros: el tren atravesando campos abiertos, entrando y saliendo de bosques, pasando por aldeas, por ciudades, los desfiles de grafitis en las fachadas traseras de los edificios, un remolino cónico de pájaros, el sol que se eleva, con la luz dándole de lleno en la cara. Hace tres horas que Jasper solo dice: «Eh, mira eso. Eh, en serio, mira eso».

¿Quién hubiese pensado que era capaz de sentir tanta alegría? Es como observar a un gatito con forma de hombre que juega con una tira de espumillón. «Es la libertad, Biz. Jamás me he escapado de casa», dice.

Aunque es evidente que él no ha escapado.

—Vale, le he dicho a mi madre que iba a acompañarte —ha admitido cuando lo he interrogado hace una hora—. Le he dicho que la abuela lo veía indispensable para que no te asesinaran.

He reflexionado sobre estas últimas palabras

—Hum... Podrían matarnos a los dos, Jasper. Los asesinos siempre matan a varias personas a la vez.

—Bueno, da igual —ha dicho Jasper—. A mamá le ha parecido bien. No suele preocuparse. Ha dicho que mientras hiciera los deberes, no había problema. Puedo estudiar en cualquier sitio, ¿recuerdas? —Jasper ha hecho un gesto hacia su mochila—. ¡Ordenador, presente! ¡Poesía vanguardista, presente! ¡Ropa interior limpia, presente!

Ha esbozado una sonrisa.

Ojalá fuera igual de sencillo para mí. Cuando me peleé con mamá, se lo conté a Jasper con un mensaje a la una de la madrugada, cuando no podía conciliar el sueño. Pero no le mencioné —fui incapaz— la profundidad y alcance de nuestra pelea, todo el dolor y la tristeza. Cité algunas de las palabras que había empleado mamá, pero pocas de las que yo había dicho. Qué conveniente, ¿verdad? Lo único que sabe es que mamá se fue con el coche; ignora que la terrible persona que la empujó a hacerlo fui yo.

Cuando una hora atrás le he aclarado que no estaba jugando a escaparme de casa, sino que, legítima y precisamente, me estaba escapando de casa, en su rostro se han mezclado la lástima y el asombro.

Vaya, vaya, por lo visto, era capaz de ser una delincuente de verdad. ¿Estaba seguro de querer acompañar a alguien como yo en un viaje en tren?

—Así que, en realidad, ¿no lo sabe? —me ha preguntado.

—Piensa que hemos salido a pasar el día fuera con tu moto.

—Ah. ¿Y le parece bien?

—No exactamente. No.

Jasper niega con la cabeza.

—Ajá, así que, en esta historia, soy el cómplice de la villana.

—Sí. Lo siento.

Acto seguido, Jasper ha guardado silencio durante un rato, procesando la información.

«Seguro que se baja en la próxima estación —he pensado—. Dará media vuelta y volverá a casa. Yo lo haría. ¿Lo haría? Sería la alternativa más lógica: a) ¿deseas seguir la trayectoria delictiva de Biz?; o b) ¿prefieres no hacerlo? La respuesta es la b. Siempre debería ser la b».

Pero cuando hemos llegado a la siguiente estación, Jasper no se ha movido.

—¡Eh, Biz, mira! —ha dicho, señalando hacia la ventanilla.

Allí, en el andén, una mujer de rostro inexpresivo con una gorra Pokémon miraba el móvil.

—Genial.

—He olvidado mi gorra Pokémon —ha anunciado Jasper, y volviéndose hacia mí, ha añadido—: ¿Y tú, la llevas o también la has olvidado?

—La he olvidado —he dicho, mostrando las palmas de las manos y encogiéndome de hombros.

—Qué triste.

El tren se ha puesto en marcha.

—No importa, Biz. La próxima vez, las llevaremos. —Entonces ha visto dos chihuahuas que corrían en círculo en un jardín—. ¡Mira! —ha exclamado, volviéndose hacia mí—. ¿Has visto a esos perros? Cabrían en mis zapatos.

Acto seguido, ha señalado una casa cuya valla era una maraña de rosas. Y un vagón de tren antiguo de la década de los setenta. Hemos atravesado unas tierras de cultivo y Jasper ha tomado una foto del horizonte con el móvil. Y ambos, villana y cómplice, hemos seguido traqueteando juntos hacia Cootamundra.

Cootamundra aparece deslizándose junto a nuestro tren a las 12.44 p. m. en punto, según lo previsto. Recogemos nuestras cosas, bajamos al andén y, al hacerlo, nos golpea una ráfaga de viento tan abrasador que Jasper se da la vuelta a toda prisa, como si su cuerpo tratara de huir pero no lo consiguiera, como un triste pollo que gira en un asador.

—¡Vaya! —exclama, parpadeando—. Bienvenidos al quinto círculo del infierno.

—Había oído que hacía calor en el desierto australiano, pero ¡madre mía! —digo, quitándome la sudadera.

—Tía, si estuviéramos en el desierto ya nos habríamos asado y habríamos muerto —asegura Jasper, arrancándose la chaqueta.

Me lo quedo mirando.

—Tío, pero si ya estamos en el desierto.

—Biz, esto no es el desierto. Es Cootamundra.

—¿Y cómo lo sabes?

—¿Y cómo es que tú no lo sabes?

Jasper sonríe con satisfacción. Es un pesado. Joder, qué calor.

—Vale. No importa. Joder. Se me están friendo los pulmones.

—Deberíamos buscar aire acondicionado.

—Completamente de acuerdo.

Nos dirigimos hacia la salida, y en el momento en que pisamos la calle, el cielo se traga cualquier idea de buscar refugio.

Es gigantesco.

Hay tanto cielo que resulta difícil creer que no se desplome sobre nosotros. Aquí no hay acantilados, solo pequeñas lomas, coches, casas y nosotros. Somos hormiguitas sobre las que se cierne un azul imposible.

Me detengo en medio de la calzada y alzo la mirada.

Sacaría una foto, pero no hay cuadrado capaz de albergar esto. Abro los brazos. Trato de abarcarlo, pero soy demasiado pequeña. Tiro la cabeza hacia atrás. En esta posición, con los brazos en cruz, quizá parezca Jesucristo en la montaña, predicando amabilidad y amor, aunque quizá lo que estuviera haciendo en realidad era hablar secretamente con Dios, pidiéndole: «Papá, teletranspórtame. Estos humanos son estúpidos».

El estridente sonido de un pito me llega de repente al cerebro en el mismo instante en que recibo un empujón de Jasper; al parecer, el cielo es un tramposo y trataba de mantenerme inmóvil para que una furgoneta de reparto me aplastara en medio de una calle de Cootamundra.

No mola, cielo. Que te den.

Tropiezo con la acera.

—¿A qué venía eso, Biz?

—Solo estaba mirando, Jasper —digo, aunque advierto su recelo.

Pobre Jasper, tiene que protegerme de los asesinos y ahora del cielo.

Niega con la cabeza.

Saco el móvil, ignoro los millones de mensajes de mamá, abro Google y tecleo «Cootamundra vegano». El teléfono se lo piensa un rato. Un instante después, dice: «Ve al Khaya, Biz. Allí encontrarás tentadoras exquisiteces y un ambiente maravillosamente evocador».

Me ofrece un mapa.

—Vamos —le digo a Jasper.

Cuatro minutos después, tras pasar por delante de un *pub* y de una mancha marrón que dice ser un centro artístico, nos encontramos ante un edificio de un rojo tan vivo que parece pintado con sangre de mentira.

—Qué bonito —comenta Jasper.

«¡Arte! ¡Artesanía! ¡Galería! ¡Cafetería!», grita la marquesina.

Abrimos la puerta y entramos.

«¡Frío!», grita la cafetería.

Vaya. Aquí dentro el ambiente es glacial. Es como si hubiésemos entrado en el negativo de hace un segundo, en el opuesto ártico del exterior. El aire acondicionado, a toda pastilla, traquetea en la pared.

Puede que acabemos con hipotermia en un minuto, pero la parte positiva es que el sitio huele de maravilla.

Detrás de unos estantes llenos de chismes y artilugios, en unas mesas apretadas, un grupo de ancianos está sentado ante unas tostadas, capuchinos y trozos de pastel de chocolate. Todos charlan amigablemente y nos miran como si nos conocieran, como si les recordáramos a sus queridos nietos y quisieran invitarnos a probar lo que están comiendo. Noto una punzada y me invade la repentina sensación de que me gustaría haber hecho este viaje con Sylvia. Se haría mejor amiga de todo el mundo en cuestión de minutos. ¿Por qué no hemos traído a Sylvia?

Jasper me lee la mente.

—A la abuela le encantaría este sitio.

Es verdad. De las paredes cuelgan obras artísticas. Es una exposición fotográfica.

En una pared, hay fotos de niños en patios de juegos, columpiándose, bajando por el tobogán, colgados boca abajo de los pasamanos. En otra pared, una fila de rostros viejos y sonrientes. En una tercera, una serie de retratos de patos. Cuerpos patosos y redondos. Picos y patas. Agua en blanco y negro.

En cuanto las observo, las fotos empiezan a hablar.

«¡Qué alto voy! ¡Llegaré hasta la luna! ¡Empújame más! ¡Más!».

«¡Si esa humana se atreve a acercarse, le arranco la nariz! ¡Le saco los ojos! Oh, vaya, trae manzanas. Eso es otra cosa. Tomaré unos trocitos. ¡Manzana, manzana, manzana!».

Me quedo mirando las fotos. Pero ¿cómo? ¿Cómo es posible? Yo no revelé estas fotos; no tengo nada que ver con ellas.

«¡Eso es irrelevante!», gritan las fotos.

Las historias braman por salir, y se pelean por llegar hasta mí.

«¡Mamá, mira! ¡Estoy boca abajo! ¡Soy un mono! ¡Mamá, ¿me estás mirando?!».

«La acompañé a la estación y le di un beso. "¿Te veré de nuevo?", le dije. Y ella respondió: "No, voy a casarme la semana que viene". Han pasado cincuenta y tres años y sigo pensando en ella».

«Dios mío, conozco esta ciudad como la palma de mi mano. Cada capa del cielo. Que algo cambie. Por favor».

«Tuve cuatro bebés, y luego cinco bebés, y una vez, ocho, y al cruzar la carretera les dije: "Bebés, vamos". Los bebés avanzaron, y también lo hizo un coche, y yo dije: "¡Bebés!", y solo siete llegaron al otro lado de la carretera».

Empiezo a temblar. Esto no tiene sentido. Esto no tiene...

Jasper ha encontrado sitio para nosotros en medio de la sala. Trata de desviar mi atención de todas estas ¡conversaciones, conversaciones y conversaciones!

Con un menú en la mano, dice: «¡Biz, tienen comida vegana! ¡Mira!».

Me vuelvo. Solo oigo voces.

Pero ¿cómo?

No lo entien... «Ella dijo ¡No! ¡Hola! ¡Arriba! ¡Hola! ¿Cuándo me toca a mí? El octavo era lento Yo quería ¡Hola! Quizá lo próximo que haga sea irme Cielo y ¡Hola! ¡Rápido! Manzana Beso MANZANA ¡MANZANA! ¡HOLA! ¡HOLA! ¡HOLA!».

Las palabras se abren paso a empujones. No puedo respirar. Doy un paso atrás y me choco contra una silla. Me apoyo en uno de los estantes; los chismes se caen al suelo. Necesito salir de aquí.

A trompicones, corro hacia la puerta, la abro y todas las historias se desploman sobre mí y ¡GRITO!, y ¡GRITO!, hasta que la puerta se cierra y ya no las oigo. Pero puedo sentirlas, en mi piel, debajo, dentro.

En la calle, me apoyo en un poste.

Me doblo por la mitad y trato de respirar.

La puerta se abre.

Se cierra.

Jasper está junto a mí.

Sus manos en mi espalda, acariciándome los hombros.

Tomo una bocanada de aire abrasador.

Comemos algo para llevar en el interior de la estación de Cootamundra. Yo mastico y trago; sabe muy bien, no sabe a nada, el almuerzo sabe estupendo y a cartón al mismo tiempo.

Tras chuparme la sangre como si fueran sanguijuelas, algunos fragmentos de las fotos se han ido despegando de mí en susurros. Poco a poco, de dos en dos, las historias han sacado la cabeza y se han desprendido de mi piel, dispersándose al contacto con el aire.

«Lo sentimos mucho, Biz. Seguro que ha sido demasiado para ti, deberíamos haber hecho turnos, no deberíamos habernos metido dentro de ti, eso ha sido una invasión de tu espacio personal. No volveremos a hacerlo. Lo sentimos, Biz, lo sentimos, manzana».

Jasper no deja de mirarme.

—¿Biz? —dice finalmente.

—Sí.

—¿Quieres hablar de ello?

—Uf.

¿Cómo hablar de ello? Querido Jasper, mi padre muerto ha estado visitándome durante ocho años, pero ahora ha desaparecido, y cuando desapareció, tuve una crisis nerviosa, y entonces las fotografías que tomé en un curso al que iba para recuperarme empezaron a comunicarse conmigo y ahora unas fotografías que no he tomado me hablan, y ¿cómo es eso posible?, la ciencia no se pronuncia de forma concluyente sobre la cuestión, y todo es muy cargante y no estoy segura de que vaya a encontrar a papá porque puede que yo misma me esté convirtiendo en una ficción, en una historia, puede que ya sea una historia, soy una puerta que se...

Niego con la cabeza. Me duele la piel. Creo que voy a vomitar.

—¿Regresamos a casa? —dice Jasper en voz baja.

Niego con la cabeza.

—Hazlo tú si quieres.

—¿Y abandonarte para que te asesinen? —dice.

Posa su mano en mi rodilla.

—Lo siento, Jasper —digo, con la voz entrecortada, lo que es humillante.

—No pasa nada, Biz. De verdad.

—Algo sí que pasa, pero tengo que seguir.

Jasper me observa. Mira mi cuerpo encorvado, mi comida a medio terminar, la manera en que aferro la caja del sándwich como si fuera a hundirme en el océano del suelo si la suelto, incluso aquí, tan lejos del mar.

—Entonces, de acuerdo. —Me aprieta suavemente la rodilla—. Sigamos adelante. Vivamos una puta aventura.

—¿En serio?

«¿Estás seguro, Jasper? No puedo prometerte que vaya a salir bien. No tengo ni idea de lo que está sucediendo».

—Sí.

Bien. Pues que así sea: una puta aventura. *Carpe diem. Tempus fugit.* Lo que no te mata… no te mata todavía. ¿Verdad?

—Te pagaré la pastora de ovejas —aseguro.

Me refiero a la figurita que he roto en la tienda, la pobre pastora de ovejas que se ha caído desde un estante y ha perdido la cabeza. Jasper ha tenido que abonarla.

Jasper rechaza la oferta con un gesto de la mano.

—No. Ahora es mía.

La estación está tranquila y se está fresco.

Jasper termina su almuerzo, que es del tamaño de un Volkswagen Escarabajo y después da cuenta del mío. Mamá sigue enviándome mensajes.

—¿Por qué no le contestas? No querrás que piense que estás muerta.

«¿De verdad que no, Biz?

»¿No sería eso más fácil?».

No, no lo sería.

—¿Puedes hacerlo por mí? ¿Por favor? —ruego.

Jasper frunce el ceño.

—¿Cómo? ¿Me estás pidiendo que le escriba a tu madre, quien cree que estás muerta y que le diga: «Hola, soy Jasper, el tipo con el que no dejaste salir a tu hija, ni en moto, ni a pie ni de ninguna de las maneras, secundándola en su acto delictivo»?

—Sí.

—Eh… No, Biz.

Jasper me arrebata el móvil y examina el torrente de mensajes que mamá ha estado enviándome durante toda la mañana. Lanza un suspiro.

Me lo tiende.

—Tienes que hacerlo, Biz. De verdad. No seas cruel. No contactar a tu madre no es para nada vegano.

Sostengo el móvil en las manos y lo balanceo.

Durante todo el día, Jasper no ha hecho otra cosa que darme palmaditas en las rodillas y acariciarme la espalda mientras yo, de forma continua, he ido desenredando mi maraña interior. Supongo que lo mínimo que puedo hacer es decirle a mi madre que no estoy muerta.

BIZ: Hola, mamá. (Emoji sonriente. Emoji palmas juntas porque, en este preciso momento, una oración no me vendría nada mal).

MAMÁ: ¡Gracias a Dios, Biz! ¿Qué está pasando?

BIZ: Estoy bien. Siento no haberte escrito.

MAMÁ: ¿Dónde estás?

BIZ: En Cootamundra.

MAMÁ: ¿Qué? ¿Con la moto de Jasper? No puedo creerlo.

BIZ: Hemos llegado en tren.

MAMÁ: ¿«Hemos»? ¿Estás con él? ¡Joder, Biz! Me tenías muy preocupada.

BIZ: Jasper ha venido por su cuenta («para que no me asesinen y el cielo no me engañe»).

MAMÁ: Casi me da algo de tanto preocuparme. Ahora mismo estoy muy enfadada.

BIZ: («Y Jasper me ha ayudado a salir de la tienda cuando las fotos se han puesto a hablar»).

MAMÁ: He pasado una mañana horrible. No puedo creer que te hayas ido sin decirme nada.

BIZ: Lo siento mucho. («Y no podía respirar, mamá. No podía respirar porque las historias me bullían bajo la piel. Imagínate que tuvieras bichos bajo la piel, mamá, imagínatelo; de hecho, no podía sacar las palabras que me bullían bajo la piel»).

MAMÁ: Estaba muy asustada. He pensado en llamar a la policía, pero no sabía qué decir.

BIZ: («Y cuando he podido respirar de nuevo, todas las historias decían lo siento»). Lo siento, mamá. Siento mucho haberte preocupado.

MAMÁ: No vuelvas a hacerlo.

BIZ: No lo haré. («¿Puedo prometer eso? No sé lo que va a pasar, mamá. La vida es impredecible. ¿Ignoras que vivimos en un sistema caótico? ¿Ignoras que no podemos dar nada por sentado?»).

Mientras charlamos, Jasper se tumba en un banco y contempla el techo de la estación. Le cuento a mamá que me dirijo a Temora. Ella dice que no puede impedírmelo, pero, joder, Biz, ¿a qué viene eso de escaparse, es que no puedo hablar con ella? ¿Es así como la veo, como ese tipo de madre? Joder, Biz.

No sé qué decir, así que todo lo que se me ocurre es: «Lo siento, mamá, lo siento, lo siento, lo siento». Le digo que volveré a casa después de Temora, lo cual es mentira. Mamá dice que nos vemos pronto y que hablaremos a mi regreso (lo que significa que mamá gritará mucho y llorará un poco, o quizá al revés).

MAMÁ: Biz, ten cuidado, por favor.

BIZ: Lo haré. («¿Lo haré? ¿Es factible si al final todos, todos nosotros, vamos a morir?»).

MAMÁ: Te quiero. No tienes ni idea de cuánto.

BIZ: Yo también te quiero. (Emoji de un corazón, emoji de un corazón, emoji de un corazón).

La conversación termina en menos de dos minutos.

Bajo el teléfono y miro a Jasper. Está borroso.

La estación a sus espaldas también está borrosa; las paredes se ondulan y no logro distinguir las vías del tren que se vislumbran a través de la puerta, neblinosas. Es como si estuviera viéndolo todo a través de una mampara de ducha y el vapor se interpusiera entre mí y el resto del mundo.

Parpadeo y Jasper regresa. Acto seguido, la estación regresa, y es como si acabara de enfocar con la réflex de papá. Aquí estamos.

—Bueno, no ha ido tan mal, ¿no? —Jasper se incorpora y se da una palmada en las rodillas—. Joder, debería ser psiquiatra.

—Pues sí.

—¿Tan bueno soy?

—No hay duda. Lo has arreglado todo, eso seguro.

Jasper suelta una carcajada.

Yo también me río.

Nos veo a ambos, ¡riendo bajo el cielo de Cootamundra!

¡Y en ese momento!

¡El autobús llega a la parada!

¡Y espera a que subamos!

«¡Vamos, Biz y Jasper, sois dos jovenzuelos con el mundo a vuestros pies! ¡Venid y cabalgad hacia Temora, donde Biz empezará a recuperar a su padre! ¡A partir de aquí, todo irá de perlas! ¡Arriba, que nos vamos!».

Subimos al autobús, que está medio lleno de ancianos; vaya, hay un montón de ancianos en el mundo. Un joven duerme en la parte de atrás. Y hay también un hombre de mediana edad con la gorra calada: o bien es una celebridad, o bien un preso fugado; no hay que molestarle. Y una veinteañera hace ganchillo con algo verde. Está muy muy embarazada.

—¿Y si da a luz en el autobús? —susurra Jasper, dándome un codazo.

—No pasa nada. Podemos ayudar en el parto. Somos espabilados.

—Yo miraré. La sangre no es lo mío.

—De acuerdo, lo haré yo.

—Bien.

Jasper saca un plátano de la mochila.

—¿De dónde has sacado eso?

—De la tienda.

—¿Y cuándo has ido a la tienda?

—Antes, mientras tú llamabas a tu madre.

Clavo la mirada en él. No he llamado a mi madre. Nos hemos mandado mensajes y Jasper estaba tumbado en el banco.

Pero Jasper tiene un plátano.

Saca otro de la mochila.

—Tengo uno para ti. ¿Quieres?

¿Quiero un plátano ficticio que Jasper no compró en la tienda cuando yo no estaba llamando a mi madre?

—Sí, claro.

Lentamente, Cootamundra va quedando atrás. Adiós, Cootamundra. El país se abre en toda su extensión y llanura como una flor, y pronto, lo único que vemos ante nosotros es carretera, carretera y carretera.

Llegamos a Temora a las 3.39 p. m., minuto arriba, minuto abajo, o diez minutos arriba o abajo. Al contrario de los trenes, los autobuses no respetan tanto los horarios, y menos aquí, porque tienen que maniobrar bruscamente al encontrarse con koalas o canguros.

En un punto entre Cootamundra y Temora, he visto un canguro saltando por un campo, y después otro, ¡y otro!

—¡Mira! —he exclamado, agarrando al tiempo a Jasper del brazo.

—¿Sí? —ha dicho, incorporándose con los ojos entrecerrados.

—¡Canguros!

—Pues claro, Biz. Estamos en Australia.

Jasper está cansado. Creo que lo he despertado. Creo que ha comido demasiado a la hora del almuerzo. Ha dormido casi todo el trayecto desde Cootamundra. Quizá haya visto canguros cientos de veces en el pasado; al fin y al cabo, solo estamos a un par de horas al norte de Canberra, una ciudad rodeada de campos ondulantes, perfectos para el avistamiento de canguros. Pero en mi caso no es así.

Una vez, papá se encontró con un turista de Sídney y le contó que tenía a un canguro por mascota y que lo llevaba a la escuela en coche. El tipo lo creyó. Y entonces, claro, ese tipo debió de contar la historia a otra persona, y quizá papá se convirtió en una especie de asombrosa leyenda australiana para todos los que la escucharon. Pero papá me confesó que había oído esa historia de pequeño.

—Se la oí contar a mi tío Charlie, quien, a su vez, la oyó de alguien más. Creo que esa historia lleva circulando desde que los blancos cuentan historias como si fueran los dueños de este lugar.

Papá soltó una carcajada en ese instante, un murmullo en la oscuridad. Yo tenía once años. Papá estaba flotando con las piernas cruzadas sobre mi escritorio. Distinguía su perfil. El viento se colaba por la ventana medio entornada; las cortinas se movían, pero el pelo de papá estaba completamente quieto.

En Temora hace todavía más calor que en Cootamundra, si es que eso es científicamente posible. El sol —que se ha vuelto irascible al encontrarse tan lejos del mar— martillea nuestros rostros y asa nuestra piel tierna y jugosa. Deambulamos por una calle, buscando la casa de papá. No tengo ni idea de dónde se encuentra, y si me paro a pensar en ello, es muy probable que ya no esté aquí, y menos esperándonos. Mamá mencionó que papá había crecido en una granja.

—¿Qué clase de granja? —le pregunté a mamá a los diez años.

—Una de ovejas —respondió mamá—. Un montón de ovejas.

—¿De las que se comen o de las que se esquilan?

—Creo que de ambos tipos —dijo mamá, y las dos hicimos una mueca.

Pero ¿dónde está esa clase de granja? ¿Y cómo se supone que llegaré hasta allí?

Sé muchas cosas sobre este viaje: sé la hora exacta en la que sale el siguiente autobús para regresar a Cootamundra, y la hora en que el ferri zarpa de Melbourne hacia Tasmania, y también sé lo que cuesta un batido de mango en Maleny, pero no he previsto cómo llegar a la casa de la infancia de papá sin coche.

Aun así, seguimos caminando, porque quedarnos parados puede transformarnos en charcos de carne derretida.

Temora no es muy bonita. Los jardines son unos polvorientos cuadrados lisos de césped amarillo. Los árboles marchitos y encorvados se alinean en la aceras, dispuestos a exhalar su último aliento colectivo en medio del bochorno. Todas las casas parecen de color marrón o gris, caja de ladrillos tras caja de ladrillos.

Pasamos junto a una escuela (los alumnos ya han terminado las clases), en cuyo patio de suelo agrietado, las malas hierbas refunfuñan por salir. Pasamos junto a un garaje; junto a más casas de ladrillo y más casas de ladrillo. Pasamos junto a una enorme iglesia: recargada, de ladrillo marrón y blanco, con unas cruces puntiagudas que parecen espinillas en la parte superior. Nos encontramos en las ardientes entrañas de Temora, y no se vislumbra ni un color ni una oveja de interés.

Tengo tanto calor que siento que me desintegro. Las moscas zumban alrededor de nuestros labios, de nuestros ojos. Noto que me están saliendo mil lunares cancerosos. En cualquier momento, tendré el aspecto del extremo quemado de una colilla.

—Quizá deberíamos entrar en algún sitio —sugiero.

—Sí. Sí. Sí —responde Jasper, con el rostro sudoroso.

(¿Tengo el mismo aspecto que él? ¿De verdad? Que Dios nos ampare).

Doblamos a la derecha y nos topamos con un *pub* con dos hombres canosos sentados afuera bebiendo cerveza.

Las cejas de los hombres parecen arbustos blancos. Nos miran de arriba abajo.

Entramos. Uno de los viejos levanta un brazo arrugado.

—Está prohibida la entrada a menores de dieciocho años —anuncia, entornando los ojos a causa del humo de su cigarrillo.

—No se permite la entrada de bebés —añade el otro, vertiendo cerveza por su garganta de lagarto.

—¡Ja, ja, ja! —ríe el primero, y empieza a toser como si fuera a sacar el pulmón por la boca.

—Pues vale —murmura Jasper, tirando de mí.

Bajamos por la calle hasta que llegamos a un *fish and chips*. Entramos. La freidora está encendida y el calor es horrible, y el pescado en su interior grita «¡Corred! ¡Nosotros ya no podemos! ¡Sálvese quien pueda!». Damos media vuelta.

Al salir, tres chicos con uniformes escolares y batidos en mano nos dan un empujón. Sus bocas se llenan de «Joder», «Mierda» y «¿Es que no miras por dónde vas, marica?» al chocar con Jasper.

Jasper suelta una carcajada, una que jamás había oído: aguda, como si sus carcajadas tuvieran que pasar por una pequeña hendidura, como cuando sueltas poco a poco el aire de un globo y lo haces chirriar.

Uno de los chicos se da la vuelta y nos escupe, nos escupe de verdad. De repente, el zapato de Jasper está cubierto de una espuma húmeda.

—¿Qué cojones haces? —grito.

Jasper me pone la mano en el brazo.

—Déjalo, Biz.

—Pero si son unos gilipollas —digo, fulminando a los chicos con la mirada mientras ellos se alejan riendo.

—Sí, pero no es la primera vez que lo oigo —dice Jasper.

Me lo quedo mirando, dispuesta a pelearme con los chicos, dispuesta a acabar con toda esta ciudad beis, pero algo en la expresión de Jasper me detiene. Y en ese instante, el hecho indiscutible de que Jasper es gay me devuelve la mirada.

Oh.

¿Cómo no me había dado cuenta? ¿Cómo no me lo han dicho las fotos?

SI SE LO CONTARA A GRACE, SEGURO QUE ELLA DIRÍA: «BUENO, Biz, era bastante obvio. Ahora entiendes por qué no te ha besado».

Y yo le respondería: «En primer lugar, nunca he dicho que quisiera que me besara. Y b) hay una infinidad de razones para no besarme».

GRACE: Di una.

BIZ: Ja, ja, ja. De acuerdo: demasiado alta, demasiado vegana, demasiado triste y seriamente extraña.

GRACE: Vale. Bueno. Eso sería solo en el caso de que dicha persona no tuviera, digamos, piernas. E incluso así, podría utilizar una escalera. Dos (Grace empezaría a contar con los dedos): eres compasiva. No te metes cuerpos en la boca. Cualquier persona en su sano juicio haría lo mismo. Tres: así que estás depre. No jodas, Biz, pues como todos. Y cuatro: en realidad, eres interesante, poco común, excepcional, singular e idiosincrática.

BIZ: Gracias, diccionario de sinónimos.

GRACE: De nada.

BIZ: Quinto: Seguramente esté loca.

GRACE: Te diré un secreto, Biz. Aquí estamos todos bastante locos.

Vamos a los grandes almacenes Target de Temora, Jasper con su secreto (¿por qué no me lo ha dicho?) y yo, con el mío (Lo sé. Lo sé. Lo sé. ¿Por qué no me lo has dicho?).

En el interior el ambiente es misericordiosamente fresco. Quiero besar el suelo.

Jasper se dirige hacia la exposición de ventiladores en la parte delantera.

—Los compraremos todos, Biz. Los ataremos a nuestros cuerpos, les pondremos una batería y después nos haremos selfis ante esa iglesia-espinilla.

—Me parece una buena manera de invertir nuestro tiempo, Jasper. Sin duda, mejor que encontrar la granja de mi padre.

—Vale. Encontraremos la granja, iremos a ver la granja, regresaremos triunfales y entonces nos haremos selfis en la iglesia-espinilla. Por la noche. Cuando el sol haya dejado de tocar las narices.

A continuación, Jasper se encamina hacia la sección de

sombreros. Encuentra una pila de gorras de visera de rebajas, todas de vistosos colores fluorescentes. Me lanza una verde lima.

—Perfecta para protegernos del sol, Biz. Seremos mellizos —dice, colocándose una rosa sobre su cabello rizado.

—¿Y crees que no van a escupirnos aún más con estas gorras, Jasper?

Me lo quedo mirando. El mundo se ralentiza, y pienso en Jasper, dando vueltas en el interior de su propia historia... Yo estoy al principio, y ¿quiere contarme más? («¿Quieres mostrarte, Jasper? ¿Es eso lo que deseas? ¿Tienes algo que decir?»).

—Estas gorras nos servirán de escudo contra los escupitajos —afirma Jasper y, mirándome fijamente, añade—: Que se jodan todos, Biz.

Contemplo cómo gira ese remolino de ojos azules. Imagino los años de miradas y susurros, los interrogantes, las preguntas, el peso de la historia, la curiosidad de todos...

Y lo entiendo.

A la mierda. A la mierda. Que se jodan todos.

Me pongo la gorra.

—¡Que se jodan todos! —exclamo, en voz quizá demasiado alta para una joven en unos grandes almacenes de la decente y obediente campiña.

Jasper sonríe.

Yo le devuelvo la sonrisa.

Y es como cuando alguien toca una corriente eléctrica y lo tienes agarrado de la mano, con lo que tú también sufres la descarga y, de pronto, te encuentras convulsionando, palpitando, llena de luz, incapaz de soltarte.

Salimos corriendo de los grandes almacenes, como un par de cometas de color verde lima y fresa.

Caminamos hasta el *pub* que hay en la siguiente esquina, en el que la cajera nos ha indicado que podríamos encontrar un taxi. Hace cinco minutos, mientras nos cobraba las gorras, me ha preguntado: «¿Aún parece un horno ahí afuera?», y yo le he respondido: «Sí»; y ella ha dicho: «Pues me alegro de estar aquí dentro». Luego, ha esbozado una sonrisa y ha añadido: «Nunca suele hacer tanto calor en esta época del año».

Y yo le he devuelto la sonrisa y he dicho: «Es por culpa del cambio climático».

Y Jasper también ha sonreído y ha dicho: «¿Sabía que hay una isla de plástico flotando en el Pacífico? Tiene el tamaño de Francia».

Y la cajera ha abierto la boca para decir algo, pero no se le ha ocurrido nada.

Y entonces Jasper ha preguntado por los taxis, ella nos ha dado las indicaciones y nos hemos marchado, dejando a nuestras espaldas una cola de chispas.

EN EL *PUB*, OTROS VIEJOS APURANDO SUS CIGARRILLOS Y AGArrados a sus cervezas nos observan como si fuéramos extraterrestres.

Me gustaría decirles: «No somos extraterrestres, sino cometas». Sin embargo, en lugar de eso, los dejamos atrás y vamos directamente hacia el tipo que se apoya en un sedán abollado con una señal de TAXI en el techo en la que falta parte de la T.

—Hola, ¿es un taxi?

Puede que la pregunta haya sonado estúpida, pero la señal es bastante decrépita. Podría ser del propietario anterior, como esa gente que compra viejos coches fúnebres y van conduciéndolos por ahí sin cadáveres.

El tipo suelta una carcajada.

—Pues claro, colega, ¿a ti qué te parece?

Se lo explicaría, pero no tengo ganas.

—¿Podría llevarnos a la granja de mi padre?

—Claro, ¿cuál es?

—Eh... es una granja de ovejas.

El hombre se me queda mirando.

—La granja de los Grey —interviene Jasper.

—¿Cómo? —dice el hombre, alzando las cejas—. No es de los Grey desde hace años.

—¿Y quién vive allí ahora?

—Un tipo recién llegado. Un tal George.

—Sí, George —interrumpe uno de los cascarrabias—. George se la compró al hijo de Charlie. Es de Ardlenthan.

—¿Y dónde están los Grey ahora?

—¿Muertos, tal vez? —dice otro cascarrabias arrugado.

—No todos —añade otro—. Bill se fue a Brissie.

—Sonya está en Warnambool.

—¿Eres la hija de Sonya? —dice uno, dirigiéndose a mí.

—Sonya no tuvo ningún hijo —replica otro.

—¡Puede que tuviera uno mientras tú estabas durmiendo, colega!

Los viejos estallan en carcajadas. No me conocen; tratan de ayudar, a su modo. Pero no ayudan.

No sé quién es Bill. No sé quién es Sonya. Definitivamente, no sé quién es George. Lo que sí sé es que todos esperaban que papá trabajara en la granja y que, cuando se marchó, su tío Charlie dijo: «Qué alivio». Y que cuando papá murió, no tuvimos noticias de los Grey, de ninguno de ellos.

Cuando tenía diez años, pregunté sobre el padre y la madre de papá. Apenas sabía nada de su infancia, solo que había vivido en una granja de ovejas y que tenía un tío llamado Charlie que una vez le contó la historia de un canguro y que se alegró cuando papá se marchó. Eso era todo lo que sabía sobre la historia de mi familia Grey.

—¿Mamá? —dije.

Mamá estaba leyendo una de esas novelas históricas que tanto le gustan en la silla que hay junto a la ventana. El novio había salido. Yo estaba tumbada en el suelo, boca abajo sobre la alfombra, dibujando. Los mellizos dormían en sus cunas y, durante un instante, la calma que reinaba en casa permitía pensar.

—¿Sí, Biz?

Mamá me miró por encima del libro.

—¿Qué le pasó al papá de papá?

—¿A Martin?

—Sí.

—Murió.

Mamá depositó el libro boca abajo sobre su rodilla y me miró.

—¿Cómo murió?

—Creo que en un accidente en la granja.

—¿Qué tipo de accidente?

Mamá se encogió de hombros.

—No lo sé. Tu padre nunca me lo contó.

Seguí dibujando. Pinté el césped de un verde más oscuro mientras pensaba en otro padre muerto. Mis pensamientos se escabullían hacia la palabra «muerto» a toda velocidad e iban hasta una foto de papá que tenía en mi habitación, riendo. Quizá a papá también se le apareciera su padre y le hablara, igual que hacía él conmigo.

—¿Y qué pasa con mi otra abuela, la mamá de papá?

—¿La mamá de papá?

—Sí.

Mamá apretó los labios, como si no quisiera decirlo. Pero siempre respondía a mis preguntas.

—Se marchó cuando papá tenía seis años, cariño. Papá nunca la volvió a ver. No sé dónde está.

Bajé la mirada hacia mi dibujo: una casa enorme y sinuosa, con césped de color verde oscuro y un camino delantero de color amarillo. Mamá, los mellizos y yo estábamos fuera con nuestras alas y todas las plumas extendidas. Pensé: «¿Qué se debe sentir al no conocer a tu madre?».

Imaginé no conocer a mamá. Imaginé un espacio en el que ella no estuviera. Haciendo piruetas laterales a través del tiempo, retrocedí hasta lograr meterme en mi cuerpo unos meses atrás, justo en el momento anterior a que nacieran los mellizos, en el instante en el que papá me contó que mamá podría haber muerto.

Pese a mis diez años y que ya era lo suficientemente mayor para esas cosas, gateé por la alfombra y subí al regazo de mamá. Me acurruqué sobre ella y me convertí en un molusco bien redondo, como esos que se ven enganchados a la roca en las pozas de marea.

Mamá rio y me envolvió con sus brazos. Me acarició la espalda y, después de un buen rato o lo que quizá solo fuera un minuto, los mellizos rompieron a llorar desde sus cunas y ella tuvo que ir a ver qué pasaba y a quitarles la caca de sus traseros. Pese a que la habitación apestaba, me quedé bajo el umbral de la puerta, pidiéndole a Dios, no por primera vez, que mamá no se fuera nunca.

El sol ya se desliza lentamente hacia el horizonte cuando el taxista decide llevarnos a la granja. Tomamos una carretera que parece haber perdido todas las curvas: avanzamos recto, luego más recto, y después aún más recto. Pasamos junto a rebaños de ovejas, montones de trigo. Más ovejas, más trigo. Veinte minutos más tarde, llegamos a una verja que custodia un camino polvoriento.

—¿Queréis que os acerque? ¿Os está esperando vuestro amigo George? —bromea el hombre del taxi.

—Sí, claro. Le he enviado un mensaje —aseguro, advirtiendo lo pobre y evidente de mi mentira.

Durante un instante, solo deseo que el tipo piense que nos quieren, que hemos avisado a nuestro viejo amigo George, que hemos estado charlando con él y que ahora nos espera con unas bebidas frías con cubitos de hielo sobre la mesa, con los ventiladores encendidos en nuestras habitaciones de invitados y con un gato en la esquina de cada cama. Miro convincentemente a Jasper para que confirme lo que he dicho, aunque lleva un buen rato en silencio; parece haber cambiado de opinión con respecto a eso de ser cometas.

El taxista sale del coche y abre la puerta.

—Ejem… ¿Biz? —dice Jasper.

—¿Sí?

—¿En serio quieres ir? ¿A hablar con un tipo que ni siquiera conoces?

—Sí.

—¿Por qué?

—Porque necesito ver dónde nació papá. Necesito verlo.

Jasper me examina, sopesando las dimensiones de dicha necesidad y para ver si la proporción entre la necesidad versus la locura es suficiente para justificar la visita a la granja de un tipo extraño en pleno atardecer.

Es grande, Jasper. 600.000 : 1.

Al acercarnos vemos que la casa está a oscuras y, durante un instante, tengo tanto miedo que, con un destello, como si fuera una bombilla que parpadea antes de un apagón, salgo de mi cuerpo. Veo el lugar como si estuviera ante una pantalla: la casa descomunal, el cielo que se cierne sobre ella, el coche medio oxidado junto a la cerca de alambre de espino, el camión junto al vehículo y el perro que sale corriendo de debajo del coche, gruñendo. En unos segundos, la escena cambiará al interior de la vivienda, desde donde observaré por la ventana el taxi en medio del polvo. Acto seguido, la cámara enfocará una mano con un hacha, cuyo filo lanzará destellos en la creciente penumbra.

Recogemos nuestras mochilas y salimos del taxi. Mis pies tocan el suelo. «Probablemente esta noche nos maten —pienso, seguido de—: o nos violen, o nos violen y nos maten, o nos den una paliza y luego nos tiren a un dique cenagoso para que muramos...».

Me pellizco la palma de la mano con fuerza para detener los pensamientos. «O el taxista, que ha estado fingiendo que esta era la granja de George, nos convierta en la cena de ese perro, o...».

Pellizco, pellizco, pellizco.

Jasper se inclina hacia la ventanilla del conductor.

—¿Le importaría esperar? —pide.

—Sí, claro, colega. No tengo nada mejor que hacer.

El taxista esboza una sonrisa y enciende un cigarrillo.

El perro ladra, con los pelos del pescuezo erizados.

Ladra y ladra, una y otra vez.

En el interior de la casa se oye un portazo.

—¡Joder, Byron, cállate ya! —grita una voz.

El perro gimotea. Ladra de nuevo y, a continuación, se dirige encorvado hacia la esquina de la casa, donde se convierte en un hombre porque, precisamente, un hombre dobla la esquina por la que se ha ido el perro.

El tipo parece que mida dos metros. Lleva una camisa sucia, unos pantalones vaqueros sucios y, por lo que se ve, las manos manchadas de sangre. Madre mía.

Jasper chilla. No tenía ni idea de que albergara ese sonido.

Abro la boca para gritar. Pero yo no albergo ese sonido.

—¿Quién cojones sois vosotros? —dice el hombre, restregándose las manos en los pantalones.

—Eh… —Es todo lo que Jasper y yo llegamos a decir.

El hombre entorna los ojos y se acerca, como si tuviera intención de restregarnos también en sus pantalones.

—¿A qué cojones habéis venido?

—Colega —dice el conductor desde dentro del taxi—, estos críos querían venir, y esta de aquí… —añade, señalándome— ha dicho que los estabas esperando.

—¿Ah, sí? —El hombre me devora con la mirada—. Pues bien, los dos sabemos que eso es una puta mentira.

—Ya me lo imaginé, colega, pero insistió. Creo que este sitio fue la granja de su familia o algo así antes de que tú la compraras.

¿Por qué estoy permitiendo que dos desconocidos hablen de mí como si no estuviera?

—Fue la casa de mi padre —digo, tratando de sonar asertiva, tratando de ser la dueña de mi destino, etcétera.

—¿Te refieres a Bill?

De repente, parece que a George le ha picado la curiosidad.

—No. Se llamaba Stephen. Stephen Grey.

—Oooh —exclama George—. El que se largó. Ya he oído hablar de él.

—Todos hemos oído hablar de él, colega —añade el conductor, y ambos estallan en carcajadas.

—He oído que se le fue la olla, como a su padre, que no podía llevar la granja, el pobre niñito precioso.

—¿Es eso cierto?

—Sí, sus primos dijeron que era un puto gallina, que no llegaba a cortar nada con el hacha y que se fue a Sídney a hacerse la manicura.

Tanto Jasper como yo alzamos MUCHO las cejas.

—De hecho, mi padre está muerto —digo, con tanta rabia que me duele el espinazo—. Será mejor que mida sus palabras.

George abre la boca. Vuelve a cerrarla. Baja la mirada hacia sus botas sucias. Se encoge de hombros.

—Lo siento, chiquilla. No era mi intención faltarles al respeto a los muertos —se disculpa.

Acto seguido, se santigua. De verdad. El hombre cree en Dios, y su alma vive perpetuamente en una cloaca.

El taxista desvía su atención hacia mí.

—Lo siento, colega —dice, y parece lamentarlo de verdad.

¿Es que nadie se ha enterado de la muerte de papá? ¿Es que piensan que papá está en algún lugar de Sídney, con su pijama de seda y las uñas pintadas, vivo y convertido en un puto gallina fracasado? Ojalá.

—Sí, vale. Gracias —digo, casi a punto de romper a llorar, lo que no servirá de nada aquí. Nada de debilidades, Biz. Sé un cometa—. Solo quería ver dónde creció. Sacar algunas fotos. Siento molestar.

—De acuerdo, genial, como quieras. Puedes sacar fotos —accede George—, pero llevo sin limpiar este sitio…

—Toda la vida. —El taxista termina la frase y ambos ríen.

—No tardaré mucho.

El taxista sale del vehículo. Le ofrece un cigarrillo a George. «No, gracias, colega. Lo he dejado», dice George, y el conductor pregunta: «¿En serio? ¿Cuándo?», a lo que George responde: «Ayer. Es una mierda»; y el conductor dice entonces: «Marie me pidió que lo dejara cuando nacieron los niños», y George pregunta: «¿Y qué tal fue?», y, vaya, mira por dónde, ahora son dos buenos amigos que charlan sobre sus adicciones como si fueran dos gallinas en un corral. Qué tierno.

Voy hacia la casa. Jasper me sigue; no ha pronunciado palabra desde que George ha aparecido. Lo observo; es una silueta larguirucha y apagada en la penumbra. Me siento mal por haberlo traído a un sitio tan feo.

Sujeto la Polaroid y saco una foto de la casa, con sus travesaños inclinados y la pintura desconchada. Me dirijo al porche y saco una foto de la vista desde la puerta delantera: el camino polvoriento, las ovejas en la distancia, apiñadas en la sombra detrás de las vallas caídas. Doy una vuelta por la parte trasera, donde (espero) no está el perro y saco una foto del tendedero, que monta la guardia en la oscuridad. Saco una foto de la colina, que desciende junto a unos puntitos que son ovejas hasta un bosquecillo donde quizá haya un arroyo, y saco una foto de Jasper, apoyado en uno de los postes del cercado y seguro que odiándome en este preciso instante.

No agito las fotos para que cobren vida; las meto en la mochila, y Jasper y yo regresamos al taxi. George y el conductor están ahora tomando una cerveza, y de la boca de George cuelga un cigarrillo que el conductor enciende. Menuda fuerza de voluntad.

—Ejem, ¿están bebiendo? —digo, pese a lo jodidamente obvio que resulta.

—Sí. No tardo, colega —dice el conductor.

George da una calada al cigarrillo y me mira.

—¿Quieres también hacer alguna foto del interior?

—No —exclama Jasper.

Es la primera palabra que le he oído en más o menos media hora.

—Sí —respondo yo, y Jasper me lanza una mirada que podría ser una advertencia sobre cuerpos en el congelador, pero que no escucho.

Me encamino hacia los escalones del porche, los subo y oigo los susurros y chirridos de la puerta mosquitera, que se cierra a mis espaldas al entrar.

Bueno, aquí estoy.

A papá lo trajeron aquí de bebé; aquí vivió con su madre, su padre y el hermano de su padre, y aquí hay una historia, puedo sentirla.

De pequeño, papá aprendió a gatear y a caminar en este pasillo, en el que ahora se apilan los periódicos y las botas llenas de fango; y se sentó en esta cocina, quizá a esta misma mesa, en la que ahora hay una pila de platos, cuencos y ceniceros rebosantes. Posiblemente hizo sus deberes en este sofá, cuyo brazo está pegajoso de vete a saber qué, con marcas circulares y quemaduras de cigarrillos, y vio esa televisión, que tiene pinta de ser de antes de que Jesús naciera.

Papá recorrió este pasillo hasta su camita en su pequeño dormitorio, pero al pasar entre las frías y húmedas paredes, solo me encuentro con un montón de toallas tiradas junto a la puerta del baño y un olor fétido que sale de él. Y es igual que una película de terror, excepto que las películas no puedes olerlas. Se me hace difícil respirar y hay moho en la esquina opuesta; puedo verlo y, joder, este es el lugar más repugnante que he visto en mi vida.

Aun así, entro en las asfixiantes habitaciones; saco foto tras foto, porque en algún lugar de esta casa —antes de que George la arruinara y antes de que tío Charlie se casara con quienquiera que fue mi tía y tuviera todos esos primos que llamaron a papá gallina y antes de que papa muriera y de que su madre desapareciera—, ¿quizá hubo felicidad?

Salgo al exterior y ya es noche cerrada. Voy a necesitar una ducha después, eso seguro.

El taxista y George aún beben cerveza, y Jasper se me acerca a toda prisa antes de que llegue hasta ellos.

—Joder, Biz, es la tercera cerveza que se toma —dice, señalando con la cabeza hacia el taxista.

Jamás había visto a Jasper tan serio.

—No jodas.

—Sí jodo.

—¿Y qué hacemos?

—Yo conduciré —sugiere Jasper.

Se acerca al taxista, cuyo nombre puede que nunca sepamos porque, a diferencia del resto de habitantes de esta ciudad, no nos tuteamos con los presentes ni los llamamos por su nombre de pila.

—Oye, colega —exclama Jasper.

—¡Qué pasa, colega! —responde el taxista—. ¿Ya ha terminado tu amiga? Muy bien —dice alegremente, y se acaba de un trago el resto de su cerveza.

—¿Le importa si conduzco yo? —pregunta Jasper en voz baja.

George empieza a reírse a carcajadas.

El taxista parece un poco sorprendido.

—¿Qué dices, colega?

—Bueno... es que ha estado bebiendo —empieza a decir Jasper.

—Colega, esto no es nada. He conducido en peores condiciones. No le di a nada. Nadie murió.

—Lo siento, pero no me siento cómodo con que conduzca usted en el camino de vuelta.

—¿Que no te sientes cómodo? —repite el conductor, riéndose—. ¡No me jodas!

—¡Que se joda él! —interviene George, riéndose, con su barriga moviéndose arriba y abajo.

—Bueno, supongo que no voy a ser yo el que os lleve de vuelta —dice el taxista.

Mete la colilla de su cigarrillo en la lata de cerveza vacía, tira la lata al suelo, se sube al coche, arranca el motor y, sacando la mano por la ventanilla para saludar a George, se marcha.

George no deja de reírse. Ríe y ríe y ríe y ríe y ríe.

Y el perro de George, que se ha acercado furtivamente hasta nosotros, ladra y ladra y ladra y ladra y ladra.

Cuando llegamos a la ciudad, ya es muy tarde. Hemos tenido que regresar a pie. Y en Temora, por lo visto, al tiempo le gusta dar un giro de 180 grados por la noche y nos hemos congelado. Jasper tiene tanto frío y está tan enfadado que se ha vuelto de color púrpura. Llegamos al *pub*—el alojamiento que anoté al planear el viaje hace una eternidad—, pero está cerrado.

Golpeo una y otra vez la puerta de cristal. Los minutos pasan. Las estrellas se arrastran por el cielo. Sigo golpeando la puerta. Un tipo baja las escaleras. Abre la puerta.

—¿Qué queréis?

—Lo siento —digo yo—. ¿Creo que tengo una reserva? ¿A nombre de Elizabeth Grey? Siento llegar tan tarde. Siento mucho molestarle. Lo siento mucho.

Estoy exhausta. Estoy triste. No me queda ni una pizca de ánimo.

Sin embargo, quizá porque parecemos niños, o yonquis o fugitivos, o las tres cosas a la vez, el tipo se apiada de nosotros.

Nos deja entrar y nos conduce a la planta superior por unas escaleras de madera cuya alfombra está completamente desgastada y cuyos peldaños huelen a cerveza y cigarrillos.

Saca las llaves y abre de par en par la puerta de una habitación.

—El baño está por ahí —dice, señalando con el pulgar hacia la izquierda—. Y esta es la llave.

—Gracias.

Jasper no pronuncia palabra.

—No hay de qué —dice el hombre, que quizá sea el padre de alguien o quizá se alegre de no ser padre al ver la condición en que estamos. El hombre nos mira fijamente—. Tenéis pinta de estar reventados. Ya me pagaréis por la mañana. Descansad un poco —dice, y baja las escaleras.

Debemos de ser los dos chavales más patéticos que ha visto en su vida.

Me muero de hambre. Estoy helada. Jasper no me ha hablado en tres horas. Ya es medianoche pasada. Solo hay una cama doble en la pequeña habitación, pero está limpia, hace calor y, afortunadamente, no huele a calamar rancio.

Jasper se deja caer en la cama, completamente vestido.

—Me voy a dormir.

—Yo voy a darme una ducha —digo—. Esa casa era… puaj.

Madre mía, esa casa. Y la negrura profunda cayendo de golpe sobre nosotros, George diciendo «Largaos de mi finca» después de que el tipo del taxi se fuera, el perro colocándose al lado de George y ambos dirigiéndose hacia la casa sin volver la vista atrás, y la expresión de Jasper al darse cuenta de que tendríamos que regresar a pie a la ciudad. Todo ello se me graba en la piel.

—No quiero hablar del tema —dice Jasper, con voz glacial.

Cierra los ojos y me da la espalda. Se cierra a mí.

—Está bien —digo.

Que es lo que me repetí una y otra vez cuando Grace se cerró aquella vez, cuando el rostro de papá se cerró aquella otra, cuando nada estaba bien, cuando todas las puertas se cerraron.

Me quedo en pie en medio de la estancia vacía, y Jasper no dice nada, Jasper no dice nada.

Y, de repente, me siento muy sola, como si todo el universo hubiese abierto la boca y se me hubiera tragado, enrollándome como si fuera una polilla en un hilo de araña. Estoy envuelta en nada, y no hay salida.

Agarro la mochila y la toalla que hay sobre la silla y me dirijo al baño. La puerta chirría en la nada, y las baldosas bajo mis pies resuenan en la nada, y la nada cae desde la ducha sobre mi piel desnuda. Me quedo allí, debajo del agua, con ganas de llorar, pero, evidentemente, en mi interior no hay nada que pueda salir.

Abro los ojos de golpe a las seis de la mañana. Estoy completamente despierta, conectada, lo que no tiene sentido, porque no he conseguido dormir hasta las tres de la madrugada, y aun así, no sé si esos momentos confusos podrían considerarse como sueño. Me he pasado la mayor parte de la noche despierta, tumbada como un palo junto a Jasper, que había muerto para el mundo, con el molinete de mis pensamientos desatado y el tiempo deslizándose, partiéndose de risa.

Las veces que he llegado a conciliar el sueño, he tenido unas visiones confusas en las que corría tras el autobús en el que se había subido Jasper y luego me daba la vuelta y me encontraba en la antigua habitación de papá, mirando hacia un prado vacío, y papá, en pijama y en pie, me decía: «¿Quieres bañarte en el arroyo, Biz? El agua no debe de estar demasiado fría».

Pero cuando me metía en el agua, la corriente era demasiado fuerte y papá me miraba fijamente desde la orilla mientras yo me alejaba y me hundía, la corriente me arrastraba y me volteaba, y en el sueño sabía que iba a ahogarme, y que todo lo que tenía que hacer era soltar mi cuerpo, desapegarme de él; solo era un momento, «déjalo ir, Biz, y respira…».

Y entonces me he despertado.

Jasper está dormido tan profundamente que ni se mueve cuando me levanto para ir a mear, cuando abro la puerta y chirría, cuando cierro la puerta y chirría, y cuando repite ambos chirridos al volver del baño. Me arrebujo en la cama con las polaroids porque el suelo del baño estaba helado y mis pies han recordado el frío que pasaron anoche. Jasper ni se mueve cuando le doy la espalda, con los pies envueltos en la manta y retiro el papel protector de las fotos para ver qué dicen.

Madre mía.

Fotografía de una sala de estar:

Soy un chico. Tengo cinco años y me llamo Stephen Grey.

Salto en el sofá y me dejo caer sobre mi trasero, y mamá ríe. Lleva su vestido de flores rojas, con el que siempre besa a papá.

Mamá me aúpa y dice: «Stevie, ¿quieres un poco de beicon?».

Yo digo que sí porque me encanta el beicon.

En la sartén, el beicon chisporrotea y salpica a mamá, y mamá grita y pronuncia la palabra que empieza por eme, y yo la repito. Ella se vuelve hacia mí y me dice: «Eso no se dice, Stephen».

¿Por qué? A mí me gusta esa palabra, cómo empieza suavemente y cómo termina, como si estuvieras tirando bolas de barro hacia el muro del gran cobertizo en el que guardamos el tractor. Espero a que regrese papá, que ha salido con el tractor.

Mamá me sirve un plato de beicon y está oscureciendo.

Papá no ha vuelto. El tío entra a toda prisa y sus manos están rojas, y mamá dice: «¿Qué ocurre?».

Y él responde: «Martin. Es Martin».

Los tractores no son buenos.

Fotografía de un porche:

Papá está en la cama, durmiendo. El tío mete la mano por debajo del vestido de mamá, que tiene flores rojas. Los veo a través de la puerta mosquitera en el porche, en cuya barandilla están apoyados mamá y el tío. El tío cree que no los veo.

Pero los veo.

En la cama, papá parece un rompecabezas sin acabar. Cuando lo trajeron de vuelta después de lo del tractor, se olvidaron de recomponerlo, así que ahora toma muchos medicamentos.

Mamá ha salido fuera a fumar y el tío ha salido tras ella. Yo he ido sigilosamente hasta la puerta.

El tío dice: «Abandónalo».

Y mamá dice: «No puedo».

El tío da un paso adelante y la besa en la boca, y veo su lengua. Y la de mamá.

Empujo la puerta mosquitera, que se abre de par en par, y ambos saltan como cuando tiras una piedra enorme en la parte más profunda del arroyo y el agua se levanta volando, justo en el lugar en el que ha caído la piedra.

Fotografía de un tendedero:

El crepúsculo. Cuatro rayos de metal, dispuestos como si fueran una sombrilla desnuda. Cables para la ropa que cuelgan entre los rayos. Una manivela oxidada para hacerlo girar.

En el tendedero: una camisa manchada, un trapo manchado, calcetines desparejados, ambos manchados.

El tendedero solía estar lleno: de ropa de trabajo, y también de ropa de domingo, de faldas y pantalones cortos. La vida no era más que pinzas y promesas, pero ahora el tendedero se conforma con tener colgada una camisa al mes.

Recuerda aquella tormenta, en el 74, cuando todo salió volando. Ella salió llorando y diciendo: «Que Dios me ampare, siempre pasa igual». Y empezó a recoger las prendas embarradas.

El tendedero solía girar y girar una y otra vez para ella. Pero ella no lo veía.

Ahora el óxido se ha instalado en la manivela y ya no gira.

Fotografía de una cocina:

Papá está haciendo la cena. Es gracioso, porque es muy lento.

Digo: «Papá, eres tan lento que podría ir en coche hasta las tiendas y comprar comida china antes de que terminaras ese sofrito».

Él me contesta: «No te hagas el listillo, Stephen. De todos modos, no tienes permiso de conducir».

Puede que solo tenga nueve años, pero sé conducir. A veces, el tío me lleva a derrapar colina arriba, en el prado, y el tío echa la cabeza hacia atrás y se ríe. Está feliz. No lo estuvo durante mucho tiempo, después de que mamá se fuera, pero entonces conoció a Daisy en la subasta.

Papá no puede trabajar mucho. A veces se le acaban las pastillas que se toma. Entonces se pone a gritar, le dan sacudidas y a veces golpea cosas: las paredes, al tío, los postes del cercado, a mí. (Solo fue una vez; miró su puño y después a mí, tumbado en el suelo, y exclamó: «¡Joder!»).

Se disculpó. No ha vuelto a hacerlo. Eso ocurrió un par de años después de que mamá se marchara. Pensé que si yo tuviera algo más pequeño que golpear, también lo habría hecho.

Fotografía de un dormitorio (en siete partes):

1. Una mujer, en pie junto a una cama, acariciándose la marca en su rostro.

Un hombre sentado sobre la cama, mirándose los zapatos. «Lo siento mucho», dice.

La mujer dice: «Martin, si se repite, me largo».

2. Entro con mi yoyó —arriba y abajo, arriba y abajo— y veo que papá está empujando a mamá contra la pared junto a la cama. Sus manos son como garras en los hombros de mamá, y papá no deja de repetir palabras sin sentido. Debe de apretar mucho, porque mamá llora sin parar.

3. El hombre está en la cama, tan destrozado que ni siquiera ha advertido la presencia del niño. El hombre pide a gritos a su esposa que le traiga las medicinas. La esposa se ha ido. Contra la pared, el niño es un fantasma que escucha sus súplicas.

4. La habitación está hecha de polillas y de polillas en bocas. El hombre grita en sueños. No puede levantarse. No puede moverse, no puede moverse; está enterrado debajo de miles de alas partidas.

5. Paseo nocturno. Merodeo por la casa, me detengo ante todas las puertas y

«Ahí está el tío, durmiendo en la cama con Daisy.

»Mamá ya no está, y papá, tampoco. ¿Dónde están?

»Papá se ha ido, Stephen.

»Mamá también. ¿Dónde se ha ido?

»Oye, no lo sé, eso ocurrió hace tiempo.

»No hables solo, Stephen.

»¿Por qué no?

»Porque la gente pensará que estás loco».

6. El chico está tumbado sobre la cama en la que duermen la tía y el tío. El chico se está tocando justo cuando ellos entran y dicen: «¿Qué estás haciendo en nuestra cama, Stephen?».

7. Los primos están en el umbral de la puerta, riéndose. Me llaman pirado gallina bicho raro de los cojones. El tío y

Daisy me dieron esta habitación; dicen que las vistas parecen gustarme. Los médicos quieren que me sienta cómodo y todo el mundo asegura que eso contribuirá a que los pensamientos raros desparezcan.

«Yo no les pedí que vinieran —les digo a las paredes, a la oscuridad, a los agujeros en el aire, a los agujeros en general—. Los pensamientos llegaron cuando yo no prestaba atención».

Fotografía de la casa:

Soy habitación, soy escalón, soy ventana.

Soy tejado, soy pared, soy casa.

He visto cómo él y ella se tocaban y luego dejaron de hacerlo. Veo al chico en las puertas, escuchando. Oigo el sonido de un hombre y de una mujer, y de una mujer y un hombre, hablando, besándose, y gritando, golpeándose y llorando ante el fregadero.

Veo a la mujer que abre mi puerta delantera y la cierra,
marchándose por el camino que parece una lengua.

Veo al hombre que abre mi puerta y la cierra.

Lo veo alejarse de mí y meterse en el agua.

Soy una caja. Soy como la caja en la que metieron al hombre cuando lo trajeron de vuelta.

Fotografía del arroyo:

Un hombre está entre mis aguas,

un hombre, justo antes del recodo,
en el lugar en que formo una piscina natural.
Las urracas se pelean en los árboles,
y un ualabí bebe contracorriente.
Un hombre boca abajo
donde mis aguas se vuelven oscuras
por la profundidad
y el tanino de los eucaliptos.
El chico lo ve.
Su boca se abre.
Se podría meter un guijarro en ella,
llenarla de guijarros,
pero se marcha a todo correr,
cae y sigue corriendo
colina arriba y
entra en la casa y
sale por la ventana y
sube al árbol y
sube al tejado
y hacia el cielo
y
arriba
hacia el sol.

Fotografía de un tejado:

Soy un chico. Soy un chico que está encima del hierro ondulado, gritando.

Resbalo y me caigo.

Me rompo el brazo, la muñeca, las costillas.

Aúllo y me sacudo, y aúllo y me sacudo y aúllo, aúllo, aúllo y aúllo.

ESTOY SOBRE LA CAMA DE UNA HABITACIÓN EN UN *PUB*
y todo lo que puedo oír
es a papá.

Todo lo que veo es agua, un hombre en
agua, un chico que llora y se cae,
herrumbre, sollozos, golpes y sangre.

Empiezo a sacudirme y solo escucho
mi voz que le grita a papá.
«¡No me lo contaste!».
Y papá no dice nada
porque es un chico
todo ojos y boca abierta y
fracturas y cielo.

Siento que
me hago añicos.

Lloro,
con las rodillas contra el pecho y los mocos colgando.
Jasper está despierto, pajarito asustado.
Me hago un ovillo en la cama,
agarrándome las rodillas,
golpeándome, golpeándome, arañándome
abajo
más abajo.

Jasper aletea, alborotado,
¿qué está diciendo?
Sus ojos azules abiertos de par en par.
Yo digo: «¿Por qué no me lo contaste?».
La boca de Jasper se mueve.
Pero no puedo oír lo que dice.

Jasper no tiene sonido alguno.
Su boca se mueve,
pero él
no está aquí
en una habitación sobre una cama, qué ridículo
es cuando somos moléculas.

Soy un átomo
que azota
a otro átomo
y estoy tan
triste que no puedo
respirar.

Papá.
«No me lo contaste».

«Te haré tan feliz...»,
dijiste.
«Míranos —dijiste—. Qué felices éramos»,
dijiste.
«¿Te acuerdas, Biz?
»¿De ese momento
»y de ese y de ese otro?».
Pero nunca
me
lo
contaste.

¿Papá?
Lo éramos (es mentira).
¿Papá?

Felices (es mentira).

Yo no lo soy

tú no

lo fuiste.

¿Papá? ¿Lo soy? ¿Soy:

somos?

¿Papá?

No lo somos.

¿Papá?

¿Papá?

¿Papá?

¿Papá?

¿Papá?

¿Papá?

¿Papá?

¿Papá?

¿Papá? ¿Papá? ¿Papá?

¿Papá? ¿Papá?

¿Papá? ¿Papá?

MAMÁ VIENE AL HOSPITAL DE WAGGA, ADONDE ME HAN LLEVA-do. Se sienta junto a mí en la cama, en el ala de psiquiatría, donde estoy ingresada.

Su aspecto es gris, diluido, disuelto.

La miro. Quiero decirle «Lo siento», y «lo siento», pero voy hasta las cejas de medicamentos, así que me cuesta hablar.

Ella dice: «¿Qué ha ocurrido?».

Yo quiero decirle: «Todo» y «Papá», pero estoy tan cansada.

Cierro los ojos. Cuando los abro de nuevo, ya no está.

Las noches son duras. Oigo muchos gritos y llantos. Suenan portazos. La luna es una curva blanca contra el papel del cielo.

Pienso que igual me he convertido en la luna, pero compruebo la etiqueta en mi muñeca y sigue poniendo ELIZABETH MARTIN GREY, y el Martin es por el padre de mi padre, que se ahogó en un arroyo antes de que naciera.

Papá está junto a la ventana; «Bueno, aquí estamos», dice. Tiene las piernas cruzadas y está haciendo helado.

Es medianoche. A través de la ventana, veo la luna, que parece una cucharada de helado, como cuando metes la cuchara en el envase y esta sale con una curva perfecta.

Papá dice: «Estará buenísimo, Biz», y yo tengo cinco años y estoy sobre la encimera de nuestra cocina, golpeando los talones contra las puertas de los armarios. Mamá entra.

—¿Stephen? —dice.

—¿Sí? —responde papá.

—Son las dos de la madrugada.

—La hora perfecta para un helado.

—¿Qué hace Biz despierta?

—Necesitaba que me ayudara.

—¿A hacer helado?

—A comerlo.

Mamá no puede evitarlo; esboza una sonrisa,

y papá sonríe también

y la luz de ambos es mi luz.

Papá flota junto a la ventana. Está hecho un ovillo en la curva que forma la luna.

«Biz, ¿te acuerdas de cuando comimos helado? —dice—. ¿Y de cómo te chorreaba por la barbilla, y entonces yo también hice chorrear el mío y fingimos que éramos vampiros?».

No digo nada.

Él me sonríe desde la otra punta de la habitación. Está tan lejos.

Tiendo la mano hacia él.

Él tiende la mano hacia mí.

Y digo: «Vete a la mierda, papá. No eres real».

Y, con un destello, papá desaparece.

Otra noche:

Lo siento, papá. No era mi intención. Papá, por favor. Lo siento.

Papá.

Por favor.

¿Papá?

Por favooor.

Otra noche:

Papá planea encima de mi cama.

Dice: «Pues claro que soy real, Biz. Ven a encontrarme».

Siento tanto alivio…

Menos mal, papá. Pues claro que lo haré.

Salgo del hospital.

Camino hacia Temora. Encuentro el arroyo y la piscina natural en el recodo, profunda y oscura.

Un búho me mira desde un eucalipto esquelético.

Digo: «Voy a entrar»; y el búho responde: «Ya era hora».

—Elizabeth, queremos ayudarte a comprender qué ocurre —dice el psiquiatra en la sala de consulta—. Por lo visto, has tenido una mala época y, para sobrellevarla, tu mente se ha vuelto creativa. Lo que está bien, ya lo sabes. La mente es asombrosa; sin ella, no tendríamos coches, ¿a que no? Ni música. Ni tostadoras.

El psiquiatra esboza una sonrisa.

Hemos llegado a esta sala como si nos adentráramos en un lugar secreto, atravesando una puerta que el psiquiatra abrió deslizando una tarjeta, después otra puerta —tarjeta de nuevo—. Las puertas hicieron clic al abrirse, hicieron clic al cerrarse. Los zapatos del psiquiatra resonaron en el suelo.

Estamos sentados en unas sillas verdes, separados por una mesita de café en la que hay un helecho. El psiquiatra cruza las piernas. Lleva calcetines estampados. ¿A qué es curioso? «¿No te parece curioso, papá? ¿Él y tú?».

El psiquiatra tose.

—Bien, Elizabeth, la cuestión es que algunas cosas que pueden parecerte reales en este momento tal vez no lo sean. Queremos ayudarte a que las distingas.

El psiquiatra está hecho de agua. ¿Lo sabe?

Le digo cuántas moléculas lo conforman y cómo se convertirá en lluvia con el tiempo, y el vuelve a toser.

—Centrémonos en ti, ¿de acuerdo? —dice.

El psiquiatra murmura junto a mi cama; habla con mamá, pero yo estoy medio dormida, así que la conversación es como un vaso que se ha caído.

ÉL: Algo algo—trauma—algo algo—

ELLA: Pero—algo algo—se pondrá bien—

ÉL: Algo—diferentes opciones de tratamiento—algo—primero tiene que estabilizarse—algo

ELLA: ¿De verdad?, ¿cómo ha—

ÉL: Algo algo—Martin—algo—¿le—

ELLA: No, no se lo—algo—no lo sabía—

A mamá se le quiebra la voz.

Y sus palabras se convierten en pájaros.

—¿Puedo irme? —le pregunto al psiquiatra.

—Pues claro que puedes irte, Elizabeth. Es lo que todos deseamos. Queremos que vuelvas a casa y que tengas los cuidados necesarios. Pero antes tenemos que asegurarnos de que estás estable.

—Estoy estable —digo—. Me gustaría marcharme para poder ir al arroyo y sumergirme en sus aguas. Allí encontraré al padre de papá, que se llama Martin. Lo sacaré del agua, retrocederé en el tiempo y entonces irá bien y papá no morirá.

El psiquiatra no me oye. Trato de explicárselo, pero todo lo que me sale son viñetas, como en los cómics.

Pero las mías están vacías.

Es lamentable.

Quiero salir de este papel. Quiero salir de esta historia.

Jasper está sentado junto a la cama.

Espera a que diga algo.

Me sostiene la mano.

No sé qué decir, excepto «Lo siento».

—¿Qué es lo que sientes, Biz?

—Que mi cerebro está estropeado. O eso creo. Lo siento.

La expresión de Jasper.

No consigo interpretarla.

—Lo siento mucho —le digo de nuevo.

¿Es mi nueva coletilla? ¿Siento existir, siento asustaros, siento haberos arrastrado hasta aquí, siento haberme roto?

—Siento habértelo dicho.

—¿Decirme el qué?

—Lo que oí que decían.

—¿Que decían quiénes?

—El tipo del taxi. Y George.

—¿Y qué decían?

—Cuando volvíamos a pie, Biz. Estaba tan enfadado que lo solté.

¿Cuando volvíamos? Pero si Jasper no pronunció palabra. Nunca me dijo nada.

«Jasper, no».

Tú no me dijiste nada de Martin. No me dijiste nada del arroyo. No me dijiste nada de nada. Guardaste silencio durante todo el trayecto hasta la ciudad. «Jasper». ¿No lo recuerdas?

Empiezo a temblar. El suelo se inclina.

—Biz...

Y la enfermera llega y dice: «¿Qué ocurre?», y Jasper contesta: «¡Nada!», pero es mentira.

¿Verdad?

«¿Jasper?».

Entra un médico.

Jasper tiene que salir.

A mi alrededor, la gente se mueve de un lado a otro con nerviosismo.

Yo tiemblo, y tiemblo, y tiemblo y tiemblo.

Una puerta se abre. Se cierra.

Jasper me visita. Le digo que mi cerebro se ha estropeado. Le digo que lo siento.

—¿Sabías que en el cerebro humano hay ochenta y nueve billones de neuronas? Casi el mismo número de galaxias del universo observable, Biz.

Me lo quedo mirando.

—¿Sabías que los monjes, cuando meditan, llegan a incrementar su temperatura corporal diecisiete grados?

Ya sé todo eso, pero ¿cómo lo sabe él? ¿Se lo conté yo? No lo recuerdo…

—La mente es un milagro. —Me da un fuerte apretón en la mano—. Tu mente es un puto prodigio, Biz.

Cierro los ojos. Trato de apagar mi mente prodigiosa. Necesita estar en calma durante un segundo. Un milisegundo, lo que sea. Por favor, detente para que pueda descansar.

—Ah, y te he traído una gorra Pokémon.

Abro los ojos.

Jasper saca la gorra de una bolsa. La deposita en la mesa junto a la cama. Acto seguido, me toma la mano y la sostiene hasta que una enfermera aparece y le anuncia que es hora de irse.

Mamá parece cansada. Yo estoy cansada. Esta mañana he tenido que ir a yoga. Es decir, me han animado a ir a yoga. He ido; hemos hecho el perro boca abajo; nos hemos sentado a contar nuestras respiraciones. Ayer tocó plástica, lo que es divertido porque en el pasado solía dibujar casas boca abajo y ahora mi cerebro está boca abajo. Me reiría, pero estoy muy muy cansada.

Mamá se sienta junto a mí y apoya la cabeza en la palma de la mano. Cuando cree que estoy durmiendo, se come las uñas y lee novelas románticas que ha comprado en la tienda del hospital.

Cuando estoy despierta, dice algo sobre los mellizos y tía Helen, y dice algo sobre mi proceso de recuperación. Dice que ella no sabía lo de Martin… que no lo sabía… que papá nunca… y, entre líneas, puedo oír: «De haberlo sabido, nos hubiésemos encerrado los tres en una burbuja, Biz. Os habría protegido con mi cuerpo. Hubiésemos ido a vivir a una cabaña en lo alto de una montaña y jamás hubiésemos bajado».

Miro a mamá, mientras ella habla y llora. La miro y no digo: «No hubiese servido de nada, mamá. La montaña se habría desmoronado. No podemos escapar de nuestra propia historia. Es como un río que te sigue, como la sangre, que se mueve sin que lo pienses. El pasado hace lo que haga falta para encontrarnos».

El psiquiatra tiene el rostro lleno de arrugas, como si alguien hubiera estrujado su cara apergaminada y después la hubiera alisado. Su pelo parece revuelto por el viento, como si viniera de dar un paseo.

—Te enfrentas a cuestiones complejas, Elizabeth —dice desde su silla verde—. Pero pueden tratarse. Necesitarás una buena terapia en casa. Te sentirás mejor. A veces te resultará difícil, pero te recuperarás. —Y, acto seguido, el psiquiatra bosteza, con la boca abierta de par en par. Se la cubre con la mano y dice—: Lo siento, no he dormido mucho.

Trato de imaginarme qué debe de significar la palabra «insomnio» para él. Quizá ver la tele. Bailar tango hasta el amanecer con una mujer de cejas negras. Comer galletas en la cama con su gato y dejar la cama llena de migas.

El psiquiatra sonríe.

—Papeleo, de hecho. Y puede que un poco de Netflix. Solo un poquito.

«Vaya, Biz, te ha leído la mente».

No.

Lo he dicho en voz alta. ¿Creo?

«¿Cuándo?». Justo ahora. «Violento». Sí.

Estoy en la cama. Esta mañana unos cuantos otros y yo hemos tenido que ir al gimnasio. Se supone que debemos levantarnos y estar despiertos durante el día, y en la cama y dormidos por la noche, pero por la noche las paredes crujen, las puertas hacen clic clic y el aire gruñe. Por la noche, me quedo tumbada y despierta, viendo cómo las nubes hacen formas con sus manos.

Grace viene y se sienta a mi lado, en la silla.

Alarga el brazo y toma mi mano.

Abro los ojos de par en par; se me salen de las cuencas. Dejo que entre toda la luz.

Grace.

Si tuviera la cámara, le haría una foto.

—Biz —dice.

Grace tiene buen aspecto, fresco y limpio. Lleva un uniforme, completamente planchado. No recuerdo que Grace se planchara nada. Hace seis meses que no la veo. Supongo que en ese tiempo se puede aprender a planchar.

—Grace —suelto con un graznido. Carraspeo y repito—. Grace.

—Me ha llamado tu madre —dice.

—¿Oh?

—Y Jasper. Me envió un mensaje, un mensaje privado y un correo electrónico.

«Yo he intentado hacer todas esas cosas, Grace. He tratado de contactarte. Todo lo que has mencionado: A, B, C y D».

—He convencido a papá para que me dejara venir a verte. Me ha traído hasta aquí, aunque se supone que tengo que estar estudiando a todas horas. —Grace pone los ojos en blanco—. Es una escuela superdifícil, Biz. Apenas nos dejan dormir. Es como si nos entrenaran para ser astronautas de la NASA. Voy a hacer un curso de extensión en mates y química. ¡Y comercio! En mi cabeza solo hay números, ¡todo el rato! Sueño con cosenos, factores y cuadrantes.

Grace suelta una carcajada, y después tose. Me aprieta la mano.

—¿Has muerto?

—¿Eh? —dice Grace.

—Creo que sí. Creo que estás muerta. Creo que no eres real, Grace —digo.

Grace está confundida. Niega con la cabeza.

¿No lo recuerda? ¿No recuerda la noche en que me adentré en el agua…

cómo las olas me golpearon y me zarandearon y que Jasper vino

y que las puertas se abrieron…

y que ella murió?

¿No?

Grace, colega, que estabas ahí mismo.

Pobre Grace. Se ha quedado en blanco. Así que se lo cuento en detalle: que ella también estaba en el agua esa noche, acostándose con Suryan y que cuando Jasper me sacó del agua, vino la corriente y, arrancándola de los brazos de Suryan, se la llevó fuera de la línea temporal. Y que entonces Grace, sin suerte ni esperanza, flotó hacia el mar como si fuera una sirena que regresaba a casa. Pidió ayuda una y otra vez, pero nadie la escuchó, y no mucho después, Grace dejó de gritar y una gaviota se posó a mi lado y dijo: «Qué le vamos a hacer. Ha muerto».

Miro a Grace. Sus ojos castaños están muy muy abiertos.

—Y así es como moriste.

Levanto las manos y las dejo caer de nuevo, como diciendo: «Así es la vida».

Grace no me cree.

—Eso es un disparate, Biz —dice, negando con la cabeza.

—Pero así es como funcionan esas puertas, Grace —respondo.

Se lo aclararía, el tema de las puertas, de la materia que no se puede manifestar y del universo no consolidado, pero Grace se ha puesto en pie. Está llorando; va en busca de un médico.

«Oh, Grace». Un médico no servirá. Los médicos no ven a los muertos.

—Qué lástima —digo—. Te acompaño en el sentimiento.

Grace llora todavía más. Sale de la habitación. Dejo que se vaya.

Es difícil de aceptar. La muerte no es plato del gusto de todos. Necesitas años y años y años y años y años para acostúmbrate a ella.

Mamá está sentada junto a la cama, leyendo. Alza la mirada y ve que la observo. Esboza una sonrisa.

—Te quiero, Biz —dice.

La examino y reparo en su sonrisa, reconstruida de fragmentos, en su vacilación. Veo las moléculas con las que está hecha, cómo se unen para conformarla, así de sencillo.

—¿Por qué me quieres? —pregunto.

Se ríe entre hipos.

—Hay tantas razones…

Y sentada junto a mí, las enumera.

Jasper viene a despedirse. Debe marcharse porque su madre y su padre tuvieron una «charla» (probablemente sobre por qué cojones estaba paseándose por el desierto con una chica desequilibrada) y su madre le ha ordenado que vuelva.

—Tengo que irme, Biz, pero no quiero.

«¿Es eso verdad?».

No estoy segura. Tomaría una foto, pero me han arrebatado la cámara.

Jasper se inclina hacia mí. Me aprieta los hombros. Me da un beso en la frente y se pone a llorar, solo un poquito, y una parte de mí se derrite y se va con él, para que pueda irme a casa con él.

Y, justo en ese momento, llegando hasta allí a través del aire viciado y las paredes grises y algodonosas, recuerdo estar tumbada en la cama del *pub*, mirando la foto que tomé de Jasper mientras estaba apoyado en el cercado. Su silueta, el ángulo de su cuerpo, su comedimiento, allí, conmigo, quedándose en lugar de marcharse.

Y la foto susurró:

«Quiero a Biz. Joder, es mucho trabajo, pero haría lo que fuera por ella».

Jasper está junto a la cama, sosteniéndome la mano.

(Entonces ¿Jasper me quiere?

Y supongo que yo lo quiero a él.

¿Puede que Jasper no sea gay? O puede que sí lo sea.

«Puedes besar a quien quieras y seguir siendo gay, Biz»).

Jasper me mira fijamente a los ojos. Está diciendo algo.

(«¿O quizá sea bi? ¿Quizá demi? ¿Quizá pan…?».

Quizá, quizá, quizá. Lo ignoro. Ya me lo dirá cuando a él le apetezca. Si le apetece. ¿Le apetece?

«¿Te gusta tu chico de ojos azules, Biz?…

»… ¿Y le gustas a él?»).

Alzo la mirada hacia Jasper.

Estoy tan cansada…

Cierro los ojos.

Cuando los abro, Jasper ya no está. Dos horas más tarde, todavía veo el eco de su cuerpo, allí, en pie.

Si yo fuera real y Grace todavía fuera mía, diría:

«¿Biz? Bueno, ¿y qué? ¿Te gusta? ¿Significa eso que no eres totalmentegay? ¿Puede que él tampoco sea totalmentegay?

BIZ: …

GRACE: ¿Lo quieres? ¿Crees que te quiere? ¿Os haréis novios? ¿O binovia y gaynovio? Ja, ja, ja. ¿Te casarás con él? ¿Tendréis diez niños? ¿No os separaréis nunca hasta que muráis? ¿Renunciaréis al resto del mundo? ¿Haréis lo que sea el uno por el otro? ¿Lo haréis, Biz? ¿Lo haréis?

BIZ: Grace.

GRACE: ¿Sí?

BIZ: Lárgate. Fuera de mi puta cabeza.

Ya es de día.

Hoy le he preguntado a una enfermera qué fecha es (¿cuánto tiempo llevo aquí?; ¿cuánto llevo durmiendo en este castillo?; ¿cuántos percebes ve?).

La enfermera gira la muñeca y lo comprueba en su reloj. Y, por lo visto, hoy es el día en que papá murió. Diez años después para ser exactos.

Mamá entra. Deja caer el bolso en la silla; me da un beso en la frente.

—Hola, cariño —saluda.

—Diez años, mamá —digo, y ella rompe a llorar.

Y entonces, todo lo que tenemos, todo lo que podemos hacer es agarrarnos la una a la otra, mientras nadamos en las aguas de la pérdida de papá, en las aguas de echarlo de menos, en todas esas aguas. Nos agarramos fuertemente, muy fuertemente, la una a la otra.

Se ha hecho de noche.

La oscuridad es asfixiante. El aire es como una sopa.

La luna se ha marchado. Los suelos chillan cada vez que las enfermeras los pisan. Siento la piel fina como el papel a causa de las pastillas y no huelo las flores. ¿Cuándo fue la última vez que olí las flores?

Oigo un lamento en cada rincón, a través de todas las paredes.

¿Papá?

¿Papá?

¿Por qué me dejaste aquí?

¿Por qué no me avisaste de que sería así para que pudiera marcharme antes de sentir tanto dolor?

Papá viene y planea junto a mi cama. Me sonríe, con el rostro veteado.

Ha estado llorando. Y flotando, igual que yo.

Siempre flotando, él y yo, en algún lugar que no está exactamente aquí: un centímetro, una brazada, un cielo más allá.

Y así, sin más,

tres recuerdos me vienen a la memoria.

Uno.

Tengo cinco años y estamos en una tienda enorme, buscando un sujetador para mamá. Me aburro. Quiero ver los juguetes.

Papá se ha ido a por unos calcetines. Le he preguntado: «¿Puedo ir contigo? ¿Podemos ir a ver los juguetes?». Y él ha dicho: «Ahora no», con una voz que dejaba intuir que quizá nunca fuéramos a verlos.

Entro con mamá en uno de los probadores. Es pequeño y hace calor. Digo: «¡Mamá! ¿Podemos ir a ver los juguetes?».

Ella suspira y responde: «Biz, ¿por qué no me esperas en el sofá?». Y señala hacia el que hay justo afuera de las cabinas. Me siento allí un ratito, y el sofá desprende un olor extraño. Pica; me irrita la parte de atrás de las piernas.

Así que me levanto y voy a ver los juguetes.

Pero están muy lejos. Paso junto a utensilios de cocina y aparatos eléctricos y almohadas. Tengo que escabullirme a izquierda y derecha, y parece un laberinto, aunque no uno de esos dibujos de laberintos, sino uno de verdad.

Hay un hombre al final de un pasillo, entre unas camisas llamativas y unos suéteres horribles. Me sonríe.

—Hola —dice.

—Hola —respondo, porque mamá me ha advertido que debo ser educada cuando la gente me saluda, que no tengo que bajar la mirada.

—¿Dónde vas?

—Estoy buscando los juguetes.

—Oh, sé dónde están —afirma el hombre, tendiéndome la mano.

No se la tomo, pero cuando dice «Yo te llevaré» y sonríe de nuevo, sí lo hago, porque mamá siempre me dice «Sé amable, Biz» cuando olvido serlo.

Vamos hacia la izquierda y después hacia la derecha, y me parece ver los juguetes en una pared, así que digo: «¿No es allí?».

El hombre responde: «Sé dónde están los mejores juguetes. Mejores que esos». Y yo pienso «¿Cómo?» y «¡Vaya!».

El hombre huele a menta piperina y tiene la mano fría, como si estuviera hecha de escayola, como las figuras que papá y yo hicimos un sábado en el que no trabajaba, o no corría ni dormía.

Llegamos a la puerta de los grandes almacenes y digo: «¿Falta mucho?».

El hombre responde: «No mucho» y «¿Quieres un caramelo de menta?».

Pero cuando tiendo la mano para tomarlo, oigo a papá que grita a mis espaldas, y sus gritos son tan fuertes que me sobresalto. Y el hombre a mi lado también se sobresalta y empieza a moverse como si fuera una marioneta de trapo, porque papá llega corriendo hacia nosotros con cara de pocos amigos. Así que el hombre me suelta y empieza a correr, y yo no sé a quién mirar, si a papá que se acerca con el rostro rojo como un tomate o al hombre de menta que se escapa, esquivando a la gente como si fuera un coche de carreras.

Cuando papá llega adonde yo estoy, me coge, me aúpa y me estruja de tal manera que no puedo respirar. Y ahora mamá también está aquí, y ella también me estruja con fuerza, así que estoy atrapada entre ambos, y creo que han olvidado que estoy aquí, porque me estrujan a mí y se estrujan entre ellos y no se sueltan. Sorben ruidosamente y tiemblan, y no puedo zafarme de ellos porque mis pies ni siquiera tocan el suelo, así que me salgo de mi cuerpo. ¡Fiu!, y me voy zumbando.

Bajo la mirada y nos veo a los tres. Aquí no hace tanto calor y el aire no está tan cargado de humedad, y se puede respirar, y veo casi todo el camino hasta los juguetes. ¿Iremos cuando mamá y papá dejen de estrujarme?, ¿me comprarán uno?, ¿iremos después a tomar un batido?

Y esa es la primera vez.

Dos.

Acabo de cumplir seis años y llevo tres noches con fiebre alta. Mi cuerpo es un templo de vapor y sueños horribles. Al cuarto día, mamá se ha ido a trabajar, y me he quedado con papá, que me pone paños húmedos en el estómago, la cara y las piernas. Me coloca el termómetro debajo de la axila. Siento el frío del cristal. Digo: «Tortuga. Calabaza, pijama, Alicia».

Estoy tan caliente que papá se asusta. Me lleva a la bañera.

Yo grito.

Mamá está al teléfono.

—¡Tiene que estar tibia, Stephen!

—¡Pero si está a más de cuarenta!

—Entrará en estado de choque si la metes en agua fría.

El agua está demasiado fría. Entro en choque.

—¡Mierda! —dice papá.

Arqueo la espalda. Me sacudo. Me agarro. Vomito.

Y entonces, dejo de respirar.

—¡Mierda, mierda!

Estoy aquí, y al instante, ya no estoy. Abandono mi cuerpo fácilmente, un retortijón, un clic y ya estoy fuera. Floto por encima de nuestras cabezas. Ahí está papá, empapado, y yo, completamente empapada. Ahí está el teléfono; una mujer dice: «Uno, dos, tres», y papá cubre mi boca con la suya. Respira en mi interior.

Yo pienso: «Contar es divertido».

La bañera está llena y mi patito nada en ella.

La bañera es azul. El agua parece azul porque la bañera es azul.

El perro araña la puerta. Papá no repara en ello porque yo no respiro. Voy a la puerta, la atravieso y pienso: «Aquí está Chichón». El perro alza la mirada hacia mí y mueve la cola. ¡Qué perro más listo!

Me gusta flotar, pero a papá no le gusta. Está llorando, mojándome aún más y yo quiero decirle: «¡Papá, deja de mojarme!». Pero me siento mal porque papá está muy triste.

Y la señora del teléfono dice: «Uno, dos, tres».

Pienso: «Yo sé contar hasta ciento sesenta y cuatro», y quiero decírselo a papá, pero está ocupado respirando en mi interior y diciendo: «¡Por favor, Biz, por favor!».

Y se pone a rezar. Puedo escuchar sus pensamientos. «Por favor, por favor, por favor», le suplica a Dios.

Y los de la ambulancia suben retumbando por la escalera y Chichón empieza a ladrar. «¡Guau, guau, guau, guau, guau!».

Y traen un aparato especial para que respire, que empuja el aire hacia el interior de mi cuerpo y, flap, con una voltereta, regreso a él. Toso una y otra vez y lloro a pleno pulmón, y papá dice: «Oh, Dios mío, gracias», y esta es la primera vez que lo escucho hablar con nuestro padre celestial.

Pienso: «Así que Dios es real». Y alzo la mirada hacia los ojos azul cristalino de papá y pienso: «¿No serás tú Dios?».

Y esa es la segunda vez.

Tres.

Tengo siete años.

Estoy en casa y oigo un sonido que no comprendo.

El sonido hace que las paredes de la casa tiemblen.

El sonido es irreal y real. Hace que me duelan los dientes. Chichón gimotea y se sienta con la cola entre las patas.

¿De dónde viene?

Voy corriendo hasta el porche trasero, pero allí solo está mi bicicleta y la pendiente descendente del jardín.

Voy corriendo hasta el jardín delantero, donde está aparcado el coche, con la abolladura resultante del choque de papá con la furgoneta de correos.

Voy corriendo al lavadero, donde mamá me ha enseñado a poner la lavadora.

Después al salón, donde a veces papá se queda sentado durante una eternidad, con la cabeza entre las manos.

Y acto seguido, más rápido, a la cocina, más rápido, al

baño de la planta baja, más rápido, escaleras arriba hasta el rellano, donde el sonido se oye más fuerte.

El sonido trata de arrancar el tejado.

Voy corriendo al baño donde suelo bañarme, pero ahora está vacío.

Voy corriendo a mi habitación, donde están todos mis juguetes, despiertos.

Voy corriendo hacia la habitación de papá y mamá...

y el sonido está aquí.

El sonido se arremolina por mis piernas y me sube por el cuerpo. Mamá está arrodillada junto a la cama, con los brazos tendidos sobre papá, que está tumbado en ella.

El sonido es suyo.

El líquido se desliza entre mis piernas y resbala hasta el suelo, pero no me importa, porque ahí está papá, pero no es papá.

Papá no tiene ese aspecto...

y mamá no me ve...

Y papá no me ve...

porque papá no puede...

Papá...

no podrá...

No está.

Me doy la vuelta y corro hacia las escaleras.

Salgo por el porche trasero de un portazo,

bajo los escalones,

me deslizo cuesta abajo,

corro y me tropiezo hacia abajo, más abajo,

salto el arroyo y subo al árbol enorme
y trepo
hasta la copa,
entre las hojas,
hasta las nubes,
arriba,
arriba,
trepo hasta salirme de mí misma,
y me cuelo en el cielo.

Y esa es la tercera vez.

¿Fue igual para ti, papá?

¿Antes de que cayeras del tejado?

¿Después de que lo vieras?

¿Saliste de ti mismo como yo, y te sentaste en las nubes durante un rato?

¿Siempre flotaste como yo?

¿Papá?

¿Era siempre bonito el lugar al que ibas?

¿Papá?

¿Siempre deseaste no haberlo hecho?

¿Papá?

¿Cómo lograste quedarte tanto tiempo?

Papá está en la otra punta de la cama.

Es de papel.

Todo píxeles y grano. Es una fantasía en blanco y negro.

Es una medición de luz.

Papá abre la boca. La cierra. Piensa.

Dice:

—Cuando naciste, Biz, pensé que moriría. Es decir, sabía que iba a morir; como todos. Es decir, sé que yo lo hice. —Me mira y parpadea lentamente, como si lo hiciera a cámara lenta—. A lo que me refiero es que, nada más nacer, cuando te sostuve entre mis brazos, pensé: «Podría morir de amor». Entonces lo entendí, entendí lo que eso significaba, ¿sabes? Pensé: «Me pondría delante de un camión por ti». Ni me lo pensaría. No tardé ni una milésima de segundo en saberlo. Eras muy pequeñita, Biz. Y tan frágil. Te sostuve entre mis brazos, te canté una canción, y tú te dormiste, y a mí me invadió ese sentimiento, retumbó en mi interior como un trueno, como si estuviera nadando en medio de una tormenta, ¿sabes?

»¿Que qué te cantaba? Creo que Nina Simone. *Mr. Bojangles.* Sí, eso es. No sé por qué. No lo tenía planeado.

»Recuerdo que pensé: "Voy a hacerte muy feliz".

»Pensé: "Vas a hacerme muy feliz".

»Pensé: "Respiraré por ti, Biz, mi pulso será el tuyo, caminaré por ti, trabajaré y viviré para ti, Biz"».

Papá no es más que un escalofrío en el aire. Se puede ver a través de él. Su voz es un murmullo.

—Siento mucho no haberlo hecho durante más tiempo, cariño. Siento mucho no haberme quedado. Ojalá encontrara la manera de explicártelo, pero tal vez no haya una manera, ni siquiera un motivo. Si pudiera, te lo enseñaría, ojalá...

Papá se inclina hacia delante. Me toma la mano, su mano/mi mano; somos fantasías, fragmentos.

Papá es una medición de amor.

—Por favor, Biz, no vengas a buscarme —me pide de repente, y añade—: ¿Vale? ¿Lo prometes? No es necesario. Estoy aquí mismo.

Y siento un golpe en el pecho. Como si alguien hubiese dejado caer una roca en la zona de las costillas y es un milagro que no se me haya roto ningún hueso.

Siento cómo la piedra se acomoda,
una piedra redonda en el lecho de un río.
Yo soy el lecho del río.
Somos la piedra.
Papá.

¿Papá?

—¿Sí? —dice la piedra, dice el lecho del río, dicen mis huesos y mi carne, dice mi padre.

¿Me cuentas una historia?

—Pues claro.

Me tumbo en la oscuridad y escucho.

La primera vez que estuvo en una ciudad. Edificio tras edificio, elevándose y lanzando destellos. Ruido, acero y nervio, más horas de caminata.

La primera vez que vio un océano. Desplomándose, respirando. Alzándose, cayendo. Azul hasta el infinito.

—Biz, fue precioso. Como si me despertara.

La primera vez que vio el amanecer en el océano.

La primera ola que cogió.

«Eléctrico, eléctrico, eléctrico».

La primera vez que se cayó de la ola.

La primera vez que una ola le dio un revolcón.

La primera vez que vio a mamá. Lo descolocó por completo.

La primera vez que escuchó la risa de mamá.

La primera vez que la besó. Le supo a miel y rayos de sol.

La primera vez que hicieron el amor, con su piel vibrando de la emoción.

La primera vez que hizo volar una cometa.

La primera vez que corrió por la arena. La primera vez que se comió una nectarina.

La primera vez, la primera vez...

la primera vez que me vio.

La primera vez que me dio un beso en la coronilla.

La primera vez que me quedé dormida en sus brazos.

La primera vez que caminé hasta él. Con los brazos extendidos.

La primera vez que dije su nombre.

La primera vez que él dijo el mío.

—Biz.

Risas, pies de bebé, arena y rayos de sol que se cuelan entre las hojas.

—Biz.

Helados en la barbilla, loritos de todos los colores del arcoíris.

—Te quiero —dice papá.

Apenas es ya visible. Ha estado hablando durante horas. Ha pulido mi piedra. Cuesta distinguirlo; se está desvaneciendo.

«Biz —dice—. Te quiero».

IV

El cuarto oscuro está acabado cuando voy a visitar a Sylvia. Al verme, ella se pone muy contenta y me abraza con tanto ímpetu que creo que se me disloca una costilla. Suelto un grito.

—¡Lo siento! —exclama, soltándome.

Se estremece; mejor dicho, baila.

—No pasa nada, Sylvia —digo.

Hablo despacio, como si necesitara práctica. Como si, después del tiempo que ha transcurrido, hubiera olvidado cómo se charla de manera informal. ¿A que cuesta un poco aprender a caminar de nuevo? O, al menos, eso es lo que se dice.

Me enseña el cuarto oscuro. Ahí está el amplificador, no, el comosellame, no, el proyector… La ampliadora, esa es la palabra.

Ocupa su lugar, como una máquina del tiempo de hacer fotografías. Encima están las fotos de Sylvia, colgadas. Me acerco y las acaricio con las yemas de los dedos. Hay una instantánea del mar, espumoso y agitado, y, en el horizonte, un carguero que se dirige hacia Rusia o China o que regresa de allí. No lo sé. La foto no me lo dice.

Ya no las oigo con los nuevos medicamentos. Es decir, podría si quisiera. Podría seguir escuchando, si quisiera. Podría prestar más atención, pero trato de acostumbrarme a su silencio para que me lleguen otros sonidos.

Se supone que, con los medicamentos, pienso con más claridad. ¿O quizá con menos? No estoy segura. En cualquier caso, me ayudarán a recuperarme. Estoy pendiente de ponerme mejor. Al menos, mejor de lo que he estado, mejor que antes. Es un juego de pendientes; me pongo el de la derecha, me pongo el de la izquierda... Ja, ja, ja.

Aún soy capaz de bromear. Eso es bueno. Compruebo lo que falta y lo que no. Aún soy alta. Aún estoy aquí.

Las fotos de Sylvia cuelgan alineadas en la pared: una mujer de pelo oscuro junto a una ventana; el coche roto de Sylvia; un brote de franchipán; un gato moteado en un camino de acceso.

Objetivamente, las fotos son muy bonitas.

A la derecha del gato está Jasper, un rectángulo en blanco y negro, sonriendo ante el faro. Siento una punzada en el vientre.

Aún no ha venido a verme.

Es decir, aún no le he escrito para decirle que he regresado. No hago más que coger el teléfono para hacerlo y dejarlo de nuevo.

Si le escribo, ¿qué dirá?

¿«Lo siento, estoy ocupado» o «Mientras estabas fuera, me

he dado cuenta de que estás demasiado desquiciada, así que a partir de ahora solo trabaré amistad con gente que no le habla a sus padres muertos»?

¿O quizá nada?

Miro a Sylvia. Está observando la foto de Jasper. Esboza una sonrisa.

—¿A que es increíble que me dejara tomar esta fotografía? —Sigue adelante, sin dejar de hablar—. Se alegrará mucho de saber que estás de vuelta. ¡Qué ganas tengo de decírselo!

La cojo del brazo.

—No —digo, con más brusquedad y en un tono más agudo de lo que esperaba. Se me cierra la garganta. Sylvia se detiene y me mira—. Yo se lo diré.

Trato de sonreír, de tranquilizarla. Mi sonrisa debe de parecer el dibujo de un niño de dos años; Sylvia ve a través de ella.

Me toma de la mano, me pasa el brazo por encima de los hombros y me conduce hacia la puerta del cuarto oscuro, al exterior, al sol de la tarde.

—Creo que es la hora del té —anuncia.

Hace tres días que he regresado. Me presenté en casa de Sylvia sin avisar. Es lo máximo que he hecho hasta el momento. No he estado en ningún otro lugar.

He ido a pasear con mamá y el perro, unos paseos lentos hasta el mar, las dos hablando o sin hablar. He concertado una cita con Bridgit; supongo que pronto empezaremos a recomponerme, pedacito a pedacito. He estado en casa a la hora que los mellizos vuelven de la escuela, lista para recibir sus abrazos. Por las mañanas, siguen entrando a toda prisa y saltan sobre mi cama.

«¡Dart! ¡Billie! Ya está bien», les riñe mamá.

Pero yo digo: «No pasa nada», porque son como cachorritos, y me recuerdan que yo también lo fui.

Recuerdo muchas cosas.

En Wagga, le conté al psiquiatra lo que había recordado.

Estaba sentado frente a mí, con sus rodillas apuntando a las mías. Su expresión era amable, empática, comprensiva, la adecuada para lo que le acababa de contar.

—Elizabeth —dijo—. Siento que tuvieras que experimentar todo eso.

Yo bajé la mirada hacia mi rodilla, hacia el agujero en mis pantalones vaqueros. «Si estirara del hilo —pensé—, si hiciera el agujero más grande, ¿cuánto tardaría en quedarme sin pantalones y quedar cubierta de hilo? ¿Se sorprendería el psiquiatra? ¿Abriría los ojos de par en par y diría: "Creo que deberías ponerte algo de ropa, jovencita"?».

Tengo la sensación de que no se sorprendería por nada. Está entrenado para ser imperturbable, como los de las Fuerzas de Operaciones Especiales o como la reina.

Pero a mí sí me sorprendió. Me sorprendió que saliera todo —toda la mugre y suciedad de la memoria—, que lo vomitara todo y se amontonara en el suelo ante Max el psiquiatra.

¿Por qué sucedió?

Quizá había llegado a un punto de no retorno en lo que respectaba a pasar el rato sentada ante personas que cobraban por preocuparse por mí y mirándolas a los ojos.

Quizá fueron los medicamentos.

O quizá papá pulió la piedra de tal modo que salió.

Me senté en la silla, con todas esas palabras fuera de mi cuerpo. Se quedaron delante de Max, que tenía una bandeja para clasificarlas, junto con todas sus notas y su doctorado.

Y ambos empezamos a hablar.

Sylvia está sentada en el sofá y me sirve otra taza de té. El gato se acomoda en mi regazo y se pone a dormitar. En un plato verde, hay unas madalenas colocadas en círculo. Ya me he comido dos. Están riquísimas. Tienen suaves trocitos de manzana y pepitas de chocolate negro. Saben a nubes de manzana y chocolate.

Acabo de contarle a Sylvia lo de las fotos. Y lo del hospital.

Y lo de la medicación. Y lo del psiquiatra, y lo que él dijo y lo que yo dije, y dije y dije.

Y le he contado lo de papá.

Sylvia ha asentido con la cabeza. Me ha tomado la mano, ha suspirado y ha esbozado una sonrisa que se ha reflejado en sus ojos. Se ha ido acercando a medida que yo hablaba.

Ahora está sentada en silencio junto a mí . Sorbemos nuestros tés.

—Una vez estuve en un centro psiquiátrico —dice.

Me la quedo mirando.

—Fui a ver a una amiga, Desiree —aclara Sylvia—. Había tenido un accidente. Un día afirmaba que el mundo era redondo y, al día siguiente, todo lo contrario. Decía que se había golpeado la cabeza al caer por uno de sus extremos. No llegaba a entenderlo. Salimos a pasear al jardín. Alrededor de la lavanda, había cientos de abejas. Fuera redondo o plano, en el mundo aún había abejas —dijo Sylvia.

Asiento. Tomo otra madalena, doy un bocado, cierro los ojos. Caramba. No sé cómo, pero todavía están calientes.

—También conocí a una persona que podía ver las auras —continúa Sylvia—. Me la presentaron en una fiesta. Se llamaba Tash. Oh, era muy guapa; tenía unos ojos de color ámbar, como los de un gato, ¿sabes? Y unas tetas preciosas, que al abrazarla parecían dos almohadones. Era encantadora. —El recuerdo la hace sonreír—. En cualquier caso, me comentó que yo la tenía naranja. Nunca me ha gustado ese color, pero ¿qué le vamos a hacer? Tash aseguró que era el color perfecto para mí.

Sylvia levanta la tetera con la cubretetera con forma de podargo. Le tiemblan las manos; se está haciendo vieja, anciana, senil. Ahí está mi pajarito contento sirviéndose un *oolong*.

—Y en cuanto a los fantasmas, bueno… —Sylvia hace un ademán—. Ya sabes, están por todas partes. Mi primo Matthew tiene uno en el baño del piso de arriba.

Me la quedo mirando.

Sylvia me mira también.

—Te quiero, Elizabeth —dice.

—Yo también te quiero, Sylvia —respondo, tragando.

—El mundo, querida, está lleno de extrañas maravillas. Tal vez seas una de las afortunadas que ha podido verlas.

Se acerca aún más a mí y me abraza.

Parece que esté hecha de huesos de pajarito. Su cuerpo es tan ligero que podría levantarla y guardármela en el bolsillo. Podría llevármela a todas partes, como un talismán.

Cuando nos separamos, ambas nos secamos las lágrimas.

—Lo siento —digo.

—Tenemos océanos diminutos en los ojos —dice Sylvia.

—Con unos botes diminutos que atraviesan océanos diminutos —añado.

Sylvia me toma de la mano. Me la aprieta. No me suelta hasta que llega mamá y es hora de marcharme.

Al parecer, el verano se ha presentado de golpe mientras yo he estado fuera. Cada mañana, el sol entra a raudales en mi habitación. Las cigarras se han puesto en fila en la calle y gritan. En la playa, Chichón se lanza al oleaje como si fuera un salvavidas y tuviera que rescatar a todos.

El mar ha podido presumir cada día, con sus olas de un turquesa cristalino, limpio y encrespado, y con los surfistas esculpiendo líneas en el agua. Chichón no ha dejado de ladrar y saltar, tratando de atrapar el mar con el hocico.

Mamá me ha encontrado un curso de fotografía para el año que viene. Dice que es un paso hacia la universidad; o no, que es solo un curso, que no tengo que preocuparme de eso ahora, pero que parece que está bien, ¿no, Biz?

Grace me ha enviado correos electrónicos que no he leído y una tarjeta que mamá ha apoyado en el cactus de la cocina, donde sigue, sin abrir. La última vez que le di una tarjeta a Grace fue para su cumpleaños. Un millón de años atrás, hice un montaje con Photoshop de un calendario de bomberos, les puse nuestros rostros a los cuerpos de unos tiarrones y, dentro de la tarjeta, escribí: «Apagando fuegos desde 1993».

No tenía ningún sentido. Grace dijo que le encantaba.

Grace decía muchas cosas por aquel entonces. Ambas decíamos muchas cosas. Nuestras charlas eran largas tiras que hoy no podría ver sin entornar los ojos.

La semana que viene es Navidad; ¿cómo ha llegado tan rápido? Los mellizos no dejan de cantar villancicos y de preguntar cuánto falta, y si mamá ha hecho una lista con todos los regalos que quieren, además de los que ya tienen en la lista de su cumpleaños, que es en febrero. Los mellizos quieren un castillo hinchable para la fiesta, un paseo en globo aerostático, ponis. ¿Pueden, mamá? ¿Pueden? ¿Pueden?

Los mellizos no dejan de reírse, bailar, preguntar, abrazar y saltar. Son como hadas. ¿Quizá no sean reales?

Una puerta se abre, una puerta se cierra.

«Aquí estás, Biz —dice papá, dice mi recuerdo de papá, me dice papá al oído, dice siempre papá—. Mira a tu alrededor, Biz».

Alza la mirada y respira.

Mamá ha vuelto del trabajo y ahora ambas estamos sentadas en el porche trasero. Es el día después de que visitara a Sylvia. Chichón está tumbado a mis pies. De hecho, está tumbado sobre mis pies. Cuando el perro me vio el día que regresé del hospital, se puso a temblar, desde el hocico a la cola. A temblar y a contonearse. Chichón no dejaba de aullar y se pegaba a mis manos, piernas, rostro, lamiéndome y estirándome, tratando de meterse en mi interior.

Mamá soltó una carcajada.

—Ha perdido la cabeza —dijo.

Y al verlo, lloró un poco, porque supongo que, de haber podido temblar y retorcerse y pegar su rostro contra el mío, mamá quizá lo hubiera hecho.

Ahora agarra la copa de vino por el tallo y la hace girar. Sigue llena de cuando se la sirvió. Está pensativa. Con el pie, me acaricia el mío. Ha acercado la silla y, por lo general, me burlaría de que se pusiera sentimental, pero hoy no lo hago.

Contemplamos la puesta de sol tras la escarpadura. Los pájaros se posan en los árboles, disputándose los lugares para dormir. El aire cambia ante nuestros ojos. Es incandescente, inmenso. La luz tiene ese brillo imposible de capturar en papel. Podrías intentarlo, pero no lo conseguirías.

Hay gente que llama a este momento «penumbra», aunque yo lo definiría como «lo más parecido que se siente al flotar». Y si alguien me pidiera que le pintara la sensación, me limitaría a poner su mano sobre mi pecho y decir: «Aquí».

Tengo la mano apoyada en la cabeza de Chichón y le rasco las orejas.

Volveré a flotar. Sé que ocurrirá.

Este momento pasará. Vendrá otro. Llegará lo más difícil: el dolor, la oscuridad, la preocupación y la pérdida. Una vez. Y otra. Más pronto. Más tarde.

Existe la posibilidad de que salga de mi cuerpo y flote durante el resto de mi vida.

«¿Es eso malo?», le pregunté a Max, el psiquiatra, el último día que pasé en el hospital. Él me respondió: «¿Sabes, Biz? No es lo peor. Tu mente lo hace para protegerte. Para suavizar esos momentos en que todo resulta demasiado; es un mecanismo de defensa. Lo trabajarás con tu psicóloga, Biz. Descubrirás cuándo lo haces y por qué. Aprenderás a no flotar del todo. —E inclinándose hacia delante, añadió—: Creo de verdad que serás capaz de regresar cuando lo necesites».

Lo que quiere decir es que aprenderé a regresar, a ubicarme, aquí. Como quizá papá creyó hacer con sus fotos, álbum tras álbum, trasladando al papel la esperanza, a mamá, a mí y al océano, esa «primera vez que una ola lo revolcó». Y después, con todos esos años en el extremo opuesto de mi cama, diciéndome quién era, quién soy. Y ahora desde detrás de mis costillas, en esa piedra pulida: un patrón de subida, bajada, asentamiento, permanencia.

La luz del porche está empezando a cambiar de azul a negro. Una rana croa en el pequeño estanque junto al eucalipto, que ha empezado a florecer; el perro levanta la cabeza y suelta medio ladrido, y mamá se ríe. O, al menos, emite ese sonido entre risa e hipo que podría interpretarse como que todo va bien.

¿Y va todo bien?

Es imposible decirlo. Por ahora sí. Por ahora.

Pero mamá está sollozando. Llora en la penumbra, apretándome la mano.

—Es demasiado para una persona, ¿no crees, Biz? —dice.

Aunque no sé a qué se refiere, sé exactamente a qué se refiere. Así que digo: «Sí».

—Es decir, amar a alguien que vive fuera de tu cuerpo, cuya vida no puedes controlar. No puedes mantener nada bajo control. No puedes estar seguro de que todo irá bien. No puedes evitar que el cielo se venga abajo.

Me la quedo mirando.

Mamá es de cristal; se le quiebra la voz y tiene los ojos llenos de lágrimas. Trata de caminar por el mundo, un mundo que no deja de inclinarse. ¿Cómo ha conseguido mantenerse en pie?

—De algún modo, la vida es una mierda —digo.

Y es cierto. La vida es imposible, caótica, un laberinto de dolor y rayos de sol para el que no existe mapa.

Mamá se apoya en mi hombro.

—Sí, es una mierda.

—Eso.

—No siempre —añade—. A veces.

—Definitivamente a veces es siempre una mierda —concluyo.

Mamá suelta una carcajada. Con la mirada perdida, observa la maraña de vegetación del jardín: árboles retorcidos, hierba por doquier, sombras que se mueven.

Toma aliento.

—Aunque también es lo mejor que he hecho en mi vida, Biz —dice—. Todo: esto, tú, los mellizos, estar aquí, ahora, papá, yo. De verdad. Es lo mejor que he hecho en mi vida.

Apoya la cabeza en mi hombro. Y yo apoyo mi cabeza sobre la suya.

Contemplamos el cambio de luz. No deja de moverse, se hace más oscura, siempre cambiando.

La vida es terrible y hermosa, ¿verdad? Es, exactamente en el mismo instante, lo mejor y lo peor, todas las posibilidades a la vez.

Supongo que es lo que es cuando la observas.

Y un instante después, es otra cosa.

Ahora es de nuevo otra cosa.

Ahora es otra.

Mamá y yo contemplamos cómo la luz abandona el jardín. Los mellizos abren de un portazo la puerta mosquitera y salen de golpe.

—¿Qué hay para cenar? —dice Dart.

—¡Solo hemos encontrado garbanzos! —se queja Billie.

Ambos sostienen un tarro de legumbres y hacen muecas, y ya sabemos lo que ocurrirá a continuación. Cena tailandesa. Pediremos mucho *satay* y juntaremos nuestras cabezas sobre la mesa en el restaurante, en una imagen viva de los cuatro a través de la ventana.

Mamá y yo nos incorporamos y nos estiramos. Los mellizos corren hacia el interior en busca del bolso de mamá. El último rayo de luz parpadea; se aleja lentamente de las suaves arrugas en las orejas del perro, de las hojas, del espacio entre nosotros, y continúa su camino.

A LA MAÑANA SIGUIENTE, LE ENVÍO UN MENSAJE A JASPER. Es sábado. Esta noche, mientras dormíamos, ha estado lloviendo. Todo parece haber sido enjuagado, como en esos anuncios de detergente para lavavajillas. Es como si el mundo hiciera cling cling, cristal contra cristal, todo brillante, transparente, escarchado.

YO: Hola (Emoji de un camello).

Jasper responde en tres minutos (no es que los cuente).

ÉL: Hola. (Emoji sonriente. Emoji de un delfín).

YO: ¿Qué estás haciendo?

ÉL: Uf, estudiando. (Emoji que llora). ¿Qué tal el tiempo por Wagga? ¿Hace calor o hace calor?

YO: Hum. He vuelto.

ÉL: ¿Quéééééé?

YO: Sí.

ÉL: Joder. Llego en dieciséis minutos.

YO: Ve con cuidado. No corras. (Emoji de un reloj de arena. Emoji de un corazón. Emoji de un sándwich).

Dieciséis minutos, quince,
catorce, diez,
cinco, cuatro, dos y
aquí
está.

Jasper se baja de la motocicleta, se quita el casco, me ve, en pie en el porche, me sonríe, es un milagro.

Y los mellizos salen al grito de «¡Jasper!», saltando sin cesar, como si fueran dos muelles.

Mamá también está en la puerta, y exclama: «¡Jasper!».

Y Jasper recorre a toda prisa el sendero, como si fuera un cometa. Su sonrisa es como el principio del universo, como átomos que se separan, y mamá, que ha visto el amor, ha sentido el amor, y el amor le ha roto el corazón y se lo ha arreglado, ve mi rostro y me da un apretón en el brazo.

—Sí —dice, con la voz que se le quiebra un poquito.

Y cuando Jasper y yo nos abrazamos, fuerte, y él me hace girar y no me suelta, los mellizos saltan y gritan, y mamá no puede evitar reír porque lo sabe. Sabe lo que es. Sabe lo que es estar aquí, en este momento, bajo este sol, y permanecer todo el tiempo que puedas, todo el tiempo que se te ha dado. Todo el tiempo que puedas quedarte para ver qué pasa a continuación.

Agradecimientos

Este libro no habría sido posible sin el entusiasmo, amor y apoyo de muchas personas encantadoras y amables. ¡Estoy tan agradecida que a veces hasta me cuesta moverme!

Para empezar, gracias enormes a Catherine Drayton, mi agente. Me has ayudado a pulir el libro, lo has convertido en un objeto hermoso y lo has lanzado al mundo editorial, eso sin contar que siempre has estado ahí para responder a todas mis preguntas, por insignificantes que fueran. Estoy muy feliz de que me acogieras, Catherine. Y gracias también a tu leal y talentosa ayudante, Claire Friedman.

Gracias a mi editora en los Estados Unidos, Jessica Dandino Garrison, de Dial. Jess, me sentí como en casa desde nuestra primera conversación. Has sido intuitiva, muy respetuosa y una auténtica visionaria con este libro y el camino que debía recorrer. Colaborar contigo ha sido una de las experiencias más gratificantes de mi vida.

Gracias también a Regina Castillo, por tu edición elegante y llena de sensibilidad. Gracias a todas aquellas personas en

Dial/Penguin Random House que han defendido mi libro y me han ofrecido sus valiosas opiniones: Lauri Hornik, Nancy Mercado, Ellen Cormier, Christina Colangelo, Bri Lockhart y Elyse Marshall. A mi diseñadora de interiores, Cerise Steel, a la directora artística, Lily Malcom, y a la diseñadora de la cubierta, Kristie Radwilowicz. Gracias por hacer que mi libro sea tan bonito. Y gracias también a Karolis Strautniekas, por esa ilustración tan sensacional para la cubierta.

Gracias a mi editora australiana, Claire Craig, de Pan Macmillan, cuya visión para este libro se ajustó perfectamente a la mía. Gracias, Claire, por enamorarte de la historia de Biz y por todo tu esfuerzo para hacer realidad este libro. Gracias también a Georgia Douglas, por tu minuciosa lectura y por todos tus comentarios y ajustes.

A mis primeros lectores, vuestras opiniones han sido valiosísimas. Gracias a Nancy Huggett, Gracie Alexander, Sophie Miller y Annie Gilholm Rowland, quienes lo leyeron con enorme cariño y me ofrecieron su amistad y apoyo durante el proceso de edición. A Kit Fox: gracias por tu sabiduría ¡y por pasar tantas horas conmigo ante un café, dotando de vida a Biz! A Eric Dunan y Christine Fox, gracias por el amor incondicional que me brindáis, tanto a mí como a mis palabras. Y a Tobias Dunan, quien ha esperado con una paciencia enorme a leer la versión final del libro. Aquí la tienes.

Gracias a Nina Adams por la información sobre Temora; Biz ve gran parte de la ciudad a través de tus ojos, de verdad. Y gracias a Shane Adams. Siento que, en este libro, ¡tu ciudad natal no salga tan favorecida como merece!

A Mark Donovan, psicólogo clínico y amigo, que me ofreció una valiosa información para relatar las experiencias de Biz de manera veraz y sensible. Gracias por ser un salvavidas, en todos los sentidos de la palabra.

A Paul Templeton, director de la Unidad Mental del Hospital de Wagga. Te agradezco muchísimo tu colaboración. Gracias por ayudarme a dibujar una imagen compasiva de las experiencias de Biz y por ser tan meticuloso con tus comentarios.

Gracias a mis talentosos estudiantes de escritura creativa y a la comunidad de escritores que he conocido. Gracias por vuestra compañía, amabilidad y generosidad. Estoy especialmente agradecida a Margo Lanagan, por tu amistad y magníficas palabras, y a Kathryn Heyman, por mostrarme aquello que hace brillar una novela. Y a mis amigas escritoras del viernes: Chloe Higgins, Hayley Scrivenor, Donna Waters y Julie Keys. ¡Gracias por formar parte de mi vida!

Gracias a mi hermana Thomasin, a mis sobrinas Kate y Emily y a mis dos queridas mamás, Kathy y mamá. Habéis creído en mí, me habéis ayudado y me habéis querido desde que os conozco. Eso lo es todo para mí.

A mamá: un agradecimiento especial por apoyarme cuando decidí no convertirme en abogada ¡y escaparme a los Estados Unidos para ser escritora! Gracias por ser mi inspiración y por todo lo que has hecho para que me convierta en una persona más fuerte, mejor y más luminosa. Eres preciosa para mí.

A Eric, Kit y Tobias, los grandes amores de mi vida. Me deslumbráis, me motiváis y hacéis que mis días sean divertidos hasta las lágrimas. Gracias por alentar, incondicionalmente, mi sueño de escribir. No podría haber hecho nada de esto sin vosotros. Gracias por vuestra sabia compañía, vuestra amabilidad y creatividad, y por ser mis salvavidas y mis amigos. ¡Lo hemos logrado! Os quiero mucho a todos.

Y a mi querida Anna Moraová, mi persona, mi amiga: veías el mundo de una forma que yo nunca había visto. Cambiaste mi vida con tu amistad, tu visión, tu amor por mi familia y tu hermoso corazón. Siento muchísimo que hayas tenido que irte: el cáncer nunca tendrá sentido. Pero cada día recuerdo las palabras que me dijiste: que no se turbe tu corazón. Mejor que se llene de colores.

He vivido con enfermedades mentales toda mi vida. Cargo con un complejo trastorno de estrés postraumático, un trastorno de ansiedad, un trastorno disociativo y una depresión clínica. Camino con estas cosas, pero no me definen. Vivo con ellas y más allá de ellas. Hago todo lo posible por hablar y buscar ayuda cuando la necesito. A mi familia, amigos, profesionales de la salud y encantadores desconocidos que se han sentado a mi lado cuando me he desmoronado, que me han acompañado en mi recuperación, que me han querido en todos los momentos terribles, maravillosos e intermedios de mi vida y que me han dado esperanza, os estoy más agradecida de lo que puedo llegar a expresar con palabras.

Me alegro muchísimo de seguir aquí. Me esfuerzo cada día por ver los colores. Tomo nota. Los respiro.

Busca ayuda

Si tienes problemas, por favor, pide ayuda. Si necesitas ayuda inmediata, puedes llamar al teléfono para la prevención del suicidio, el 024, o al Teléfono de la Esperanza (717 003 717). También puedes hablar con tu médico de cabecera o con una persona de confianza. Para obtener información sobre la depresión, la ansiedad y otras cuestiones de salud mental, puedes acudir a la página web del Ministerio de Sanidad sobre salud mental (https://www.sanidad.gob.es/ciudadanos/saludMental/home.htm) o a la de la Confederación Salud Mental España (https://consaludmental.org/).

Hablar siempre me ha ayudado, una y otra vez. Está bien —y mereces— pedir ayuda cuando las cosas se ponen difíciles. Recuerda, querida criatura humana, que eres muy importante. Eres un milagro de moléculas: infinitas y extraordinarias.

Sobre sexualidad

La sexualidad de mi familia es diversa. Mis dos madres, mi hermana, mis sobrinas, mis hijos, mi marido y yo vivimos con orgullo dentro y junto a la comunidad LGBTQ+. Nos queremos hasta el fin del mundo.

Seas quien seas, te identifiques como te identifiques, estés todavía descifrando tu historia o cantándola a los cuatro vientos, o en algún lugar intermedio, estás aquí, estamos todos juntos aquí, y todos merecemos vivir, amar y ser amados, en libertad e igualdad.

> Y el amor es el amor es el amor es el amor es el amor es el amor no se puede matar ni empujar a un lado.

LIN-MANUEL MIRANDA

«Para viajar lejos no hay mejor nave que un libro».

EMILY DICKINSON

Gracias por tu lectura de este libro.

En **penguinlibros.club** encontrarás las mejores recomendaciones de lectura.

Únete a nuestra comunidad y viaja con nosotros.

Este libro se terminó de imprimir
en el mes de febrero de 2024.